POUR TES LÈVRES

La Trilogie italienne, 2

Irene Cao est née à Pordenone en 1979. Elle a fait des études de lettres classiques à Venise, où elle a également soutenu un doctorat en histoire ancienne. Elle vit actuellement dans un petit village du Frioul.

Paru dans Le Livre de Poche :

La Trilogie italienne
1. SUR TES YEUX

IRENE CAO

Pour tes lèvres

La Trilogie italienne, 2

ROMAN TRADUIT DE L'ITALIEN PAR LÉA TOZZI

JC LATTÈS

Titre original :

IO TI SENTO
Publié par Rizzoli

© RCS Libri S.p. A, Milan, 2013.
© Éditions Jean-Claude Lattès, 2014, pour la traduction française.
ISBN : 978-2-253-00085-3 – 1re publication LGF

À mes amies

1

Il m'effleure le front d'un baiser léger tandis que ses doigts glissent lentement le long de ma hanche et disparaissent sous mon tee-shirt. Un tee-shirt à lui, d'ailleurs. En ouvrant les yeux, je tombe sur ce regard vert clair qui illumine aussitôt ma journée. Je pose la main sur son visage, lisse comme celui d'un enfant. Les premiers temps, je pensais qu'il se levait la nuit pour se raser en cachette. Et puis j'ai compris que c'est sa peau qui est comme ça : sa barbe est si douce qu'il a l'air déjà rasé, même au réveil.

Nous sommes allongés sur le côté, l'un en face de l'autre. Nos pieds se touchent. Nos corps ont la même odeur. Nous avons fait l'amour hier soir, et c'est chaque fois plus beau. Cette découverte de nos corps a le goût irrésistible du plaisir. Mais voilà que sa main me serre un peu plus fort. Il me secoue doucement.

— Bibi, réveille-toi…, me dit-il tout bas.

Les paupières tremblotantes, j'essaie de grappiller quelques minutes de sommeil supplémentaires. Je m'imagine en train de vivre cette journée, *chaque* journée, avec lui.

Lui, Filippo.

— Encore un moment, s'il te plaît..., dis-je en bougonnant.

Je me retourne de l'autre côté. Filippo me dépose un baiser dans le cou, avant de sauter du lit. Il sort en laissant la porte entrouverte. Seule dans la chambre, je tente d'émerger. Encore dans le coaltar, j'arrive tout de même à m'adosser à la tête de lit. De la fenêtre filtrent quelques rayons de soleil qui viennent me caresser le visage. Nous sommes au mois de mai, il fait un temps splendide ce matin. L'air est déjà chaud et cette lumière de huit heures presque aveuglante.

Un nouveau jour se lève sur ma nouvelle vie.

Voilà trois mois que je suis venue retrouver Filippo sur son chantier, ici, à Rome. J'osais à peine espérer ce qui s'est finalement passé. Non seulement Filippo m'a pardonnée, mais il m'a aussi écoutée. Il m'a comprise et montré qu'il m'aimait encore. Quand il m'a prise dans ses bras, j'ai eu la sensation de revenir de très loin, d'être redevenue moi-même après m'être égarée. Il nous a suffi d'échanger un long regard pour savoir que nous voulions encore être ensemble. C'est comme ça que j'ai quitté Venise pour m'installer ici, dans son appartement – le nôtre, désormais. C'est un loft cosy et lumineux, qui donne sur le petit lac artificiel du quartier de l'EUR, au sud de la ville. C'est lui qui a l'a conçu, et tout me plaît. Chaque recoin de ce nid douillet contient une partie de nous, de nos goûts, de nos passions : la bibliothèque en résine dessinée par Filippo, les lampes en papier de riz que j'ai décorées d'idéogrammes japonais, les affiches de nos films cultes. J'aime ces fenêtres sans rideaux et même l'ascenseur microscopique de l'immeuble où j'ai toujours peur de rester coincée. Mais surtout, j'aime que ce soit notre premier chez-nous.

Je file à la salle de bains pour mettre un peu d'ordre dans mes cheveux. Des mèches me tombent sur les yeux. Une pince à hauteur de la nuque, et c'est bon. La coupe au carré que j'avais à l'automne dernier n'est plus qu'un lointain souvenir. Queues-de-cheval improvisées, coiffures improbables : j'ai tout essayé pour discipliner la jungle brune qui me tombe au niveau des omoplates. Peine perdue.

Le temps d'enfiler mon jogging, et je rejoins Filippo dans la cuisine en traînant mes pantoufles.

— Coucou, petit loir, me lance-t-il en se versant un verre de jus d'orange.

Il est déjà habillé et parfumé, prêt à partir. Il porte un pantalon en coton beige, une chemise bleue et une cravate en soie – signe qu'il ne passera pas la journée sur le chantier mais au cabinet. Qu'est-ce que je ne donnerais pas pour avoir son énergie au réveil. Comparée à Filippo, j'ai l'impression d'être une vieille tortue.

— Coucou, dis-je en me frottant les yeux.

Je bâille à m'en décrocher la mâchoire. Une fois assise au bar, je plonge la tête dans mes bras. Pas moyen de résister à l'appel du sommeil. Je lève les yeux vers la gazinière, où bout déjà l'eau de mon thé. Filippo a eu cette petite attention dès le premier jour où nous nous sommes réveillés ensemble. C'est un geste tout simple, mais qui le résume complètement.

Il éteint le gaz avant que l'eau déborde.

— Je te laisse mettre ta dose ?

Je souris. Filippo prétend que je me drogue au thé vert et aux infusions, et il a peut-être raison. Non seulement j'en bois des litres chaque jour, mais j'en ai de toutes les variétés possibles et imaginables. Ce matin, j'ai bien envie d'un mélange ayurvédique. Parmi les innombrables bocaux remplis de feuilles séchées qui envahissent le meuble de cuisine, j'attrape donc un thé vert aromatisé à la rose et à la vanille.

J'en propose à Filippo mais il fait non de la tête.

— Sens-moi ça, c'est divin, je t'assure ! lui dis-je en lui tendant la boîte en fer.

— Mais je n'en doute pas... alors comme ça, tu te mets à dealer maintenant ? me demande-t-il tout en sirotant son café.

Il avance tout de même le bout de son nez, prudemment :

— Ça sent le chat crevé, finit-il par décréter d'un air dégoûté.

C'est un combat perdu d'avance. Dépitée, je regagne mon tabouret avec mon mug fumant, en tâchant de ne pas me brûler les mains. J'observe Filippo, son corps svelte et musclé, ses cheveux blonds, à peine couverts d'un peu de gel. Je l'aime de plus en plus, comme j'aime nos rituels de couple et l'univers familier de nos petites habitudes. Peut-être que chaque relation amoureuse devrait ressembler à ça. Plus le temps passe, plus je suis convaincue que nous pourrions passer toute notre vie ensemble sans jamais finir comme ces couples usés par le quotidien.

— Pourquoi tu me regardes ? me demande-t-il en levant un sourcil.

— Parce que tu es beau, lui dis-je en dégustant tranquillement mon thé.

— Oh, la flatteuse !

Filippo s'approche de moi et commence à me pincer les hanches tout en me couvrant de petits baisers dans le cou. Là-dessus, il s'assied à mes côtés, allume son iPad et se met à feuilleter les pages des quotidiens auxquels il est abonné. C'est l'heure de sa revue de presse, comme tous les matins.

— Je ne sais pas comment tu fais pour lire sur ce machin, lui fais-je remarquer d'un air perplexe.

— C'est plus pratique que les journaux. Sans compter que ça prend moins de place et que c'est bon pour la planète.

Il effleure son écran du bout des doigts, comme s'il jouait du piano.

— Moi, je préfère le papier, lui dis-je d'un ton convaincu.

— Parce que tu es d'un autre temps, me lance Filippo en avalant la fin de son café.

Un petit sourire satisfait lui flotte sur les lèvres.

— D'ailleurs, tu es restauratrice…

— Je ne réponds pas aux provocations.

Je prends un air hautain. Nous n'arrêtons pas

de nous chamailler au sujet de nos professions respectives. Puisque je conserve le passé alors que Filippo projette l'avenir, qui de nous deux a le métier le plus utile, le plus important ? Le travail de restauratrice n'ayant rien à voir avec celui d'architecte, je doute que nous aurons un jour le fin mot de l'histoire.

— Qu'est-ce qu'on fait ce soir ? je lui demande, en trempant une galette de riz dans mon thé.

— Je ne sais pas, mon amour… Je ne sais même pas à quelle heure je sortirai du boulot, me répond-il distraitement, les yeux rivés à sa tablette.

— Ces architectes visionnaires qui inventent le futur mais qui n'arrivent même pas à voir plus loin que sept heures du soir…, dis-je tout bas.

Je réprime un petit sourire sarcastique en mordant dans ma galette. Je ne réponds pas aux provocations, certes, mais pourquoi se priver d'une petite pique si l'occasion se présente ?

Filippo finit par lever les yeux de son écran. Touché.

L'instant d'après, je lui ébouriffe les cheveux, sûre et certaine que cela le mettra en rogne. La réponse ne se fait pas attendre : Filippo m'attrape par un bras et me le bloque derrière le dos.

— Très bien, Bibi, tu l'auras voulu.

Il commence à me chatouiller les côtes et la base du cou. J'éclate de rire tout en m'agitant comme une anguille. C'est un supplice. Je ne tarde pas à demander pitié. Filippo me libère aussitôt et jette un œil à sa montre :

— Mince, je ne suis pas en avance !

Il s'empresse d'éteindre son iPad et le range dans sa housse comme une relique.

Il faudrait que je m'active moi aussi, je suis encore en pyjama !

— Je file me changer, lui dis-je. Si tu m'attends, on pourra partir ensemble.

— Je ne peux pas, Bibi, soupire-t-il en ouvrant grands les bras. Je dois être au cabinet dans une demi-heure, j'ai rendez-vous avec un client. Il avait bien besoin de me faire venir à cette heure, celui-là...

— O.K.

J'acquiesce, en essayant de l'apitoyer avec la petite tête triste et résignée que je prends chaque fois que je veux le faire craquer.

— Si tu dois y aller, vas-y... Même si ça m'oblige à faire le trajet toute seule, dis-je en pleurnichant.

— Eh bien, tu dois savoir comment fonctionne le métro, maintenant, ricane-t-il.

Bon, Filippo a peut-être raison, je n'ai pas vraiment un sens de l'orientation de boy-scout. Soyons honnête : j'ai une sérieuse tendance à me perdre et à monter dans le mauvais tram ou dans le mauvais bus. Mais avouez tout de même que passer d'une petite ville de la taille de Venise à l'enfer de Rome nécessite un temps d'adaptation, non ?

— Idiot, va !

Je fais la moue avant de l'attirer vers moi.

— Bonne journée, dis-je dans un murmure, mes lèvres tout près des siennes.

— À ce soir, Bibi.

Son baiser me laisse un goût délicieux de café et de dentifrice dans la bouche.

La journée a bien démarré et je prends le chemin du métro d'un pas décidé. Je peux y arriver, je le sais. Mais, pour le moment, le soleil, qui est déjà très haut, m'invite à ralentir et à profiter de ma promenade. L'EUR est un quartier moderne. Les couleurs vives des jardins se mélangent à l'asphalte des trottoirs et au béton des immeubles. Une certaine sérénité s'en dégage, malgré le flot incessant des voitures. Tout cela est très nouveau pour moi. Avec ses places désertes, ses ponts envahis de touristes et ses vaporettos qui passent quand bon leur semble, Venise m'avait habituée à un paysage urbain si différent ! Je marche encore le nez en l'air chaque fois que je fais le trajet de chez moi au travail. Une fois dans la station, je m'engouffre sans hésitation dans le tunnel. Je prends la ligne B, direction Rebibbia. J'ai toujours peur de me tromper, d'autant que je me suis déjà perdue – et plus d'une fois. C'est un tel labyrinthe là-dessous que j'ai dû appeler Filippo à la rescousse. Une funeste erreur, d'ailleurs, puisque avec ce SOS désespéré, mon sauveur a désormais de quoi se moquer de moi jusqu'à la fin de mes jours (au moins).

J'attends le métro sur le banc qui fait face au quai. J'observe les gens autour de moi en essayant de deviner l'endroit où ils vont et leur métier. Petite, je jouais à ce jeu avec Gaia sur le vaporetto qui nous ramenait de l'école. Dieu sait ce qu'elle doit fabriquer en ce moment. Je l'imagine traverser les rues de Venise comme un bolide, perchée sur des Jimmy Choo de 12 centimètres, en minijupe. À coup sûr, elle doit déjà être en train d'écumer les boutiques en compagnie d'une multimillionnaire japonaise quelconque. Même si nous nous téléphonons souvent, Gaia me manque énormément, elle, son sourire sincère, ses expressions fleuries, ses câlins énergiques et même ses diktats en matière de mode et de style. Son amitié est peut-être la seule chose que je regrette vraiment de ma vie vénitienne. En plus de mes parents, évidemment. Pour le reste, j'avais hâte de tourner la page. Et dire que j'aurai trente ans dans cinq jours exactement ! Je n'arrive pas à y croire. Savoir que je soufflerai ma trentième bougie à Rome me rend euphorique, moi qui n'ai jamais aimé les anniversaires. Je suis arrivée à un moment crucial de ma vie, je le sens. Sortir de la vingtaine est toujours traumatisant pour une femme, mais pour ce qui me concerne, je suis certaine d'être définitivement entrée dans l'âge adulte. Avec un nouvel amour, une nouvelle ville, une nouvelle vie : autant dire les meilleures bases possibles. Si le bonheur existe, il ne doit pas être très loin.

Mon métro finit enfin par arriver. Malgré l'heure de pointe, il reste encore quelques places de libres. Je me jette dans la cohue. En jouant des coudes, j'arrive à me glisser sur un siège, entre une dame bien en chair et un ado boutonneux. Un jeune homme vêtu d'une chemise légère s'arrête à ma hauteur. De ma place, je ne vois que son dos qui m'empêche de lire la liste des stations. J'en ai au moins dix avant d'arriver au Colisée. Je me résigne à les compter sur mes doigts, en espérant ne pas me tromper.

Tout d'un coup, je m'aperçois que je suis hypnotisée par ce garçon. Cette chemise, ce dos, ces cheveux noirs me rappellent quelque chose, ou plutôt quelqu'un. S'il était plus âgé, ce pourrait être Leonardo. Son souvenir me traverse l'esprit comme un éclair. Je sens une ombre m'envelopper. Tout devient trouble autour de moi. Le souvenir des moments que nous avons passés ensemble commence à m'envahir. Je chasse immédiatement ces instantanés en noir et blanc qui fondent sur moi comme une nuée d'insectes. « C'est de l'histoire ancienne », me dis-je en secouant la tête. À quoi bon me demander où est Leonardo, à quoi bon chercher à savoir si notre histoire aurait pu finir autrement ? Inutile de regretter les émotions qu'il déchaînait en moi – le creux au ventre que j'avais avant de le voir, la découverte de nos corps et l'excitation de nos rendez-vous clandestins. Tout est fini maintenant, pour toujours.

Je ne suis peut-être pas encore prête à affronter le passé, à regarder tout ça de façon totalement détachée. J'arrive tout de même à penser à lui sans devenir folle, c'est déjà ça. Le pincement au cœur et le nœud à l'estomac qui me paralysaient voilà trois mois ont disparu. J'ai relevé la tête et je suis repartie de zéro. C'était un peu comme guérir d'une mauvaise grippe. J'ai appris à maîtriser ces émotions, à les décomposer, morceau par morceau. Avec le temps, la douleur a diminué. C'est toujours le cas, d'ailleurs, même si on se croit incapable, sur le moment, de surmonter ce qui nous tombe dessus. Désormais, j'arrive à voir Leonardo pour ce qu'il est : une histoire d'amour qui appartient à la Elena du passé, une erreur qui ne se reproduira plus. La femme que je suis aujourd'hui est plus sage et plus sûre d'elle. Elle vit aux côtés d'un homme meilleur. Aux côtés de Filippo.

Arrivée à la station Colisée, je sors à hauteur de la via dei Fori Imperiali, où je prends le bus qui m'emmènera au travail. Pendant le trajet, je regarde Rome défiler sous mes yeux. Jour après jour, sa beauté à la fois fascinante et négligée ne cesse de me surprendre et de me séduire. Cette ville est une espèce de mille-feuille où l'art et l'histoire se sont superposés de façon anarchique. Ce méli-mélo d'époques et de styles me fait penser à une femme qui aurait décidé de porter toute sa garde-robe en même temps. Pour se cacher ou pour se montrer ? Impossible à dire.

Le bus roule bruyamment sur les pavés. Il emprunte le rond-point de la piazza Venezia pour entrer dans la valse incessante des voitures qui y circulent de jour comme de nuit. Une fois descendue piazza Argentina, je quitte les grandes artères pour prendre les petites rues étroites qui jouxtent le corso Vittorio Emanuele. Le centre de

Rome est un dédale vertigineux de ruelles biscornues. Il y a de quoi perdre le nord, mais on finit toujours par tomber sur une de ces grandes places dont la beauté spectaculaire vous laisse dans un état d'émerveillement amusé. J'ai désormais appris à ne pas en avoir peur. Même si je continue à me perdre, quel que soit mon itinéraire, je sais que je finirai tôt ou tard par voir apparaître le profil rassurant du Panthéon ou celui, plus allongé, de la place Navone.

Me voilà arrivée à bon port, à l'église Saint-Louis-des-Français, avec à peine dix minutes de retard, s'il vous plaît ! On m'a expliqué qu'on peut (et même qu'on doit) avoir un quart d'heure de retard à ses rendez-vous. Dans une ville aussi labyrinthique et aussi chaotique que Rome, personne ne s'attend à vous voir arriver à l'heure – c'est même assez mal vu.

Je croise un petit groupe d'ecclésiastiques parmi lesquels je reconnais le père Serge, l'un des prêtres qui officient à Saint-Louis, l'église de la communauté française de Rome.

— Bonjour, mademoiselle Elena, me lance-t-il gaiement.

Le père Serge a des origines sénégalaises. La blancheur de son sourire tranche avec sa peau noire. Le temps de lui répondre d'un signe de tête, je file vers l'entrée. N'était la croix gigantesque au sommet du toit, on aurait du mal à croire que cette façade abrite un lieu de culte. Avec ses colonnes corinthiennes et ses statues disposées dans d'élégantes niches, Saint-Louis a l'air d'un palais néoclassique.

Une fois franchie la porte d'entrée, je quitte la lumière du jour pour la pénombre. L'église abrite trois des plus célèbres tableaux du Caravage : *Le Martyre de saint Matthieu*, *Saint Matthieu et l'Ange* et *La Vocation de saint Matthieu*. Des œuvres que j'avais étudiées pendant des heures dans mes manuels d'histoire de l'art mais que je n'avais encore jamais vues en vrai avant de venir travailler ici. Et dire que j'ai désormais la chance inouïe d'entrer chaque jour dans ce temple de l'art pour rejoindre la chapelle que je suis chargée de restaurer, juste à côté de ces chefs-d'œuvre ! Malgré l'humidité, les pigments et les solvants qui agressent ma peau, malgré la combinaison imperméable qui m'enveloppe de la tête aux pieds (effet glamour assuré) et les échafaudages brinquebalants, malgré le père Serge qui vient contrôler l'avancée des travaux à la fin de chaque heure et les allées et venues incessantes des visiteurs, je suis vraiment heureuse de travailler ici.

Tout ça, je le dois au coup de pouce que m'a donné Gabriella Borraccini, la directrice de l'Institut de restauration de Venise. Il m'a suffi de lui demander si elle avait entendu parler d'un boulot à Rome ; ses contacts dans le monde de la culture ont fait le reste. En deux coups de téléphone, sans même quitter son bureau, elle a réussi à me dégoter cette mission prestigieuse. Moins d'une heure plus tard, elle m'appelait pour m'annoncer la nouvelle, d'une voix calme et rassurante : « Ma petite

Elena, j'ai ce qu'il te faut. Tu vas travailler avec une de mes anciennes étudiantes, Paola Ceccarelli. Une caractérielle de première, je te préviens. On ne peut pas dire qu'elle apprécie le travail en équipe mais c'est une des meilleures restauratrices de Rome. Si tu ne te fais pas rembarrer ou piétiner, elle t'apprendra beaucoup. Alors ne me déçois pas », a-t-elle conclu d'une façon presque intimidante.

Grâce à l'intervention d'une des enseignantes les plus craintes de Venise, je me retrouve donc ici. Perchée en haut de mon échafaudage instable, armée de mes petites éponges, de mes pinceaux et de mes gommes abrasives, je m'occupe de *L'Adoration des Mages* de Giovanni Baglione, un peintre qui a mené l'essentiel de sa carrière à Rome entre la fin du XVIe et le début du XVIIe siècle. Même s'il a été l'un des premiers à écrire la vie du Caravage, Baglione a fini par devenir l'un de ses plus féroces adversaires. Il faut dire que, avec un tempérament aussi imprévisible que le sien, le Caravage ne pouvait que s'attirer des ennuis. Quand il apprit que son confrère avait écrit un petit recueil de poèmes satiriques dont il était la cible, Baglione s'empressa de traîner en justice celui qui l'avait ridiculisé et accusé de plagiat. Reconnu coupable de diffamation, le Caravage passa un mois en prison. Et voilà que des siècles plus tard, les deux rivaux se retrouvent dans la même église, l'un à côté de l'autre, séparés par un mur. S'il existe un au-delà, j'imagine que le Caravage doit se réjouir que d'innombrables visiteurs viennent jour après jour admirer sa chapelle plutôt que celle du pauvre Baglione.

— Bon, on s'y met ou on passe toute la journée à rêvasser ?

La voix de Ceccarelli me ramène sur terre. Son ton pète-sec où perce un accent romain très prononcé reflète assez bien son sale caractère. J'en viens vraiment à me demander si Borraccini a voulu me faire une fleur ou mettre mes nerfs à rude épreuve…

Je me retourne d'un coup. Paola est une grande quadra dégingandée. Quand elle ne se fait pas une queue-de-cheval, elle attache ses cheveux blondis par le soleil avec un pic qui lui donne un air de matrone romaine. Son regard sévère, à moitié caché derrière de drôles de lunettes vert acide, a le don de me pétrifier. Elle n'est pas commode et plutôt brute de décoffrage, mais c'est une sacrée pro. Elle connaît les secrets des couleurs comme personne, elle arrive à saisir l'âme des fresques et à rendre à chaque élément tout son éclat. C'est effectivement la meilleure restauratrice de Rome. Hélas, comme elle est consciente de son talent, elle ne loupe pas une occasion de me rappeler à l'ordre si je me trompe dans les mélanges de couleurs ou si je m'attarde trop longtemps sur un détail. Elle parle peu, mais toujours de façon directe et péremptoire. À la longue, elle a fini par m'inspirer une sorte de crainte respectueuse. Malgré tout, je sens que la vraie Paola doit être très différente de l'image qu'elle renvoie.

— Elena, mais qu'est-ce que tu fais, bon sang ?

Sa voix résonne comme une onde de choc alors que j'allais m'attaquer au manteau de la Vierge. Je me retourne *illico*, le pinceau en l'air, et tombe sur ses yeux noisette. Elle me foudroie de derrière ses lunettes tandis que ses joues dessinent deux lignes dures autour de sa bouche fine.

— Fais d'abord un essai. Je ne suis pas sûre que ça soit la même teinte, poursuit-elle en désignant du menton mon bol de peinture bleue.

— D'accord...

Je lui réponds d'un ton conciliant, même si j'ai déjà fait mille essais. Je trace un petit coup de pinceau sur le manteau de la Vierge.

— Ça ne m'a pas l'air si différent..., lui fais-je remarquer.

La couleur correspond parfaitement à l'original. Et toc.

Paola s'approche pour en avoir le cœur net. Elle regarde d'abord la fresque, puis elle me regarde moi. L'instant d'après (un instant qui me semble durer une éternité), son visage retrouve son air hargneux habituel. Paola est comme ça avec tout le monde. Autant s'y faire.

— N'oublie pas de noter les quantités exactes de pigments dans le registre, dit-elle en retournant à sa fresque, une *Annonciation* de Charles Mellin qui occupe le mur d'en face.

— O.K. Je m'en occupe tout de suite après.

J'ai envie de lui répondre que je n'ai pas besoin de les marquer chaque fois puisque je les connais par cœur. Mais je ne dis rien.

Ce registre dont Paola prend religieusement

soin est un cahier cartonné avec de grandes pages vierges. Chaque matin, avant de commencer le travail, elle y écrit la date du jour et note – ou me fait noter – juste en dessous toutes les quantités de pigments nécessaires à nos mélanges de couleurs. Il n'y a vraiment aucune limite à la névrose. Moi qui pensais être le prototype de la maniaque perfectionniste, je suis forcée d'admettre que Paola me bat haut la main ! Au début, sa méticulosité obsessionnelle me faisait peur, et puis je m'y suis habituée. Avec le temps, j'ai même appris à l'apprécier. Bref, je nage en plein syndrome de Stockholm.

Hélas, nous n'avons pas eu l'occasion de faire plus ample connaissance en dehors du travail. J'ai bien essayé de l'inviter gentiment à boire un verre, de faire un tour à l'heure de la pause, mais elle a toujours refusé. Elle a l'air de tenir à garder ses distances. Notre relation ne doit pas sortir du cadre professionnel, un point c'est tout. Et pourtant, je suis convaincue que derrière cette apparente froideur se cache une âme sensible. Il suffit de regarder la façon dont elle tient son pinceau et la grâce avec laquelle elle le fait glisser sur la fresque pour s'en apercevoir. Paola caresse les profils et les ombres avec la légèreté d'une plume.

Nous passons la matinée à travailler sans nous regarder, les yeux rivés à nos fresques respectives. Dans la nef ne résonnent que les pas des visiteurs et les pièces tombant dans la machine qui permet d'éclairer les toiles du Caravage. Je m'arrête un instant pour me mettre deux gouttes de collyre et jeter un œil à mon portable. Ah, un message de Filippo.

> Au terme d'une série d'analyses approfondies, l'architecte visionnaire du futur a conçu une soirée apéritif et cinéma.
> Ils donnent le dernier Tarantino au Farnese. On se retrouve au bureau ?

Le cabinet de Filippo se trouve via Giulia, tout près d'ici. Je le rejoins souvent après le travail. De là, nous prenons l'apéritif au Campo de' Fiori. Nous allons ensuite au ciné, suffisamment tôt pour ne pas louper le dernier métro. Maintenant que les soirées sont de plus en plus douces, ni Filippo ni moi n'avons envie de rester enfermés à la maison. Alors je suis partante, comme d'habitude.

> O.K. À plus tard. Bisou.

Une fois mon téléphone rangé, je me remets au travail.

— Tu imagines, si on avait un équivalent de Photoshop..., dis-je tout haut en ajoutant une touche de blanc au manteau de Marie. Ce serait le pied !

Miracle, Paola esquisse un sourire :

— Je ne suis pas sûre, tu sais... À la longue, je crois que le bonheur de faire ça moi-même finirait par me manquer...

La seconde d'après, elle s'approche de la partie dont je m'occupe et l'observe attentivement, centimètre par centimètre.

— Je te conseille de bien nettoyer toutes ces petites traces, me fait-elle en pointant du doigt un endroit du mur. Sans quoi, tu risques d'être gênée quand tu appliqueras la couleur.

— Bien sûr.

Je sais parfaitement quoi faire, mais Paola ne manque jamais une occasion de me le rappeler. Là-dessus, elle enlève ses gants en caoutchouc et commence à ranger ses outils.

— Tu t'en vas déjà ? lui dis-je en ouvrant de grands yeux.

D'habitude, c'est elle qui s'en va la dernière.

— Oui. Tu ne te souviens pas ? me demande-t-elle à son tour en enlevant sa pince à cheveux. Je ne suis pas là cet aprèm.

— Ah oui, c'est vrai…

Je me souviens, maintenant… Elle m'avait dit qu'elle avait quelque chose de prévu, mais quoi, ça, je n'en sais rien. D'ailleurs, je me suis bien gardée d'en demander plus.

— On se voit demain, alors.

— À demain.

Elle me fait un petit geste de la main et s'en va, baskets aux pieds.

On ne peut pas dire que cet après-midi ait été très productif. Dès seize heures, je me suis laissé distraire par la longue messe en français que le père Serge a célébrée devant de nombreux fidèles et j'ai commencé à me déconcentrer. J'ai préféré faire passer le temps avant de rejoindre Filippo. À quoi bon m'acharner puisque mes yeux ne sont plus capables d'être attentifs aux détails ? Résultat, je m'amuse à regarder les gens, je remplis consciencieusement le registre, je prépare les pigments dont j'aurai besoin demain et je range mes outils en prenant soin de ne pas me presser.

De temps à autre, je croise le regard d'un jeune homme. Cela fait plusieurs jours que je le vois ici. Il reste presque toute la journée devant les tableaux du Caravage sans se soucier des touristes qui passent devant lui.

J'ai remarqué qu'il se sert d'un porte-documents bleu électrique pour prendre des notes ou faire des croquis au crayon qu'il range dans une chemise en carton. Je lui donne vingt ans tout au plus, mais il est peut-être encore plus jeune. Aujourd'hui, il porte un jean slim, des All Star à carreaux et un tee-shirt noir uni. Il a deux bracelets brésiliens au poignet et un piercing au sourcil gauche lui éclaire le visage. Sans être particulièrement grand, il est très longiligne. Bref, avec ses biceps à peine saillants, sa peau pâle et son buste légèrement penché en avant, il a typiquement l'allure de l'étudiant brillant mais tourmenté.

Il vient de m'adresser un sourire, timide et presque imperceptible. Comme pour me saluer, comme pour me dire : « Et si on se disait bonjour ?

Après tout, cela fait cinq jours que nous nous croisons au même endroit. » J'aime ses grands yeux sombres, vifs, brillants. J'aime aussi ses sourcils épais et sa masse de cheveux châtains légèrement ondulés. Sa bouche charnue donne à son visage quelque chose d'exotique.

Avec un peu de chance, ce n'est pas un étudiant mais un jeune artiste en devenir. Il n'est évidemment pas le seul à venir admirer ces chefs-d'œuvre, mais il est différent des autres, car il les observe avec une attention particulière. Quand il ne noircit pas fébrilement des pages et des pages, il passe des heures à lire des manuels qu'il souligne comme s'il voulait en retenir chaque ligne.

Six heures et quart. Il s'apprête à partir ; moi aussi, d'ailleurs. Inutile de rester plus longtemps. J'ai assez donné pour aujourd'hui et j'en ai vraiment ma claque. Le temps d'enlever ma combinaison et de me recoiffer, je traverse la nef en essayant de marcher le plus discrètement possible, vu le bruit d'enfer que font mes sandales.

Je vois le mystérieux jeune homme marcher devant moi quand une feuille tombe soudain de son porte-documents. Je la ramasse et m'empresse de le rattraper avant qu'il ne s'en aille. Je lui donne une petite tape sur l'épaule. Il se retourne, l'air surpris.

— Excuse-moi, mais tu as perdu ça, lui dis-je en lui tendant la feuille.

— Ah, merci. Je ne m'en étais même pas aperçu, me répond-il en rougissant.

Visiblement intimidé, il se gratte la tête avant d'attraper la feuille et de la coincer sous l'élastique de sa chemise. Une fois dehors, je lui demande :

— Ça fait plusieurs jours que tu viens ici, j'ai l'impression. Tu es étudiant ?

— Oui. Je suis en première année à l'Académie des beaux-arts.

Il est nerveux. Son regard ne cesse de bouger.

— J'écris un mémoire sur le cycle de *Saint Matthieu*, m'explique-t-il en s'éclaircissant la gorge.

— Je l'aurais parié, lui dis-je avec un sourire amical.

— Et toi, tu es restauratrice.

Il a l'air impressionné. C'est mignon comme tout.

— Eh bien, enchanté. Moi c'est Martino, ajoute-t-il d'une voix douce en me tendant la main.

— Elena.

— Tu as un petit accent. Tu viens d'où ?

— De Venise.

— Bien sûr… Et tu t'es installée ici pour le boulot, j'imagine ?

— Pas que…, lui dis-je en souriant. Pour rejoindre mon copain aussi.

— Ah, fait-il avec un mouvement de tête.

Je rêve ou il a l'air vaguement déçu ?

Il y a un blanc, comme si nous cherchions tous les deux quelque chose à nous dire.

— Alors je pense qu'on aura souvent l'occasion de se voir ces prochains jours, Martino.

— Oui, je pense que oui, me répond-il avec une drôle de lueur dans les yeux.

— Moi je pars de ce côté, dis-je en joignant le geste à la parole.

— Et moi par là, fait-il soudain, comme si je le tirais de ses pensées.

— À bientôt.

— À bientôt.

Il fait deux pas en arrière et s'en va la tête basse, avec la démarche un peu chaloupée de ceux qui portent des All Star. Je le vois tout d'un coup se retourner, comme pour s'assurer que j'étais vraiment partie. Je lui souris. Il me sourit aussi, sans regarder où il va et finit par bousculer un passant. Gêné, il s'excuse et se dépêche de s'éloigner, les yeux rivés au sol, rouge de honte.

Je trouve sa maladresse craquante. Entre timides, on se comprend tout de suite. À bientôt, Martino. Je crois que je me suis fait un nouvel ami, aujourd'hui.

2

Aujourd'hui, Martino est arrivé de bonne heure. Toutes les deux minutes, il sort une pièce de monnaie d'une petite sacoche en cuir qu'il porte à la ceinture de son jean. J'entends un bruit métallique puis le *clic* du petit projecteur qui s'allume, et voilà que saint Matthieu sort comme par enchantement de l'obscurité.

Martino étudie, scrute, décompose chaque détail puis se fraie un chemin parmi le flot des touristes. Recroquevillé sur un des bancs de l'église, il commence à prendre des notes sur ses feuilles volantes. Voilà une petite semaine que nous avons fait connaissance. C'est agréable de le savoir là jour après jour. Sa présence m'aide un peu à oublier que Paola est toujours sur mon dos.

Il passe de temps en temps me rendre visite à la chapelle. Nous parlons techniques de restauration et théories de la couleur tandis que ma collègue reste bouche cousue dans son coin. Il arrive aussi que Martino m'observe avec la plus grande attention, comme s'il étudiait une œuvre d'art, mais ça ne me dérange pas du tout. Il veut juste connaître tous les secrets de la peinture ; je le note à son regard vif et curieux. Il n'est pas comme les autres jeunes de son âge, ceux qui traînent via del Corso ou qui traversent la ville comme des bombes sur leurs scooters débridés. Martino est un timide, lui. Il a un look original, mais c'est aussi quelqu'un de très respectueux.

— Tu t'es équipé aujourd'hui, à ce que je vois, lui dis-je en indiquant sa sacoche du menton.

— Je ne comprends pas pourquoi l'éclairage dure aussi peu longtemps, sourit-il.

— Demande au père Serge ! fais-je dans un grand éclat de rire.

Je vois aussitôt Paola se crisper. Sans me soucier de ce qu'elle marmonne, je commence à mélanger les pigments rouges qui me serviront pour le manteau de la Vierge.

— J'adorerais avoir une lampe comme la vôtre, poursuit Martino en désignant le projecteur halogène rond qui donne à notre chapelle des allures de plateau de cinéma.

— Je parie que ça déplairait au père Serge.

Au même instant, je m'imagine le prêtre vider sa tirelire avec un grand sourire avant de fermer l'église. Il faut dire que les toiles du Caravage et cet éclairage payant représentent sans doute une bonne partie des recettes de Saint-Louis-des-Français.

— C'est sûr, mais c'est vraiment du vol ! proteste Martino en soupirant. Tout ça me coûte une fortune, ajoute-t-il en agitant sa sacoche presque vide. Espérons au moins que ça serve à quelque chose. Mon prof n'est jamais content de ce que je fais.

— Moi aussi, j'en ai eu une dans ce genre-là, lui dis-je en connaisseuse. Gabriella Borraccini, une éternelle insatisfaite. Elle passait pour une vraie terreur...

Je vois soudain Paola se tourner vers moi. Mince, si ça se trouve, nos bavardages la dérangent.

— Qu'est-ce qu'il y a ?
— Rien... Tu peux me donner le pigment rouge, s'il te plaît ? me demande-t-elle avec une gentillesse que je lui avais rarement vue.

Je m'exécute. C'est étrange, on dirait qu'elle est troublée. Mais je n'ai même pas le temps d'en avoir le cœur net puisqu'elle se retourne aussitôt vers le mur. Je reprends ma conversation avec Martino :

— Moralité : après avoir passé des mois à me faire rembarrer chaque fois que je lui posais une question, après avoir poireauté des heures devant son bureau pour avoir un rendez-vous, j'ai fini par lui présenter un mémoire sur Giorgione à la fin d'un cours. Il m'avait fallu des nuits entières pour l'écrire, et je ne te parle même pas de mes après-midi à la Galleria dell'Accademia ou dans des bibliothèques paumées. Toujours est-il que c'est à partir de ce jour-là que ma prof a estimé que je pouvais être à la hauteur de ses exigences.

— Espérons qu'il en aille de même avec mon prof ! Mais je t'assure que ce n'est pas un tendre, conclut Martino en secouant la tête.

Il me regarde ensuite mélanger des pigments et de l'eau.

— À quoi elle te sert, cette carafe ? me demande-t-il d'un air étonné.

— Il y a un filtre pour retenir les impuretés, lui dis-je en lui montrant comment ça fonctionne. Le calcaire, c'est mortel pour la couleur. C'est un truc que j'ai appris à Venise.

— On peut avoir un peu de silence, par ici ? bougonne soudain Paola d'un ton agacé.

Aïe. Elle est énervée.

— Vous avez raison, excusez-moi, s'empresse d'ajouter Martino.

Je hausse les épaules en lui faisant un clin d'œil, l'air de dire : « Laisse tomber, elle est toujours comme ça. »

— Vous faites plus de bruit que les oies du Capitole, continue de rouspéter Paola.

Comme son accent romain ressort toujours quand elle est vraiment en rogne, je sens qu'il est temps de faire une pause. Il est déjà onze heures passées, et Paola n'a toujours pas décroché.

— On se prend un café ? je demande en lançant un regard complice à Martino.

Réponse inflexible de Paola :

— Allez-y, les enfants. Moi, j'ai un truc à finir, lâche-t-elle d'une voix sèche sans même nous jeter un regard.

— D'accord, alors j'y vais. Je reviens dans un moment.

Le temps d'enlever ma tenue et de récupérer mon sac dans le débarras derrière l'autel, je sors de l'église sur la pointe des pieds en compagnie de Martino.

— Pfff, elle n'est pas franchement souriante, ta collègue...

Nous voilà dehors. Martino arrange la mèche qui lui tombe sur les yeux et me regarde d'un air timide. Je lui propose d'aller au Sant'Eustachio, à deux pas de Saint-Louis, sur la place du même nom. Il paraît qu'on y sert le meilleur café de Rome.

Le soleil est déjà haut. Le ciel est d'un bleu tellement limpide qu'on le dirait sorti d'un tableau. Avec cette douce chaleur et cette petite brise qui vient parfois de la mer, le temps de ce mois de mai romain est idéal.

Nous sommes sur le point de quitter la via della Dogana Vecchia pour arriver sur la place quand je sens soudain le souffle me manquer. Un court instant, je crois sentir dans l'air un parfum connu, un parfum d'ambre mélangé à une odeur plus corsée et plus envoûtante. *Son* parfum, celui de Leonardo. Mon cœur se met à battre la chamade. Pétrifiée, je regarde autour de moi mais ne vois personne qui puisse lui ressembler. L'instant d'après, une pin-up taille mannequin moulée dans une paire de leggings noirs des plus suggestifs me passe sous le nez et inonde l'atmosphère de son parfum entêtant. Plus rien.

— Qu'est-ce qu'il y a ? Tout va bien ?

La voix inquiète de Martino me ramène brusquement à la réalité. J'avais presque oublié sa présence.

— Oui, oui… Pourquoi ?
— Tu es toute pâle.

Non mais franchement, à quoi bon m'acharner à faire comme si de rien n'était puisqu'un gamin peut voir que quelque chose ne va pas ?

— Non, rassure-toi… J'ai juste eu l'impression de voir quelqu'un que je connaissais, mais je me suis trompée…

J'essaie d'esquisser un sourire pour cacher mon trouble.

— Peut-être que c'est Paola qui nous espionne, plaisante Martino.

J'éclate de rire en m'efforçant de chasser ce souvenir qui hante mes sens et chaque fibre de mon corps.

Arrivés au café, nous sautons sur la première table au soleil et passons commande auprès du serveur, un homme aux cheveux gris et aux joues rouges qui a le physique de l'emploi. Je prends un café et Martino un chinotto.

— Qu'est-ce que j'aime Rome au printemps ! dis-je en soupirant sans cesser de regarder autour de moi.

— Oui, ça doit être pareil à Venise, j'imagine, dit Martino. Tu vas rire, mais je n'y suis allé qu'une seule fois. C'était pour un voyage de classe, au lycée. Évidemment, je ne souviens que d'avoir picolé et vomi à l'hôtel…

— Il faut absolument que tu y retournes. Il y a tellement de chefs-d'œuvre que tu ne sais plus où donner de la tête, dis-je en croisant les jambes, calée au fond de mon fauteuil en fer forgé. D'ailleurs, si tu as envie d'y faire un tour et que tu cherches des bons plans, n'hésite pas à me demander. Je connais plutôt bien la ville, tu sais…

— Tu pourrais peut-être me servir de guide, me suggère-t-il.

Son regard tombe sur mon décolleté mais se dérobe aussitôt… Ce garçon est vraiment un grand timide, mais je dois admettre que sa candeur est craquante.

Je souris, d'un air plus touché que gêné :

— Peut-être…, dis-je en réajustant mon tee-shirt le plus naturellement possible.

Autant ne pas trop en dire.

Entre-temps, le serveur arrive et dépose élégamment son plateau sur la table.

— Madame, monsieur, vos commandes, dit-il de sa voix grave de baryton.

Le voyant rester devant nous droit comme un *i*, Martino se jette sur sa sacoche mais je l'en empêche d'un geste.

— Laisse, c'est pour moi, lui dis-je en tendant un billet de dix euros au serveur. En plus, c'est mon anniversaire aujourd'hui…

— Vraiment ? s'exclame Martino, tout surpris. Il fallait le dire plus tôt !

Joignant le geste à la parole, il se lève pour me faire maladroitement la bise.

— Je sais que ça ne se fait pas de demander son âge à une femme, mais…

— Trente ans tout rond, lui dis-je sans lui laisser le temps de finir sa phrase.

Je suis flattée par son air étonné, et pas qu'un peu.

— Mince, tu ne les fais pas !
— Merci.

S'entendre dire ça le jour de ses trente ans, ça fait toujours plaisir.

— Tu es née le 16 mai... alors tu es taureau.
— Oui, et toi ?
— Balance. J'aurai vingt ans le 3 octobre.

Il ne fait pas son âge lui non plus, mais je me garde bien de le lui dire. J'imagine qu'il ne prendrait pas ça pour un compliment.

J'avale ma dernière gorgée de café avant de racler le reste de sucre au fond de ma tasse. Pas moyen de m'empêcher de penser à l'odeur de tout à l'heure. Elle m'est soudainement revenue en mémoire, comme si mon esprit en était imprégné.

— Tiens, la revoilà, fait Martino en m'observant comme si j'étais une curiosité scientifique.
— La revoilà quoi ? je lui demande, surprise.
— Une drôle de tête que tu fais de temps en temps. Je te regarde, tu sais ? Brusquement, tu t'absentes, comme si tu courais après quelque chose qui t'échappe, quelque chose d'inaccessible. Ça t'est arrivé tout à l'heure, quand tu t'es arrêtée en plein milieu de la rue.

Ses yeux sont devenus comme deux fentes.

— Tu as l'air triste, Elena... On sent comme une douleur au plus profond de toi, une douleur qui se réveille de temps à autre.

Ses mots me font l'effet d'une gifle. Et pour cause : je viens de prendre conscience que mon cœur porte en lui une blessure, une blessure qui ne s'est pas encore refermée et dont je ne guérirai peut-être jamais complètement : Leonardo.

— Personne ne m'avait jamais dit ça, lui fais-je en souriant pour ne pas trahir mon émotion.

— C'est un compliment, ajoute Martino en souriant lui aussi. Cette étrange mélancolie te rend encore plus belle.

Il rougit.

— Eh bien... merci. Voilà mon premier cadeau de la journée.

J'éclate de rire, histoire de ne pas l'embarrasser davantage.

— L'heure tourne. Retournons au travail, sinon Paola va me passer un savon...

— Oui, allons-y.

Sans insister, Martino ramasse ses affaires en vitesse. Il s'est montré suffisamment entreprenant pour aujourd'hui.

Une surprise m'attend à la maison : Filippo, affalé sur le canapé, les yeux fermés, la tête sur le coussin décoré d'une vue en noir et blanc de Manhattan. Il a ôté sa veste, sa cravate, et les a jetées sur le fauteuil. À le voir comme ça, avec son col de chemise déboutonné, on croirait qu'il dort, mais non. Il chantonne *Via con me* de Paolo Conte, une de nos chansons fétiches, en battant la mesure de son pied nu. Avec ses écouteurs vissés aux oreilles, il ne m'a pas entendue entrer.

J'en profite pour l'observer. Son beau visage est éclairé par une douce lumière. Le retrouver me rend si sereine. Peut-être que je suis vraiment heureuse, pour la première fois de ma vie. Heureuse d'appartenir à Filippo, à cet endroit, heureuse de tout ce qui m'entoure. À peine me suis-je approchée du canapé que Filippo ouvre les yeux. Le temps de s'étirer, il me dit en souriant :

— Joyeux anniversaire, Bibi !

— Merci, Fil ! Même si tu me l'as déjà souhaité ce matin..., je lui réponds tout bas en déposant mon sac sur le tapis à pois.

Filippo soupire et ouvre grands les bras :

— Viens que je t'embrasse !

Je me laisse tomber sur son corps chaud. Il me caresse la bouche d'un tendre baiser avant de tirer de sous le coussin une enveloppe blanche ornée d'une marguerite.

— C'est pour toi, me chuchote-t-il avec un sourire radieux.

À l'intérieur, je trouve un bon pour un week-end en Toscane.

— Waouh, Fil, merci ! On part, alors ? lui dis-je en me pendant à son cou.

Je l'embrasse intensément. Pour une surprise, c'est une surprise. Toute une soirée rien que nous deux à manger comme des rois et à faire l'amour... Je m'y vois déjà.

Mais ce n'est pas tout. Filippo a organisé un dîner en mon honneur dans un des meilleurs restaurants de Rome. Quelques amis vont se joindre à nous.

— Trente ans, il faut bien marquer le coup !

lance-t-il solennellement. Alors fêtons ça comme il se doit... Ça me semble le minimum !

— Dis donc... est-ce que tu ne me gâterais pas un peu trop ?

À vrai dire, j'aurais préféré que nous passions la soirée en amoureux, mais tant pis. C'est une si gentille attention que je m'en voudrais de le décevoir. Entourant son visage de mes mains, je le couvre de petits baisers.

— Je suis heureuse, tellement heureuse. Parce que je t'ai près de moi.

— Moi aussi Bibi, fait-il en m'effleurant les cheveux. Et entre nous, ça me fait plaisir que tu ne sois plus végétarienne. Parce que, avant, c'était un vrai casse-tête de t'emmener quelque part...

Je souris en repensant à tout ce que j'ai fait endurer à Filippo depuis que nous nous connaissons. Avec mes goûts compliqués, j'avoue que j'ai été particulièrement pénible... Une chance pour lui que je sois devenue carnivore !

— Je n'ai jamais vu quelqu'un se mettre à manger de la viande du jour au lendemain, poursuit-il en se levant du canapé. C'était tellement surprenant... Je n'ai jamais compris ce qui t'est arrivé.

— Moi non plus je n'ai pas compris.

J'ai beau m'en tirer avec un sourire, le souvenir de Leonardo revient une nouvelle fois me hanter, me vampiriser l'esprit, comme avant. Si je ne l'avais pas rencontré, je serais peut-être encore végétarienne à l'heure qu'il est. Si je ne l'avais pas rencontré, je serais encore la Elena d'autrefois.

Je vivrais dans un monde en noir et blanc, sans consistance, sans odeur, sans saveur.

Avant de partir, je prends un petit moment pour parler à Gaia sur Skype. Elle commence évidemment par se moquer de mon grand âge (on verra si elle fait encore sa maligne dans six mois, quand ce sera son tour), puis me raconte les derniers développements de son histoire avec Belotti, son cycliste. L'entendre raconter tout un tas d'anecdotes croustillantes avec ses expressions bien à elle m'amuse toujours énormément. Et puis nous sommes liées comme les doigts de la main, elle et moi : je suis heureuse si elle est heureuse. Je refuse qu'elle fasse n'importe quoi pour un type qui ne me revient pas du tout et qui ne la mérite sans doute pas.

— Alors, vous vous êtes vus, oui ou non ? je lui demande, impatiente d'en savoir plus.

— Oui. Une fois, minaude-t-elle en s'enroulant une mèche blonde autour du doigt.

Je remarque qu'elle a son vernis rouge, le préféré de Belotti. Elle m'a assez bassinée avec ça pour que je m'en souvienne.

— Et où, si ce n'est pas trop indiscret ?

— J'ai été le voir chez lui, à Monaco, juste avant le début du Giro. On s'est envoyés en l'air toute la nuit. Et le lendemain aussi. Elé, c'était fantastique !

L'étincelle de joie qui pétille dans les yeux verts de Gaia est suffisamment explicite. En plus d'être beau, Samuel Belotti doit aussi être un bon coup.

— Et maintenant ?

— Maintenant, pas touche ! soupire-t-elle. Plus moyen de le voir pendant le Giro, tu t'imagines bien ! Il m'a interdit de le rejoindre, d'ailleurs. Il dit que ça pourrait compromettre ses performances.

— Quel connard...

— Écoute, ce n'est pas sa faute, son directeur sportif était contre ! Bref, je dois l'oublier jusqu'à la mi-juin, fait-elle en haussant les épaules. En tout cas, depuis notre nuit de folie, on se téléphone beaucoup plus souvent qu'avant, tu sais.

— Tant mieux, alors.

Belotti est peut-être sincère, mais j'en doute.

— Et avec Brandolini, tu en es où ? Tu as le droit de ne pas me répondre, bien sûr.

— Il m'arrive de penser à lui. Figure-toi que je l'ai croisé au Rialto pas plus tard que la semaine dernière, m'explique-t-elle en se grattant le front, comme mal à l'aise. Mais c'est terminé. Ça n'aurait pas été honnête que je reste avec lui.

Je hoche la tête d'un air compréhensif.

— Et avec Filippo, ça se passe comment ? s'empresse-t-elle de me demander, histoire de changer de sujet.

— Bien, fais-je avec un sourire. Tellement bien que j'ai du mal à y croire.

Je dois être radieuse, car Gaia sourit elle aussi.

— Quand je te disais que vous étiez faits l'un pour l'autre ! Je te sens heureuse, Elé. Tu le mérites, vraiment.

Gaia est la seule à être au courant de mon histoire avec Leonardo. Elle a été très présente au moment de notre rupture et soulagée depuis de me voir remonter la pente après tous ces moments de souffrance et de doute.

— Au fait, quand est-ce que tu viens nous voir ?

— Bientôt, juré.

— Tu me le promets ? Méfie-toi, je t'attends de pied ferme.

Je jette un coup d'œil à l'horloge de mon écran. Vingt heures trente, déjà ! Aïe aïe aïe, il faut que je me dépêche.

— Bon, je te laisse, Gaia. Filippo a organisé un dîner avec des amis. On va fêter ça tous ensemble.

— Et après, est-ce que vous allez fêter ça juste tous les deux ? me demande-t-elle avec un petit air coquin.

— Je ne sais pas... mais j'espère bien que oui, lui dis-je avec un clin d'œil. Tu m'excuses, mais là je dois trouver une tenue potable pour mon vieux corps fatigué de trentenaire !

— Amusez-vous bien ! Et faites ce que moi je ferais à votre place... À très vite.

— Bisous, ma Gaia.

— Bye, Elé. Gros bisous !

Sitôt notre conversation terminée, je file me préparer pour la soirée. Je choisis une petite robe noire avec des bretelles fines, des chaussures ouvertes bleu électrique (dont les talons me font gagner dix bons centimètres) et une écharpe en soie. Je me vaporise un peu de Chloé sur le dos de la main, un petit truc signé Gaia. « Tu vois, comme tu fais tout le temps de grands gestes, tu peux diffuser ton parfum autour de toi. » Des années après, ce qu'elle m'avait dit dans les couloirs du lycée me trotte encore dans la tête.

Ensuite, direction la salle de bains. Après un brossage de dents énergique, je commence l'opération maquillage, en suivant les instructions de la pro. Je commence par m'appliquer soigneusement un rouge à lèvres rose pêche avant de le tamponner avec un mouchoir en papier, et je termine avec du gloss transparent. Puis les yeux. Afin d'avoir un regard plus intense, je me passe une couche de fard à paupières. Tout de même, est-ce que ce n'est pas un peu trop ? Tant pis. Le temps de me mettre un soupçon de blush sur les joues, le front et le menton, je termine avec un peu d'anticernes. Et voilà, je suis prête ! J'espère ne pas trop avoir l'air d'un clown... Je me regarde dans la glace en souriant. Ça va, je suis plutôt mignonne. À l'âge vénérable de trente ans, il est peut-être temps de savoir se maquiller.

De retour dans la chambre, je pars à la recherche de ma pochette en cuir bleu que j'avais payée un prix fou dans une boutique de Venise. Autant m'en servir, au lieu de lui faire prendre la poussière ! Je la retrouve dans le placard, complètement écrasée sous une pile d'*Architectural Digest*. Qu'est-ce que Filippo peut m'énerver à ranger ses affaires n'importe comment ! Bref, après lui avoir rendu sa forme initiale, j'y glisse mon iPhone, du brillant à lèvres, un miroir de poche, des pansements (mieux vaut en avoir sur soi quand on sort avec ce genre d'échasses) et un paquet de mes indispensables bâtonnets de réglisse. J'ai du mal à refermer ma pochette, mais tout rentre.

Je m'attache au poignet gauche le beau bracelet que Filippo m'a offert après nos retrouvailles, j'enfile mes chaussures et vais au salon. Habillé d'un pantalon bleu et d'une chemise blanche retroussée jusqu'aux coudes, Filippo m'attend tranquillement sur le canapé. Facile de s'habiller en deux minutes chrono quand il suffit de se passer une noisette de gel dans les cheveux pour être beau comme le jour !

Le restaurant qu'a choisi Filippo est des plus agréables : il y règne une atmosphère chic et originale, mais pas aseptisée comme tant d'endroits à la mode. Tout est meublé dans le style Liberty, du comptoir en onyx rétroéclairé, derrière lequel s'alignent des centaines de bouteilles de vin, au laboratoire de pâtisserie visible depuis la salle principale au plafond voûté. Les tables aux nappes blanches sont ornées de fleurs fraîches. Au deuxième étage s'ouvre une terrasse avec une vue à couper le souffle sur le Testaccio. C'est là que nous allons dîner.

L'ambiance a beau être décontractée, je ne me sens pas complètement en phase. Ce n'est pas la première fois que je rencontre les collègues de Filippo, pourtant. Je les connais tous, mais dans le fond ils restent des étrangers. Alessio, un bon vivant, va sur ses quarante ans. Il est marié avec Flavia, une jolie blonde qui ne passe pas inaperçue. Elle travaille pour une télé locale. Giovanni, lui, est malingre et un peu dégarni. Il est fiancé à Isabella, une fille très douce qui vient de terminer ses études de médecine. Quant à Riccardo, le chef de Filippo, c'est un célibataire endurci bien décidé à conserver sa liberté malgré ses cheveux gris et ses quarante ans bien sonnés. Je ne l'ai jamais vu deux fois avec la même « amie ». Ce soir, il est venu avec une rousse pas bavarde qui s'est sans doute fait refaire les pommettes mais qui a des jambes magnifiques. Même s'ils font tous l'effort d'être gentils avec moi (et je dois dire qu'ils sont vraiment sympathiques et intéressants), j'ai parfois l'impression que je ne pourrai jamais faire partie de leur groupe. Il me manque les atomes crochus qui ne peuvent exister qu'entre ceux qui se connaissent depuis toujours. C'est dans ces moments-là que Gaia me manque le plus, elle avec qui j'ai vécu tant de choses.

Après avoir épluché le menu et la carte des vins, nous choisissons nos entrées – des *arancini* au caciocavallo et au safran puis des *bruschette* avec œufs de thon, citron, tomate et basilic. Pour accompagner le tout, Filippo commande le meilleur champagne. « Excellent choix, monsieur », murmure le serveur en livrée blanche et nœud papillon en soie noire. Quelques minutes plus tard, le voilà qui arrive avec nos plats et une bouteille de Piper-Heidsieck millésimée.

Tandis qu'Alessio remplit nos flûtes, Filippo quitte sa chaise et prend un air presque solennel. « À ma *fiancée* », lance-t-il fièrement en levant bien haut son verre. Comme un seul homme, tout le monde imite son geste.

Rougissant jusqu'aux oreilles, je me cache une partie du visage avec la main. Je ne sais pas si j'ai envie de le tuer ou de le couvrir de baisers. C'est la première fois que je l'entends prononcer ce mot. Même si la chose a été officialisée dès que nous nous sommes installés ensemble, il y a un mois et demi, ça me fait tout drôle que Filippo m'appelle comme ça.

Avec un grand sourire, je lève mon verre pour trinquer moi aussi. Filippo m'embrasse puis j'en fais autant, même si ce genre d'effusions en public a le don de me mettre terriblement mal à l'aise.

Nous venons à peine d'attaquer nos entrées quand soudain, un coup de blues m'envahit. Pourquoi maintenant ? C'est bien sûr un peu dur d'accepter le temps qui passe, c'est la même histoire à chaque anniversaire... Le fait que je ne me sente pas complètement à ma place au milieu de tous ces gens que je connais à peine doit également jouer. Et puis je crois que j'ai l'alcool un peu triste... Toujours est-il que la sourde mélancolie de ce matin me plombe une nouvelle fois le moral. Je me sens comme une étrangère, loin de tout. Ça faisait longtemps que ça ne m'était pas arrivé. J'essaie de me dire que ce sont mes hormones qui me jouent des tours, mais ça ne me fait pas rire. Au fond, je sais qu'il y a autre chose. J'ai beau sourire à droite et à gauche, cet anniversaire me laisse un goût amer que la saveur exquise de mon risotto au pesto d'agrumes, avocat et menthe a du mal à faire passer.

Arrive finalement le magnifique gâteau poire-chocolat que Filippo a fait préparer pour moi. Je me retrouve à souffler mes bougies sous le regard enjoué des autres convives. À cet instant, je ne désire qu'une chose : que cette soirée se termine le plus vite possible.

Mon gâteau repart en cuisine pour être découpé en petites parts, qu'on nous sert sur de fines assiettes en porcelaine. Et là, que vois-je ?

Une fleur en graines de grenade…

— Tu as vu ça, Bibi ? me fait Filippo, assis juste à côté de moi. Un hommage à la reine de la soirée !

— Ah, oui… c'est… très joli.

Je fais mon possible pour sourire mais je sens mon visage se décomposer. D'une main tremblante, j'essaie de porter la coupe à mes lèvres. Dans mon cœur tout s'agite, tout explose. Cette grenade. Ça ne peut pas être un hasard, c'est un signe, un message qu'*il* m'envoie, je le sais… même si je n'arrive pas à y croire.

Je tente de chasser Leonardo de mon esprit en me concentrant de toutes mes forces sur le projet de réaménagement d'un parc abandonné dont est en train de parler Alessio avec animation. Hélas, ses histoires d'écoconception et de bioconstruction ne me sont pas d'un grand secours. Je commence à devenir dingue. Pas question de rester ici une seconde de plus.

Je dois savoir. Maintenant.

Je laisse tomber ma fourchette dans mon assiette avant de me lever d'un bond. Les autres me regardent sans trop comprendre.

— Je vais me refaire une beauté, dis-je pour les tranquilliser.

De retour à l'intérieur, je dépasse la porte des toilettes et file droit vers la cuisine. Je marche à toute vitesse en jetant des regards nerveux tout autour de moi. J'ai les mains moites. Peut-être que je suis en train de me faire un film, après tout. Mais si j'avais raison ? Si j'étais en train de faire une erreur monumentale ? L'espace d'un instant, j'ai l'impression d'être l'héroïne d'un de ces films d'horreur débiles qui ouvre sa porte dès qu'elle entend un bruit bizarre au lieu d'appeler la police. Et pourtant, que puis-je faire d'autre ?

Le rouge aux joues, je regarde par le hublot de la cuisine sans réussir à voir grand-chose. Respire, Elena, respire. Et je pousse la porte à double battant qui s'ouvre comme une porte de saloon. Je manque de percuter un serveur qui sort pile à cet instant, les bras chargés d'assiettes fumantes, mais j'arrive *in extremis* à m'écarter. Il règne dans la pièce une telle effervescence que j'en ai presque le tournis. Toute une brigade de commis se pressent autour du plan de travail central et des fourneaux : on tranche, on saisit, on pane, on enfourne, on garnit et on saupoudre. Au milieu de ce vacarme d'ustensiles, de voix, de vapeurs, d'odeurs, un seul homme dirige cet orchestre parfaitement en place.

— On est en retard, les gars ! Magnez-vous le train, bon Dieu !

Sa voix résonne comme un coup de tonnerre.
Le souffle coupé, je l'aperçois.
Leonardo.
Il porte une tenue blanche et un bandeau autour du front, comme le soir de l'inauguration du restaurant de Brandolini, à Venise. Les joues mangées par sa barbe de trois jours (comme d'habitude), le front perlant de sueur, il surveille son territoire de ses grands yeux sombres toujours en mouvement. Tout en lui traduit le charisme et l'autorité. Il n'y a qu'à voir la façon dont ses collaborateurs l'écoutent donner ses directives : il fait peur. Et moi qui l'observe, là, face à lui, sans qu'il se soit rendu compte de rien…

— Le homard de la 4 est prêt depuis trois minutes. Tu attends que ça refroidisse pour envoyer, Ugo, c'est ça ? Mais où est-ce que tu as eu ton diplôme ?

— Oui, chef. Je fais le dressage dans une minute… Excusez-moi, chef. Je me suis déconcentré, répond le pauvre Ugo, mort de trouille.

— Ah, tu t'es déconcentré, je comprends mieux ! C'est pas grave, tu sais : ils ont toujours besoin de bras pour préparer les frites, chez McDo… Grouille-toi avec ce carpaccio de thon, allez !

— Oui, chef. Tout de suite, chef !

— Et toi, Alberto, tu mets trop de sauce dans les garganelli. Moins que ça, moins que ça !

Leonardo. Il est comme dans mon souvenir. Peut-être encore même plus sûr de lui, encore plus impressionnant. Ses cheveux paraissent plus foncés. Sa mâchoire plus carrée et ses muscles plus saillants – mais ce doit être le fruit de mon imagination. Une sorte d'hallucination.

Une chance, il ne m'a toujours pas vue. Je commence à respirer quand, soudain, ses yeux croisent les miens. Je commence à trembler, les jambes me manquent. Il s'avance vers moi à grandes enjambées, un sourire au coin des lèvres et je reste là sans bouger, comme paralysée. J'inspire, j'expire, j'inspire.

Je suis perdue, chamboulée, folle de rage – et incapable de mettre un mot sur ce que je ressens, là, maintenant. Pas un mot, pas un son ne me sortent de la bouche. J'hésite une seconde à attraper une assiette pour la lui jeter en travers de la figure, comme dans une mauvaise comédie à l'italienne, ou à m'en aller. Hélas, avant que je puisse faire quoi que ce soit, Leonardo se dresse devant moi et pose un bras sur le mien. Sentir sa main se refermer sur moi suffit à me faire perdre contact avec la réalité. J'avais oublié que ses mains étaient aussi grandes. Aussi chaudes. J'essaie de me libérer : impossible.

— Salut, se contente-t-il de dire.

Il a toujours son sourire insolent et cet étrange reflet dans les yeux. Ses petites rides d'expression sont toujours là. Bon sang, comment pouvait-il être aussi sexy ? À la fois incrédule et excédée, je grogne un bonjour en retour. Cela fait trois mois que nous ne nous sommes pas vus, trois mois pendant lesquels je me suis posé mille questions sur ma vie. J'ai pris un nouveau départ, et le voilà qui me salue comme si de rien n'était, le plus naturellement du monde. Tandis qu'un frisson me parcourt la colonne vertébrale, je le regarde, les poings serrés jusqu'à m'enfoncer les ongles dans la peau.

— Qu'est-ce qu'il y a ? Tu as l'air... surprise, me demande-t-il en me regardant droit dans les yeux.

— Évidemment que je suis surprise, je lui réponds en levant un peu le menton.

— Eh bien, moi aussi.

Il a l'air plus amusé que troublé. Voir un petit sourire satisfait lui poindre au coin de la bouche me fait sortir de mes gonds :

— Ça te dérangerait de me dire ce que tu fais ici ?

— Je te retourne la question, puisque c'est mon restaurant, réplique-t-il en haussant les épaules, l'air innocent.

Je le fixe sans mot dire. Le fait que Leonardo puisse avoir un restaurant à Rome ne m'avait jamais effleuré l'esprit. Alors m'imaginer tomber sur lui le jour de mon anniversaire...

— C'est mon port d'attache quand je reviens de mes voyages un peu partout dans le monde. J'ai dû oublier de t'en parler...

Un son désarticulé me sort de la gorge. Je secoue la tête, en essayant de me calmer, mais je me sens bouillir. Pendant ce temps, Leonardo me regarde comme si on venait de lui faire la surprise de sa vie.

— Je t'ai vue entrer, tout à l'heure. De temps en temps, j'aime bien savoir comment ça se passe en salle, alors je regarde par le hublot...

Il m'attrape par la taille pour m'inviter à dégager le passage puis me dévisage en souriant.

— Je ne pouvais pas te laisser partir comme ça... C'est le destin qui t'a conduite ici.

— Ah oui, vraiment ? Et on peut savoir pourquoi ?

J'essaie d'être aussi sèche et cassante que possible.

— Va savoir..., ricane-t-il en haussant les épaules.

Je suis à deux doigts de péter un câble.

— Peut-être qu'il veut juste nous faire une blague. Encore faut-il lui donner un petit coup de pouce...

C'est la goutte d'eau. Et là, j'explose pour de bon :

— Mais c'est pas vrai ! Tu peux me dire ce qu'il y a de si drôle ? Tu te rends compte de tout le mal que tu m'as fait ? Est-ce que tu as la moindre idée de ce que j'ai enduré quand j'ai voulu t'oublier ? Du temps qu'il m'a fallu pour me convaincre que j'avais eu tort de te laisser me séduire ? Et maintenant, tu viens me parler du destin ? Je vais te dire une chose, Leonardo : va te faire foutre, toi, ton destin, ton resto. Et moi qui suis venue ici, mais quelle conne !

Je hurle. Impossible de me maîtriser – je n'en ai d'ailleurs aucune envie. Tous les commis se retournent vers nous sans rien comprendre à ce qui se passe, mais je m'en moque. Je crie tellement fort que Leonardo doit faire un pas en arrière, presque choqué. Puis il m'attrape par un bras et me fait entrer dans un réduit sombre, juste à notre droite.

— Calme-toi, Elena. S'il te plaît.

Il se penche vers moi, suffisamment près pour que je puisse sentir l'odeur de sa peau et son haleine aux arômes de brandy.

— Pas la peine de faire une scène devant tout le monde.

— J'en ai rien à foutre, lui dis-je en le foudroyant du regard.

— Est-ce qu'on peut se parler calmement, sans avoir à crier ?

— Non, Leonardo, je n'ai aucune intention de te parler. Je me fiche de savoir ce que tu as à me dire, d'ailleurs je n'ai rien à…

Sans me laisser le temps de finir ma phrase, Leonardo pose une main sur ma bouche. Et soudain, ses lèvres sont sur les miennes.

Malgré la surprise, je trouve encore la force de me détacher de sa bouche brûlante et de lui coller une gifle sonore en pleine face.

Leonardo se passe une main sur la joue. Mais il sourit.

— Tu m'as manqué, me chuchote-t-il. C'est toujours aussi bon de t'embrasser.

Je me contente de planter mes yeux dans les siens. Je lui ai manqué, c'est ça qu'il vient de me dire ?

— Je te signale que je suis avec quelqu'un d'autre, maintenant, lui dis-je d'une voix sèche et ferme.

— Je suis désolé, Elena, poursuit-il.

Ah non, c'est trop facile de dire qu'on est désolé quand on a brisé le cœur de quelqu'un ! Est-ce qu'il se doute qu'à cause de lui j'ai passé trois mois à pleurer ?

— Désolé de quoi ?

— De la façon dont ça s'est terminé entre nous. De tout.

Je lis de la sincérité dans son regard. On dirait qu'il parle sérieusement. Un ange passe. Je ne sais plus quoi penser. Je ne m'attendais pas qu'il puisse encore me faire cet effet-là. Je sens sa main se refermer sur le bracelet que m'a offert Filippo. La gorge nouée, je ne peux que lui murmurer :

— Eh bien… Si on m'avait dit que tes excuses seraient mon plus beau cadeau d'anniversaire !

Sans rien ajouter, je tourne les talons et sors.

Je regagne la table, blanche comme un linge. Mon cœur pèse une tonne, mais il ne faut surtout pas que les autres s'en aperçoivent. Pour faire comme si de rien n'était, je savoure le sorbet citron et jasmin qu'on vient de nous servir. Mais je vois bien que Filippo est inquiet.

— Tout va bien, Bibi ?

Je lui réponds que oui, tout va bien, avec un sourire figé. Je viens de mentir à l'homme que j'aime. Mes trente ans commencent bien.

Dans le taxi qui nous ramène, Filippo et moi, je ne cesse de ruminer. Mais qu'est-ce que j'ai fait pour mériter ça ? Tout allait si bien... Moi qui venais de commencer une nouvelle vie, qui avais enfin découvert l'amour, le véritable amour... Pourquoi a-t-il fallu que Leonardo revienne chambouler tout ce que j'ai construit ? Je le déteste d'avoir refait surface de façon aussi absurde. Et je me déteste d'avoir à tout prix voulu savoir.

Le taxi nous dépose enfin dans notre rue, une avenue paisible bordée d'arbres. Je sors les clés de ma pochette pour les passer à Filippo. Je n'ai qu'une hâte, c'est d'allumer deux, trois bougies, d'ouvrir une bonne bouteille de vin et de mettre une musique douce qui me fera oublier toute trace du passé. Je veux que cette fin de soirée n'appartienne qu'à Filippo et moi.

Pendant que j'ouvre un Masseto dell'Ornellaia, Filippo s'allonge sur le divan, la chemise entièrement déboutonnée. Le temps d'enlever mes chaussures, je m'installe sur ses genoux en lui lançant un sourire charmeur. *È l'uomo per me...*, chante la voix envoûtante de Mina. En chantonnant tout bas, je l'embrasse sur une joue, puis dans le cou et enfin sur la poitrine.

Les yeux fermés, Filippo esquisse un sourire :

— Mmm, ça me plaît..., chuchote-t-il.

— Et ça ? lui dis-je en lui léchant l'oreille.

Malgré moi, le souvenir de Leonardo me revient, encore plus vif... C'est généralement quand vous essayez d'oublier quelque chose que ça ne vous lâche plus. Je m'efforce de faire le vide, encore et encore. J'embrasse à nouveau Filippo, sur la bouche cette fois. Ça y est, le visage et les lèvres de Leonardo commencent enfin à disparaître.

Filippo m'enlève violemment ma robe tandis que je le débarrasse de sa chemise et de son pantalon. Nous nous tenons serrés dans les bras l'un de l'autre, peau contre peau. Je prononce son nom haut et fort. L'image de Leonardo s'est comme évanouie.

— Oh, Elena, gémit Filippo en appuyant fort ses mains contre mon dos.

Son sexe est collé à mon ventre. Il me veut, je sens son désir grandir à travers le tissu de ses sous-vêtements. C'est dans ces instants-là qu'il m'appelle « Elena ». Juste « Elena ».

J'ouvre les yeux pour le chercher du regard.

Je le fixe intensément et lui dis :

— Je t'aime.

— Moi aussi...

Tout en lui me prouve qu'il est sincère, qu'il est heureux.

Les yeux clos, je sens que mon corps l'excite de plus en plus. Je me mets sur lui et commence à onduler le bassin. Je murmure une nouvelle fois son nom. Le nom de mon *fiancé*. Je sais exactement qui je suis là, maintenant. Pour qui mon cœur bat. Je laisse Filippo m'emmener dans notre chambre, sereine.

Nous sommes nus dans ce lit sacré – notre lit. Leonardo appartient au passé. Il est sorti de ma vie, dont il n'a jamais fait partie, et où il n'aura jamais sa place. Qu'il aille se faire foutre!

Tandis que Filippo va et vient à l'intérieur de moi, je me sens moi-même, comblée par son corps, par son odeur, par son amour. Par quelque chose que personne ne pourra jamais m'arracher.

3

Je cherche ma boîte de réglisses dans les grandes poches de ma combinaison. Mince : elle est vide. Il est tout juste seize heures trente, et j'en ai déjà avalé un paquet entier. Résultat, j'ai l'estomac à l'envers et la tête qui tourne. Soyons honnête : si je suis une vraie pile électrique, ce n'est pas seulement à cause de la réglisse. Je suis encore sous le coup de l'épisode d'hier et d'une nuit sans sommeil. Revoir Leonardo a été un choc, mais, au fond, je pouvais m'y attendre. J'ai beau me répéter que tout va bien, que Filippo est le seul qui compte vraiment pour moi, à quoi bon me mentir ? Pour la troisième fois de la journée – et pour la plus grande joie de Paola –, je me suis trompée dans mes mélanges de pigments. C'est plus fort que moi, je n'arrive pas à me concentrer. Mais qu'est-ce qui m'arrive, enfin ? Mon esprit flotte, il vagabonde du côté d'un territoire défendu. Leonardo. Je dois me protéger, me sauver de moi-même. Penser à autre chose.

Comme si ça ne suffisait pas, trois Françaises, deux bigotes et une bonne sœur, qui récitent leur rosaire à tue-tête juste en face de la chapelle. Cela fait une demi-heure qu'elles me tapent sur le système. Elles pourraient au moins avoir la politesse de baisser un peu le volume, mais elles ont l'air tellement absorbées dans leurs prières qu'elles en oublient le reste du monde. Je me tourne un instant dans leur direction avant de secouer la tête. Tant pis. Autant travailler sur la teinte qui me permettra de raviver les boucles de Jésus dans les bras de la Vierge.

Martino n'est pas là aujourd'hui. Je ne peux même pas discuter avec lui pour me changer les idées. À la longue, sa présence est devenue partie intégrante de mon quotidien, alors c'est perturbant de ne pas le voir insérer ses pièces dans la petite machine ou noircir des pages et des pages de notes. Je me sens un peu seule, aujourd'hui. J'espère qu'il va venir, mais, si ça se trouve, il s'est enfermé chez lui pour réviser le cours de ce prof qui lui fait si peur.

— Elena, mais qu'est-ce que tu fais, bon sang ?

Une main m'attrape le poignet et me tire le bras en arrière. C'est Paola. Quelle crétine je fais ! J'étais à deux doigts de tremper mon pinceau non pas dans de l'eau mais dans du solvant.

— Mais qu'est-ce qui te prend ?! crie-t-elle d'une voix stridente.

Elle me serre si brutalement que ça me fait sursauter.

— Excuse-moi, dis-je d'une toute petite voix.

Les yeux baissés, je me sens rougir de la tête aux pieds.

— J'ai la tête ailleurs, aujourd'hui.
— J'avais remarqué, merci. Je ne t'ai jamais vue si absente, commente-t-elle.

Sa voix semble cependant moins sèche que d'habitude. Aurais-je un maigre espoir d'être pardonnée ?

— Alors, on a fait la bringue tout la nuit ?

Elle me regarde comme si elle avait assisté dans le détail à ma soirée d'anniversaire.

— Exactement, je me suis endormie un peu tard.

Jetons un voile pudique sur certains détails gênants…

— Je ferais peut-être mieux de sortir prendre l'air.

— Vas-y, vas-y. Et ressaisis-toi !

À peine dehors, je fais quelques pas sur le parvis. J'ouvre la fermeture Éclair de ma tenue et noue les manches autour de la taille. J'inspire et j'expire à pleins poumons tout en admirant les palais qui se dressent tout autour de la place. On sent déjà l'été arriver. Et pourtant, cet air vivifiant n'arrive pas à me calmer. Dommage que je ne fume pas, ce serait le moment idéal pour une petite cigarette. Je suis tellement nerveuse et déboussolée que je pourrais presque me mettre à fumer dès maintenant. Ça tombe bien, il y a un tabac juste au coin de la rue… je pourrais y faire un saut pour acheter un paquet de Vogue Lilas, les longues cigarettes qu'aime Gaia. Mais l'envie me passe dès que j'aperçois le père Serge, les bras chargés d'une grande boîte remplie de brochures pour la paroisse. Il porte un complet gris en lin à manches longues.

— Bonjour, Elena, ça va bien ? me dit-il en découvrant ses dents blanches.

Il se demande ce que je fais à musarder dehors au lieu de travailler, c'est clair.

— Oui, tout va bien, merci... Je prends cinq minutes de pause.

Je m'efforce de prendre ma tête de chien battu, l'air de dire : « Essaie de rester trois heures d'affilée sur un échafaudage, qu'on rigole ! »

— Bien sûr, il faut déconnecter de temps en temps, me dit-il en sautant sur l'occasion de me refiler un dépliant. C'est le programme de juin, tout juste sorti de chez l'imprimeur, m'explique-t-il fièrement.

— Merci. J'y jetterai un œil.

C'est évidemment faux, mais si ça peut lui faire plaisir... Il a l'air de vraiment y tenir, en plus.

— Bien. Je vais me préparer pour la messe.

Il m'adresse un salut de la main et s'engouffre dans l'église au pas de course.

— À plus tard, alors, mon père !

Même s'il est un peu envahissant, le père Serge m'est sympathique. Certes, il a du mal à comprendre que la religion et moi, ça fait deux depuis longtemps, mais il est toujours de bonne humeur, et j'adore son petit accent qui rend ses phrases si mélodieuses.

Alors que je m'apprête à rentrer moi aussi, mon iPhone se met à sonner. Sur l'écran s'affiche un numéro inconnu, mais que j'ai peur de reconnaître. Et moi qui pensais qu'il me suffirait de l'effacer pour l'oublier ! Je me rends compte que je l'ai gravée dans la tête, cette série de chiffres, et que je pourrais même, hélas, m'en souvenir après une cuite monumentale. Pendant quelques secondes, je suis certaine de ne pas vouloir répondre. Mais cela ne dure précisément que quelques secondes.

À la cinquième sonnerie, je m'éclaircis la voix et articule un faible :

— Allô ?
— Salut, c'est moi.

Leonardo !

— Je me doute bien que c'est toi, lui dis-je d'un ton sec.

Je m'en rends tout juste compte, je me suis mise à faire les cent pas et à jeter des regards nerveux autour de moi.

— Comment tu vas ? me demande-t-il.
— Bien.

Tu parles… Mais que répondre d'autre ? Autant en finir le plus vite possible.

— Tu bosses, là ?
— Oui…

Je devrais peut-être sauter sur l'occasion de clore la conversation, ce qui me soulagerait, et pas qu'un peu : mon cœur fait des bonds et j'ai du mal à respirer. Hélas, Leonardo abrège les formules d'usage et me demande de but en blanc :

— Ça te dit qu'on se voie ce soir ?

Voilà ce qui s'appelle aller droit au but.

— Ce soir ?

J'ai un moment d'hésitation.

— Oui, ce soir, répète-t-il.

Sa voix est ferme et assurée. Comme d'habitude.

Récapitulons. Ce mec a débarqué dans ma vie, il m'a brisé le cœur en me plaquant comme ça, sans raison, et le voilà qui refait surface quelques mois plus tard, comme si de rien n'était, pour me demander si je ne veux pas le voir par-dessus le marché ! Si ça se trouve, il s'attend que je saute de joie, ou quoi ? Non mais je rêve ! Seulement voilà : au moment où ma fierté me conseille de lui raccrocher au nez, l'envie de le voir s'insinue sournoisement dans mon esprit. Au fond, s'il ne s'agit que d'une fois... On pourrait discuter un peu et enfin s'expliquer sur notre rupture, ce que nous n'avons jamais fait. En somme, il n'y aurait aucun mal à ça.

— Je ne sais pas si je peux.

Je prends quelques secondes de réflexion supplémentaires. Mon cœur dit oui mais ma fierté dit non.

— Décide-toi, Elena : c'est oui ou c'est non.

Je crois que c'est oui. Enfin, c'est plus oui que non. Je pense être assez forte pour affronter Leonardo de façon détachée, en adulte. Peut-être que le destin l'a de nouveau placé sur ma route pour que je mette un point final à ce chapitre de mon existence. Pour que je me libère définitivement de son souvenir.

Je prends une grande inspiration et déclare :

— C'est d'accord.

Cœur un, fierté zéro.

— Je passe te prendre en moto. Tu es où, là ?

En moto ? Alors ça, je ne m'y attendais pas.

— Je travaille à Saint-Louis-des-Français, mais tu vas galérer pour arriver jusque-là…

— Pas de problème. Attends-moi à vingt heures sur le corso Vittorio. Devant Sant'Andrea della Valle.

Voilà qui ne souffre aucune contestation. C'est du Leonardo tout craché. Au son de sa voix, les images de ces mois passés ensemble me reviennent en mémoire.

— O.K., finis-je par lui dire.

Je le regrette déjà.

Avant de retourner bosser, j'avertis Filippo que je passerai la soirée dehors. Je m'invente une excuse, la première qui me passe par la tête. Vu que je ne me suis pas encore fait beaucoup d'amies sur Rome, je ne peux que me rabattre sur Paola. Ma collègue d'ordinaire aimable comme une porte de prison a décidé, pour ce soir, de quitter son masque de pitbull et de s'ouvrir au monde et m'invite à aller manger une pizza. Loin de s'en formaliser, Filippo nous souhaite une bonne soirée, à Paola et à moi :

— Ça lui fera le plus grand bien.

— C'est exactement ça !

J'éclate d'un rire faux, presque hystérique. Décidément, j'ai encore de la marge avant de devenir une professionnelle du mensonge. Je déteste mentir. Cela ne m'était plus arrivé depuis des mois. La dernière fois, c'était déjà à cause de Leonardo.

Il m'a suffi de le croiser un soir pour éprouver le besoin de le revoir, et ça, j'ai vraiment du mal à l'avaler. Hélas, cette fois (comme toutes les autres, au fond), je n'ai pas d'autre choix. Me priver volontairement de cette rencontre ne servirait à rien, car je sais que je continuerai quand même à penser à lui. Si je ne saisis pas cette chance, je le regretterai toute ma vie. Je veux juste comprendre, c'est tout. Ou du moins, c'est comme ça que je vois les choses. Alors autant affronter Leonardo.

Cela fait quelques minutes que je l'attends sur l'esplanade devant la basilique de Sant'Andrea della Valle. Je marche nerveusement en jetant des regards furtifs dans mon dos, comme une criminelle qui s'attend à voir débarquer la police d'un moment à l'autre. Est-ce que j'ai bien fait d'accepter ? Non, évidemment. Comme dans un rêve éveillé, je vois la main de Filippo m'attraper par une boucle de mon jean et m'attirer vers lui telle une pince mécanique : « Ne fais pas ça, Bibi ! Reviens ! »

Un vrombissement me ramène brusquement à la réalité. Un motard vient d'apparaître devant moi sur une Ducati rutilante. Un vrai festival de muscles, de cuir et de métal.

Leonardo coupe le moteur et relève la visière du casque qui dissimule entièrement son visage. Dans ses yeux magnétiques passent les mêmes reflets métalliques que ceux de sa moto. Il est d'une beauté diabolique. Il me salue avec un grand sourire puis me tend le casque qu'il porte autour de son bras, sans même prendre la peine de descendre. Je n'y connais vraiment rien en moto, mais je me souviens – grâce à une amourette d'été avec un motard plutôt tchatcheur – que, dans le jargon, les motos avec pièces apparentes s'appellent des *Nude*. Eh bien, je me sens moi aussi toute nue sous ce regard qui me rend soudain minuscule et sans défense. Leonardo m'aide à accrocher ce casque qui pèse une tonne puis s'écarte pour me laisser monter. Une chance que je porte un jean et pas une jupe – ce n'est pas avec ma tenue de travail que l'on peut exprimer sa féminité.

Un pied sur la pédale, je m'agrippe aux épaules de Leonardo pour passer la jambe de l'autre côté de la selle. Ouf, je m'en suis sortie sans avoir l'air d'un hippopotame. Cette moto est splendide, d'accord, mais on ne peut pas dire qu'elle soit confortable. Nous n'avons même pas démarré que j'ai déjà peur.

— Prête ?
— Où va-t-on ? je lui demande en me serrant contre lui.
— Surprise !

Si j'ai bonne mémoire, il y a du souci à se faire quand Leonardo dit ce genre de choses. En le suppliant de ne pas aller trop vite, je m'assure que mes mains sont bien accrochées à sa taille. Le contact avec sa peau me fait un drôle d'effet. Il est tellement costaud…

— Tu as peur ? ricane-t-il en me tapotant un mollet pour me rassurer.

— Un peu, j'admets.
— Ne t'inquiète pas. Je vais conduire prudemment.

Leonardo appuie sur le starter. On démarre. Le bruit sourd du moteur m'électrise. Je me sens légèrement vibrer sur la selle et, en un éclair, ma peur se transforme en excitation. Dans un grand crissement de pneus, nous filons à travers le corso Vittorio.

Tandis que l'air frais du soir me caresse le visage, une sensation de liberté m'envahit. Je serre mes genoux contre ses jambes pour mieux me tenir. J'ai bien la gorge nouée quand nous prenons un virage, mais je n'ai pas d'appréhension particulière avec Leonardo aux manettes. Il est suffisamment maître de ses gestes pour que je lui fasse entièrement confiance. Caressant l'asphalte, filant comme le vent, sa Ducati traverse fièrement le Ponte Sisto. Le temps de saluer le Tibre d'un coup de Klaxon, nous montons vers le Janicule. Encore quelques grands virages, et voilà que la fontaine de l'Acqua Paola apparaît sous nos yeux dans toute sa splendeur. Leonardo se gare sur l'esplanade, descend le premier et m'aide à descendre en m'attrapant par la taille.

L'endroit offre une vue imprenable sur toute la ville. Pendant une seconde, je me laisse envoûter par ce panorama à couper le souffle et par le bruit de l'eau qui se déverse dans le bassin de la fontaine. On a envie d'y plonger. Les fontaines de Rome m'ensorcèlent, j'ai du mal à expliquer pourquoi. On dirait qu'elles m'appellent pour me chuchoter quelque chose. Mais, ce soir, je refuse d'être sensible à l'appel de la fontaine de l'Acqua Paola.

— La vue est magnifique d'ici, dis-je en regardant tout autour de moi et en essayant de rendre un peu de volume à mes cheveux aplatis par mon casque.

— Tu n'es jamais venue ? me demande Leonardo en le posant sur sa moto.

— Euh... non. Ça fait juste deux mois que je vis à Rome.

D'ailleurs, pourquoi Filippo ne m'a-t-il jamais emmenée ici ? Voilà une idée très désagréable.

— Eh bien, tu n'as encore rien vu, lance Leonardo en souriant.

Il me fixe de ses yeux sombres et impénétrables.

— On marche un peu jusqu'au Belvedere, d'accord ?

— O.K., je lui fais, en me dépêchant de détourner mon regard du sien.

Nous continuons à pied le long des anciennes fortifications. La montée vers le Belvedere est agréable, à cette heure. Le soleil, presque couché, laisse derrière lui des rayures rouges dans le ciel. Nous marchons lentement, en nous tenant à bonne distance l'un de l'autre. Mètre après mètre, mes yeux dévorent l'émouvante beauté du lieu.

Arrivés au sommet, nous restons quelques minutes au Belvedere di Monteverde. Le panorama est splendide et la sensation d'embrasser tout Rome d'un seul regard me laisse sans voix. On dirait que la ville s'endort, au fur et à mesure que les lumières s'allument. Pour la première fois depuis que je vis ici, j'ai l'impression de la comprendre. Vu d'en haut, ce qui ressemblait pour moi à un labyrinthe chaotique vient de perdre son aspect menaçant. La voilà étendue à mes pieds, comme un serpent. Je dis à Leonardo :

— Je n'avais encore jamais vu Rome comme ça... C'était une bonne surprise, merci.

Son sourire me transperce brusquement le cœur. Personne ne devrait avoir le droit de sourire comme ça, dans un aussi bel endroit, et qui plus est avec ce coucher de soleil.

Nous faisons encore quelques mètres avant de nous asseoir sur un banc. Tandis que les premières étoiles apparaissent, une petite brise venue de la mer se met à caresser nos visages comme une vague chaude et légère.

Nous parlons de nos métiers respectifs. C'est le sujet neutre par excellence, l'idéal pour faire plus ample connaissance avec quelqu'un qu'on vient de rencontrer ou avec un ami dont on n'a pas eu de nouvelles depuis longtemps. À part quelques blancs, les questions et les réponses s'enchaînent naturellement. Bref, nous restons à la surface des choses, jusqu'à ce que Leonardo me demande :

— Tu es heureuse, maintenant ?

Et il ajoute :

— Ça a l'air d'être quelqu'un de bien, ton mec.

Il a dû nous observer depuis sa cuisine pour me dire ça comme ça.

— Oui, c'est un mec bien.

Là-dessus, je lui raconte deux ou trois choses sur Filippo et sur notre histoire.

Leonardo, de son côté, m'explique qu'il vit à Rome depuis des années et qu'il y a ouvert son restaurant avec un associé. Même s'il y consacre le plus clair de son temps, il lui arrive aussi de partir en « mission » de temps à autre, quand un challenge stimulant se présente ou quand il a juste besoin de changer d'air. C'est comme ça qu'il s'était retrouvé à Venise.

C'est fou. J'ai beau avoir partagé des tas de choses avec Leonardo, je me rends compte que je le connais finalement peu.

— Pourquoi est-ce que tu ne me l'as jamais dit ? finis-je par lui demander.

— Parce que tu ne m'as jamais posé la question, réplique-t-il avec un haussement d'épaules.

— Tu voulais surtout garder tes secrets pour toi. Ne t'étonne pas que j'aie renoncé à savoir.

— Tu as peut-être raison, admet-il. C'est aussi un peu ma faute.

Son sourire se fait soudain plus amer.

— Tu sais, j'ai beaucoup pensé à toi ces derniers mois.

Il baisse un instant les yeux, comme pour se souvenir de quelque chose, avant de se frotter le menton.

— Mille fois j'ai hésité à t'appeler.

— Mais alors, pourquoi tu ne l'as jamais fait ?

C'est un vrai cri du cœur. J'ai passé des mois à attendre un coup de fil de lui, alors qu'il avait lui aussi envie de m'appeler ? Non mais j'hallucine !

— C'est que, chaque fois, j'ai pensé à ce que j'allais bien pouvoir te dire. En fin de compte, ça n'aurait pas été très différent de ce dont nous avions parlé il y a des mois de ça.

Renversé au fond du banc, Leonardo garde un instant le silence.

— Ça m'emmerdait de te décevoir une fois de plus.

Et maintenant, la réplique de mauvais film à l'eau de rose ! Je me sens bouillir. Allez, Elena, calme-toi, ça ne sert à rien de s'énerver maintenant. Malheureusement, j'ai envie de comprendre – au moins ça. En plus, Leonardo sait qu'il me doit des explications.

— Donc, c'est pour mon bien que tu ne voulais plus me voir ? C'est ça que tu es en train de me dire ?

— Non, Elena, je l'ai fait pour *mon* bien.

Je secoue la tête. Je ne comprends plus rien.

— Je voulais t'oublier, je ne voulais pas être prisonnier de cette histoire. Et je ne voulais pas que ça t'arrive à toi aussi. Tôt ou tard, je serais reparti, et nous aurions quand même dû nous séparer. Nous ne pouvions pas continuer comme ça. Bref, il fallait qu'on coupe les ponts. C'était la seule solution.

Il soupire.

— J'ai une vie compliquée, Elena. Je suis non seulement un nomade, toujours en vadrouille d'une ville à l'autre, mais j'ai aussi des responsabilités auxquelles je ne peux et je ne veux pas me soustraire…

Leonardo s'apprête à ajouter quelque chose mais se ravise. Le silence enfle entre nous.

— Des responsabilités ? Quelles responsabilités ? je lui demande, impatiente de savoir.

Scrutant l'horizon du regard, Leonardo semble hésiter à me répondre. Il finit par plonger ses yeux dans les miens, avec son sourire désarmant.

— Laissons tomber. Pourquoi parler de ça maintenant ?

Ah non, pas question de me faire envoyer sur les roses. Alors j'insiste.

— Parce que, moi, j'en ai besoin. Tes décisions, je les ai subies, et rien d'autre. Ça mérite bien trois mots d'explication, tu ne crois pas ?

J'essaie de me montrer ferme, mais ça ne prend pas avec lui. Passé la surprise, il finit par me caresser une joue comme on le ferait avec une gamine capricieuse.

— Les explications n'améliorent pas les choses, Elena. Au contraire, elles les rendent plus tristes.

Mon visage semble minuscule dans le creux de sa main chaude. Je suis complètement déboussolée. Ce mec ne veut pas me dire qui il est vraiment. Bon, ça suffit, j'abandonne. Ça ne mène à rien, et je ne veux pas qu'il se sente flatté dans son orgueil.

— C'était bien de te revoir ce soir, finit-il par me dire en haussant les sourcils.

— C'était surréaliste, Leonardo, mais ça m'a fait mal.

Je m'en souviendrai longtemps, de mes trente ans.

— Il faut que tu l'acceptes, Elena. On peut

planifier sa vie autant qu'on veut ou faire semblant d'être maîtres de nos vies, mais c'est le destin qui décide. Lui et lui seul. Et on ne peut rien y faire.

— Quelle merde, dis-je en laissant échapper un sourire.

— Ou quelle chance, peut-être, renchérit-il d'un air pensif.

Nous restons là à regarder le ciel s'assombrir devant nous, sans trop rien dire. De l'extérieur, nous avons l'air de deux amis qui ont partagé des choses importantes et qui ont encore envie de se parler, même s'ils se sont fait du mal. De notre passion absolue ne subsiste plus qu'une tendresse amère. L'heure de mettre un terme à notre histoire a sans doute sonné.

Et pourtant, une flamme tapie au fond de moi continue de me dévorer. J'ai beau me montrer lucide et détachée, il a suffi que nos peaux se frôlent, que mon épaule touche la sienne, pour la raviver aussitôt. J'observe Leonardo, son profil conquérant, son regard impénétrable, sa mâchoire serrée. On dirait une statue, dénuée d'émotions. Qu'est-ce que je donnerais pour savoir ce qu'il ressent, là, maintenant.

Les yeux clos, je savoure ce contact. Mais je n'ai pas le droit. Bon Dieu, qu'est-ce qui m'arrive ? Je suis fiancée. J'aime Filippo. Mes pensées hurlent dans ma tête. Hélas, en vain, car je n'arrive pas à bouger ne serait-ce que d'un millimètre !

Nos petits doigts s'effleurent à peine, puis finissent par se recouvrir, comme si quelque chose nous poussait l'un vers l'autre. Cela ne dure qu'un instant. Sans même me jeter un regard, Leonardo se lève subitement du banc :

— On y va ? me demande-t-il en remettant d'aplomb son blouson.

Je me lève à mon tour.

Nous revenons sur nos pas. Voilà, c'est fini. Leonardo va me déposer au métro et je lui dirai au revoir pour toujours. Dans moins d'une heure, je serai de retour à la maison. Je n'aurai plus qu'à oublier la chaleur de ses mains, le feu de ses yeux, le parfum de sa peau.

J'ouvre la marche, l'esprit accaparé par ces tristes pensées, en ayant presque hâte de clore une fois pour toutes ce chapitre de mon existence. Mais, soudain, je sens la main de Leonardo se refermer sur mon épaule. Avant même que je puisse comprendre ce qui m'arrive, il me tourne vers lui et me prend brusquement dans ses bras. Sa langue plonge entre mes lèvres. Je me laisse faire sans opposer la moindre résistance, puis c'est à moi de l'embrasser passionnément. Ce baiser, j'en ai rêvé pendant des mois, et encore plus dès l'instant où je l'ai revu.

Il me transperce de ses yeux brûlants, envahissant tout mon corps de sa chaleur.

— Oh, Elena..., soupire-t-il. J'ai essayé de résister, mais je ne sais pas quoi faire. Je te désire tellement.

Que répondre à ça ? Je me sens perdue, déboussolée. Je suis en train de mourir de peur et d'envie. Mes jambes tremblent, tout le bas de mon corps se contracte. Ça paraît absurde, mais j'ai tellement envie de lui que je suis à deux doigts de me sentir mal.

— Je te sens si fort, Elena..., me dit-il en m'étreignant de toutes ses forces. Je veux que tu sois à moi, tout de suite.

Il m'emmène alors un peu plus loin, sur l'une des pelouses qui bordent la route. Là, il me pousse contre un arbre, ouvre la fermeture Éclair de mon perfecto et glisse une main entre mes seins. Il respire encore plus fort que moi.

Tout ce que venons de nous dire n'a plus aucun sens, maintenant. Nous sommes deux aimants qui s'attirent. Oubliés, les serments et les interdits, la cohérence et la fidélité. Tout mon corps s'enflamme de désir. Je vois chacune de mes émotions se refléter en lui, au fond de ses yeux sombres ensorcelants, sur sa barbe qui luit à la clarté du réverbère. Je ne peux plus rien contrôler, même si je sais que je vais faire une erreur. Une immense, une terrible erreur.

— Leo, je ne peux pas.

Tandis que j'essaie de me libérer de son étreinte, l'image de Filippo se glisse entre nous. Mon cœur se déchire. Je répète à Leonardo que je ne peux pas, en réprimant un gémissement.

Il s'arrête un instant pour me regarder, le front posé contre le mien. Mais sa bouche est trop proche, et son odeur trop entêtante. La passion est plus forte que la raison. Alors nous nous embrassons, car c'est la seule chose que nous puissions faire – et que j'aie envie de faire en ce moment. Je voudrais juste que l'obscurité m'aide à me sentir moins coupable. Hélas, c'est tout le contraire : tout semble plus vrai, plus intense, et l'ombre des pins maritimes qui nous entourent ne sert qu'à cacher aux regards indiscrets l'excitation qui nous dévore.

Leonardo me soulève une jambe et l'enroule autour des siennes. Je sens son sexe dur, dominateur, tandis que mes tétons retrouvent le contact familier de ses mains.

Nous nous laissons tomber par terre. Il pose son blouson de cuir sur l'herbe humide pour que je m'allonge sur le dos. Il se met alors à cheval sur moi et m'embrasse sauvagement. Ses doigts plongent dans mes cheveux puis glissent le long de mon visage et de mon corps avant de soulever mon tee-shirt. Je l'attrape par la nuque pendant qu'il me caresse les seins. J'ai besoin de sentir sa bouche sucer mes lèvres, les mordre. J'en gémis de plaisir.

— Tes seins, Elena..., murmure-t-il, hors d'haleine. Ils sont magnifiques, comme dans mon souvenir. Je veux les lécher, je veux lécher tout ton corps.

Il déboutonne mon jean et, d'un geste décidé, glisse une main dans ma culotte. Ses doigts plongent dans mon sexe déjà mouillé. Il s'arrête quelques instants puis commence à explorer mon vagin brûlant tandis que sa langue cherche la mienne. Je sens dans ma bouche sa respiration de plus en plus haletante, de plus en plus forte. Puis, d'un geste presque violent, il m'arrache tout : mon pantalon, ma culotte et mes chaussures. Me voilà nue des pieds au nombril. Il défait ensuite son pantalon, libérant son érection.

Il écarte mes jambes sans détacher ses yeux des miens puis me pénètre d'un puissant coup de reins. Agrippée à son cou, je ferme les yeux pour mieux savourer ce sentiment de plénitude, cette sensation enivrante d'être à lui. Son corps vibre à l'intérieur du mien, je savoure chaque centimètre de sa peau. Il va et vient lentement. Chaque mouvement m'arrache un gémissement. Une vague de feu me submerge. Mon Dieu, qu'est-ce que ça a pu me manquer…

Et puis Leonardo se met à aller de plus en plus vite, comme si nous devions récupérer tout le temps où nous sommes restés éloignés l'un de l'autre. Je sais que je ne résisterai pas longtemps. Mes jambes se raidissent, je hoquète.

Et d'un coup, je lâche prise. Plus rien n'a d'importance à part cet instant, cette bande de terre qui nous accueille comme un cocon, nos corps unis à nouveau, vibrant ensemble. Cette étreinte. Ce plaisir que lui seul sait me donner.

Je suis emportée par l'orgasme. C'est puissant, déchirant, violent. Leonardo sort rapidement de moi et jouit à son tour. Il inonde mon ventre de sa jouissance avant de s'écrouler, la tête dans le creux de mon cou.

Mon estomac se serre à l'idée de retrouver les mêmes sensations que la première fois où nous avons fait l'amour. Cette fois-là aussi, nous étions couchés par terre, sur le carrelage de ce vestibule, au milieu de la poussière et des taches de peinture.

Je me souviens parfaitement d'être restée à ses côtés sans bouger, avec une question qui me trottait dans la tête : « Et maintenant ? »

C'est toujours la même question aujourd'hui, mais la réponse est très différente : cette étreinte n'est pas le début, mais la fin de quelque chose. Le moment est venu de m'éloigner de Leonardo et de lui dire adieu. Pour toujours. Ce qui s'est passé ce soir était une parenthèse, une trahison vis-à-vis de moi-même plus encore que vis-à-vis de Filippo. C'était la première et la dernière fois, je le jure.

Je me rhabille sans me presser. Leonardo me retient encore un peu contre lui. Sans doute a-t-il compris combien je me sens mal à l'aise. Pour l'heure, il me donne de petits baisers sur la nuque – sans rien dire, une chance. De toute façon, ce qu'il pourrait me dire n'y changerait rien.

Une fois debout, nous retournons à la moto. Leonardo se propose de me raccompagner à la maison.

Je le regarde avec l'envie de pleurer, mais j'arrive à retenir mes larmes.

— Merci, mais je préférerais rentrer seule. Je vais prendre un taxi, lui dis-je avec une boule dans la gorge.

— Comme tu veux, me répond-il. Mais je vais attendre avec toi qu'il arrive.

Impossible de lui dire non.

Tandis qu'il commande un taxi par téléphone, nous nous approchons du rebord de la fontaine de l'Acqua Paola pour patienter. Cette brève attente me paraît interminable. Le silence lourd de culpabilité qui nous entoure n'est brisé que par le bruit de l'eau qui se déverse en cercles concentriques. Leonardo a l'air relativement tranquille. Il passe doucement un doigt sur mon épaule sans se rendre compte que ce simple geste est un supplice. Je me mords les lèvres. Les yeux fermés, je sens une larme percer à travers mes cils. Leonardo se penche vers moi et pose ses lèvres sur mes joues pour l'essuyer.

— Je ne voulais pas te voir triste, Elena. Je ne l'ai jamais voulu, lâche-t-il en me prenant fort dans ses bras.

Je m'abandonne à lui, à la fois euphorique et désespérée.

Mon taxi finit enfin par arriver. Leonardo me dépose un tendre baiser sur le front avant de me laisser partir. Je grimpe à l'intérieur sans me retourner.

Sur la route qui me mène du Janicule à l'EUR, je suis gagnée tantôt par l'excitation, tantôt par une lourde mélancolie. Chaque mètre est un pas vers la rédemption, la repentance. Je pense à Filippo. J'imagine l'intérieur de notre appartement. À part le séjour, tout est plongé dans l'obscurité. La chambre est silencieuse, Filippo dort déjà, vêtu d'un tee-shirt blanc.

Je suis dévorée par le remords. Tout est la faute de Leonardo. Ou peut-être un peu la mienne... Non, c'est lui qui m'a poussée à faire ça. C'est lui qui m'a éloignée de la personne que j'aime. Car j'aime Filippo. Et ce qui s'est produit ce soir n'est qu'un stupide incident de parcours.

Quand j'ouvre la porte de l'appartement, j'aperçois Filippo, endormi sur le canapé. Ma culpabilité n'a plus rien d'abstrait, désormais. Mais, en un sens, je suis presque soulagée d'être aussi mal à l'aise. Cela prouve que je n'ai pas complètement perdu pied.

— Coucou, Bibi, me lance Filippo d'une voix ensommeillée.

Dieu sait de quels rêves je viens de le tirer. Le temps de se redresser, il se cale au fond du canapé. Malgré la fatigue, ses yeux verts parviennent à me sourire.

— Comment ça s'est passé ? Tu t'es bien amusée avec Paola ? me demande-t-il d'une voix un peu enrouée.

— Oui. En dehors du boulot, c'est quelqu'un de très différent, lui dis-je avec un vague sourire qui a la saveur du mensonge. Mais il ne fallait pas m'attendre...

Filippo s'essuie les yeux comme un enfant.

— Je regardais une émission débile à la télé et je me suis endormi..., m'explique-t-il en étouffant un bâillement.

Je souris à nouveau. C'est sincère, cette fois. Qu'est-ce qu'il peut être craquant quand il fait cette tête-là. Je ne pourrais jamais m'en passer.

— Viens, lui dis-je doucement en lui tendant la main. On va se coucher.

Me glisser sous les draps en faisant comme si rien ne s'était passé me déchire le cœur, mais je suis soulagée de me dire que tout ça n'était que le dernier chapitre d'une histoire absurde.

Désormais, ma vie continue sans Leonardo.

4

Les jours suivants, je fais de mon mieux pour rester dans le droit chemin. Chaque matin, dès le réveil, je passe en revue mes bonnes résolutions pour le futur. Je continue inlassablement à me répéter que « ce qui est terminé est terminé » ou, mieux encore, que « du passé il faut faire table rase ». Bref, oublier pour toujours Leonardo est une question de volonté.

Mais la réalité dément mes grands principes. Même avec une volonté de fer et les meilleures intentions du monde, je me sens de plus en plus troublée, pareille à une funambule sur son fil. J'ai la sensation pénible d'avoir réellement été moi-même lors de cette soirée au Janicule. Cela ne m'était plus arrivé depuis si longtemps ! Malgré tout, je suis consciente d'avoir fait une erreur – une de ces erreurs déchirantes qui peuvent avoir des conséquences désastreuses si on les laisse nous entraîner. À quoi bon vivre dans le passé si c'est pour faire du présent un enfer ?

Regarder Filippo respirer le bonheur me rend encore plus étrangère à moi-même. Ces derniers jours, il semble comblé – par son travail, par cette vie, par nous. Il chantonne plus que d'habitude. De Lucio Battisti aux Black Eyed Peas, tout y passe. Il chantonne à la maison comme dans la cage d'escalier. Il chantonne quand il part travailler ou jouer au baby-foot avec ses collègues. Le voir si guilleret me tape légèrement sur le système, mais je m'empresse de m'enlever cette idée de la tête, car je ne le pense pas vraiment.

Une seule chose me rassure. Même si *son* parfum me suit partout, Leonardo n'a plus refait surface. Avec un peu de chance, il se dit lui aussi que cela ne rimerait à rien de chercher à me revoir. Après tout, je suis fiancée, et pleinement heureuse de l'être.

Bref, me voilà à appliquer la méthode Coué tandis que j'ajoute une dernière touche de bleu au manteau de la Vierge. Il est presque neuf heures et demie, et Paola n'est pas encore arrivée. Même si je doute qu'elle vienne ce matin, je me garde bien de lui téléphoner pour lui demander des explications. Si elle n'est pas là, c'est qu'elle doit avoir une bonne raison. Elle n'est pas du genre à se faire porter pâle pour un simple mal de tête. De toute façon, elle peut m'appeler si elle en ressent le besoin. Pour l'instant, je suis donc seule pour le restant de la journée et espère le rester. Cela m'évitera de l'avoir sur le dos pour travailler.

Hélas, ma tranquillité n'aura été que de courte durée. Alors que je prépare un nouveau mélange de pigments, je lève les yeux et tombe sur Leonardo, vêtu d'un jean et d'un tee-shirt vert kaki. Il marche vers moi de son pas assuré, un sourire de démon sur les lèvres.

— Salut, dit-il.

— Salut... Qu'est-ce que tu fais ici ? je lui demande d'un ton nerveux.

J'essaie de cacher ma surprise en mélangeant fébrilement le contenu de mon bol.

— Comme c'est ma journée de repos, je me demandais si ça te plairait d'aller faire un tour, répondit-il le plus naturellement du monde.

— Je travaille, là, au cas où tu ne t'en serais pas aperçu.

Il fait un pas vers moi, les mains enfoncées dans les poches de son jean.

— Allez... Il fait trop beau pour rester enfermé ici !

— Malheureusement, je n'ai pas le choix.

J'essaie de m'en sortir en me tournant vers le mur, histoire de lui montrer que, pour moi, c'est niet. Le travail n'est évidemment qu'une excuse, nous le savons tous les deux. Et puis d'abord, qu'est-ce qui lui prend de venir ici ? Et pourquoi est-ce que j'ai comme une boule dans l'estomac ? Allez, tâchons de nous reconcentrer. Ou au moins de faire semblant.

Mais je sens sa présence peser sur moi. Il s'est approché, et me tend un sac blanc qui porte le logo noir Dolce & Gabbana.

— Et ça, c'est quoi ?
— Ouvre.

À l'intérieur, je découvre un bikini noir de toute beauté. Je secoue la tête.

— Mais qu'est-ce que ça veut dire ?

— On va à la mer, me dit-il de son air tranquille et sûr de lui.

— Tu es fou ?

J'éclate d'un rire hystérique avant de poser le sac sur mon escabeau.

À cet instant, Leonardo se plante devant moi, un air de défi sur le visage. Ses lèvres sont d'une sensualité insoutenable.

— C'est bon, allez..., me fait-il de ce ton sérieux qui n'appartient qu'à lui. La côte est splendide en ce moment.

Je décide de lui répondre franchement :

— C'est une mauvaise idée, et tu le sais aussi bien que moi, dis-je d'une voix grave. Ce n'est pas une question de temps. Il faut qu'on arrête de se voir, point.

— Elena.

Il approche les lèvres de mon oreille, sans se soucier de ce que je viens de lui dire. Il est tellement près que son parfum me chatouille les narines.

— Viens avec moi, juste pour cette fois.

J'aimerais ne pas sentir ce tourbillon au creux de mon ventre, j'aimerais lui coller une gifle et le pousser loin de moi. Et puis j'aimerais qu'il me prenne pour m'emmener loin d'ici.

Au prix d'un effort surhumain, j'arrive à me libérer. Je dois rester ferme.

— Écoute, je n'en ai aucune envie.

— Évidemment que tu en as envie, me sourit-il comme s'il venait de me prendre en flagrant délit de mensonge.

Il fait un pas de plus vers moi et se met à ouvrir lentement ma combinaison.

— Allez, enlève-moi ce truc, m'ordonne-t-il en laissant glisser son regard sur tout mon corps. Si tu me forces à te déshabiller, je n'arriverai pas à m'arrêter.

Leonardo me regarde, je le regarde. Je souris malgré moi. Je vacille, et il le sait très bien. Avec un profond soupir, j'écarte sa main de la fermeture Éclair que je tire d'un coup sec. Il hoche la tête d'un air satisfait. Et voilà, j'ai cédé. Il me regarde m'extirper de ma tenue. Leonardo peut faire de moi ce qu'il veut, maintenant. Il a encore gagné, le salaud...

— Promets-moi juste qu'on rentrera avant dix-neuf heures, lui dis-je tout en ramassant mes affaires.

— Bien sûr, tout ce que tu voudras ! s'empresse-t-il d'ajouter sans même m'écouter.

Là-dessus, il m'attrape par la main et m'entraîne vers la sortie. Mon cœur bat à cent à l'heure. Je sais que je suis en train de faire quelque chose d'insensé. J'ai l'impression d'être redevenue ado, quand Gaia me convainquait de sécher les cours juste avant d'entrer en classe. Je retrouve la même sensation de liberté, la même excitation qu'à l'époque de ces moments volés, de ces folles parenthèses pleines de promesses, où tout pouvait arriver.

Sur le parvis de l'église, nous croisons Martino. Il vient tout juste d'arriver, très essoufflé, comme à son habitude. Il tient son porte-documents sous le bras, sa petite sacoche en cuir toujours accrochée à la ceinture. En me voyant aux côtés de Leonardo, il me lance un regard qui passe rapidement de l'étonnement à la déception.

— Coucou, Martino, lui dis-je en allant à sa rencontre.

— Tu t'en vas déjà ? me demande-t-il.

Il espérait passer un peu de temps avec moi, je l'entends à sa voix.

— Oui, je réponds en ouvrant les bras, comme pour me justifier. Je m'accorde une journée de repos, aujourd'hui.

— Ah, fait-il avec une grimace.

Il jette un rapide coup d'œil en direction de Leonardo, puis me regarde sans trop comprendre. Hélas, je ne sais pas trop quoi lui dire. Je m'en tire donc avec un haussement d'épaules et un grand sourire qui se veut être une excuse.

Martino hoche la tête, comme s'il avait tout compris.

— Bon, eh bien je repars chez saint Matthieu.

Le temps de me faire un signe et il s'engouffre dans l'église sans se retourner. M'a-t-il seulement entendue lui dire au revoir ?

— C'était qui ? me demande Leonardo en me reprenant par la main.

— Un étudiant des Beaux-Arts, il vient pour les tableaux du Caravage.

— Il est raide dingue de toi, tu es au courant, pas vrai ?

Je liquide la question d'un revers de la main.

— Tu parles… Il n'a même pas vingt ans.

— Justement, répète-t-il très sérieusement.

J'esquisse un sourire. Pour être honnête, je n'y avais pas tellement réfléchi jusqu'à présent, mais vu comment Martino m'a regardée il y a trente secondes, cela n'aurait rien d'invraisemblable. Le pauvre ! J'espère juste qu'il ne l'aura pas trop mal pris.

Serrée contre Leonardo, sur sa Ducati, j'oublie tout. Je me sens libre et en sécurité tout contre son dos. Nous roulons vers la côte à vive allure. Dans le ciel bleu sans nuages souffle une brise matinale qui nous chatouille le visage. Je suis bien sur cette moto, avec lui. Pour rien au monde je ne voudrais être ailleurs. Nous venons à peine de sortir de Rome que l'air sent déjà le sel, les algues, les pins. La mer.

Sabaudia apparaît sous nos yeux. Le temps semble suspendu. Je comprends mieux pourquoi les intellectuels romains des années 1950 avaient choisi cette ville pour y passer l'été, à l'abri de tout. On la croirait sortie d'un tableau de Giorgio De Chirico. Il y a quelque chose de magique dans ce lieu – un fascinant mélange d'eau douce et d'eau salée, de marais, de forêt et de désert. La Ducati emprunte la route du bord de mer. Après plusieurs kilomètres à rouler parmi les dunes recouvertes de maquis, nous arrivons au mont Circé, où le blanc doré du sable cède le pas au vert des falaises.

Leonardo se gare sur une bande de terre au bord de la route et nous marchons jusqu'au petit escalier en bois qui conduit à la plage. Leonardo se montre prévenant et me tend la main pour m'aider à descendre. Il fait tout pour me mettre à l'aise. À ses côtés, je suis comblée. C'est terrible à dire, mais Filippo ne me manque même pas.

Sur cette plage d'une blancheur immaculée, le vent a laissé comme des dessins et des arabesques. On jurerait de vraies œuvres d'art. Je respire profondément pour m'emplir les poumons d'air iodé.

— Mon Dieu, comme ces dunes sont belles !
— Je t'avais bien dit que ça en valait la peine, ajoute Leonardo en me jetant un regard aussi doux qu'une caresse.

J'avais besoin d'air frais et de lumière naturelle. J'aime mon travail, mais je suis en train d'y laisser mes yeux et ma peau : tous ces murs gonflés d'humidité, ces solvants, ces pigments, ces échafaudages, ces pinceaux à nettoyer... Et Paola qui braille sans arrêt ! Moi qui avais justement envie de passer la journée dehors, me voilà servie ! Avec sa nature sauvage et son eau limpide, le mont Circé est un petit paradis.

Le plagiste vient à notre rencontre. Il a déjà la peau bronzée et les cheveux blondis par le soleil de mai. Il nous donne deux transats juste au bord de l'eau avant de nous proposer quelque chose à boire – et deux verres de prosecco ! Mis à part une mère de famille, ses deux enfants ainsi qu'un couple de retraités à la peau rouge écrevisse (des Allemands, sans doute), nous sommes seuls.

Leonardo déboutonne sa chemise, retrousse son pantalon pour pouvoir tremper les pieds dans l'eau. Le voilà dans son élément : avec sa barbe mal taillée et son torse bronzé, on pourrait le prendre pour un marin.

— Alors, tu l'essayes, ce maillot ? me lance-t-il en se tournant vers moi.

— Et toi ?

— Déjà mis.

Mon sac à la main, je pars me changer dans une des cabines. Je dois reconnaître que Leonardo a bon goût : ce bikini est très classe. Somptueux, même. En plus, j'adore les hauts triangle, ça me permet de mettre en valeur mes épaules – la seule partie de mon corps que j'aime vraiment, avec mes bras. À force de rester perchée pendant des heures sur des échafaudages et des escabeaux, avec tout le haut du corps tendu, je me suis fait des épaules de nageuse !

Bon, je suis prête. Je n'ai plus qu'à ressortir, m'affaler sur ce transat et me détendre. L'espace d'un instant, je vois le sourire de Filippo, ses fossettes, ses yeux vert clair. Et puis soudain, son visage d'ange se glace. Je me dépêche d'ouvrir la porte. La lumière aveuglante du soleil a vite fait d'effacer ma vision.

Leonardo m'attend à côté du transat, avec ses lunettes de soleil et un verre à la main. Il s'est déshabillé, offrant à mon regard le spectacle de son corps athlétique, musclé, terriblement sexy. Sexy à se damner. Leonardo n'a rien de ces adeptes du bodybuilding au physique ultra-défini. Il a le corps de ceux qui travaillent dehors – rien à voir avec ceux qui passent des heures dans les salles de sport à faire de la gonflette. Ses abdos sont moins dessinés, mais rien d'anormal vu son métier et sa philosophie. Disons que Leonardo sait profiter de la vie. Sans compter que le tatouage qu'il a dans le dos lui donne un charme diabolique : je n'arrive pas à le quitter des yeux.

J'attrape mon verre, posé sur la petite table à côté d'un bol de cacahouètes.

En surprenant le regard satisfait que me jette Leonardo, j'angoisse soudain à l'idée de passer l'épreuve du maillot de bain. Ces derniers mois, grâce à la présence rassurante de Filippo, je me suis un peu laissée aller...

— Il te va bien, ce maillot, me dit-il en arrêtant ses yeux sur mes seins.

Ce bikini est effectivement incroyable : il m'a fait gagner une bonne taille de soutien-gorge. D'ailleurs, je me suis aperçue que ma poitrine avait légèrement grossi après avoir fait l'amour avec Leonardo. Pourquoi ? Mystère.

Reste mon point faible : mes fesses. Elles ne seront jamais suffisamment hautes et fermes à mon goût. C'est désespérant. Et puis j'ai toute cette horrible cellulite derrière les cuisses. Ça ne se voit pas, peut-être, toujours est-il que je me sens énorme. Et le pire, dans tout ça, c'est que la crème minceur dégueu et hors de prix que m'a conseillée

Gaia ne m'a pas fait perdre un millimètre ! Cela dit, il faudrait que je sois un peu plus rigoureuse : je ne m'en suis servie que trois fois. Mais j'en avais marre de saloper mes nuisettes, mes draps, et d'être toute collante au réveil.

Cela ne semble pourtant pas déranger Leonardo. Vu les regards qu'il me lance, ce qu'il voit ne doit pas lui déplaire. Tant mieux pour moi et pour mon ego. Je crois qu'il n'y a rien de plus gratifiant pour une femme que de savoir qu'elle plaît à l'homme qu'elle désire.

Soudain, Leonardo m'attrape par la taille et me pousse vers l'eau.

— On y va !

Nous plongeons ensemble dans l'eau tiède de la mer Tyrrhénienne. Leonardo m'éclabousse en faisant jaillir de grandes gerbes d'eau. Je me sens légère, vivante, je me sens une autre. Nous nous cherchons sous l'eau. Mes bras et mes jambes enroulés autour des siens comme des tentacules, je lui enlève ses cheveux mouillés du visage pour l'embrasser. Ses lèvres ont un petit goût salé. Il empoigne mes cuisses et me serre contre lui pour que je sente son sexe dur. Le temps d'écarter légèrement mon maillot, il commence à me pincer un téton tout en me caressant les fesses.

Excités tous les deux, nous nous apprêtons à passer aux choses sérieuses mais l'arrivée de la mère de famille et de ses deux enfants nous en empêche. Nous sortons de l'eau en souriant. Ce n'est que partie remise.

Une fois mes cheveux bien essorés, je m'apprête

à m'installer sur mon transat quand Leonardo m'invite à m'allonger à côté de lui.

— Viens là, me dit-il en me passant une main autour des épaules.

Me voilà serrée contre son corps chaud. Nous restons comme ça sans rien dire, bercés par le bruit des vagues et de nos respirations. D'un pied, je creuse un petit trou dans le sable fin. Je repense à l'époque où, gamine, je m'amusais à me rouler sur la plage du Lido. Je finissais couverte de sable, au grand désespoir de ma mère. De temps en temps, et c'est le cas aujourd'hui, mes parents me manquent. Que peuvent-ils bien faire, à l'heure qu'il est ? Je parie n'importe quoi que ma mère est dans sa cuisine, à préparer un de ses bons petits plats, ou en train de faire les courses. Après sa période bricolage, mon père, lui, a décidé de se consacrer activement au bénévolat. En ce moment, il risque fort d'être chez Antonio – son meilleur ami, un ancien marin lui aussi – afin de dresser la liste des nouvelles recrues qui intégreront la compagnie de volontaires de la Protection civile.

Mes parents ignorent presque tout de ce qui m'est arrivé ces derniers mois. À cet instant, ils doivent m'imaginer couler des jours heureux avec Filippo. Mais non : je suis là, sur une plage magnifique, entre les bras de l'homme qui a bouleversé mon existence. À quoi bon dire le contraire : Leonardo fait encore partie de moi, tel un petit grain de sable collé à mon corps.

— Comment tu te sens ? me demande-t-il soudain, le regard perdu vers l'horizon.

Hein ? Où veut-il en venir, exactement ?

— Tu veux dire, comment je me sens là, maintenant ?

— Oui, mais pas que, répond-il en se tournant vers moi.

Ses yeux semblent vouloir lire dans mon âme.

— Comment te sens-tu maintenant, et en général ? Après ce qui s'est passé l'autre soir.

Voilà une question que j'aurais préféré éviter. Ces derniers jours, j'ai la tête qui explose, et je vois mal comment je pourrais voir clair dans toutes ces interrogations, tous ces sentiments. J'essaie tout de même, et là, je me sens envahie par une drôle d'euphorie. J'ose à peine y croire. Malgré la culpabilité et le poids de la trahison, cela faisait longtemps que je n'avais pas vécu un moment aussi fort. Depuis que j'avais rompu avec Leonardo, en fait.

— Je vais bien quand je suis avec toi, lui dis-je. Je dois juste oublier tout le reste.

Il acquiesce. C'est peut-être la même chose pour lui. Je décide d'en avoir le cœur net.

— Et toi ?

— Moi, j'essaie de profiter au maximum de cette vie, Elena. C'est ce que je fais depuis toujours. Je ne sais pas ce que me réserve l'avenir, mais aujourd'hui, ça va.

Une ombre passe soudain sous ses longs cils. Puis il sourit, et ses yeux s'illuminent de nouveau.

— Viens, on va se promener, fait-il en commençant à se rhabiller.

Nous marchons un peu sur la grève en laissant les vagues nous caresser les pieds. Je regarde nos empreintes disparaître dans le sable humide, heureuse comme une gamine. Leonardo me tient par la main. On dirait qu'il sait exactement où il me mène.

L'atmosphère de cette plage est vraiment insaisissable. Les personnes, les regards, les voix : tout y est plus rare. Face à la mer s'étendent les dunes et les villas luxueuses encore vides où vient se réfugier la jet-set romaine.

Un peu plus loin, droit devant nous, un petit zodiac est amarré au bord de l'eau. Une fois à sa hauteur, Leonardo l'examine sous toutes les coutures, comme pour s'assurer que tout est bien en ordre.

— Ça te dirait de faire un tour ? me lance-t-il.

Comment résister à une proposition pareille ? Histoire de ne pas céder tout de suite, je lui demande si ce bateau n'est pas à quelqu'un.

— C'est celui de Saporetti, le gérant du restaurant, là, me fait-il en désignant un cabanon cent mètres plus loin, en plein milieu de la plage.

À cet instant, un homme apparaît sur la véranda et nous fait de grands gestes. Le fameux propriétaire du resto et du zodiac, sans doute.

— C'est un ami, m'explique-t-il. Viens, je vais te le présenter.

Saporetti s'approche de nous et nous salue d'un ton cordial. Il n'a pas l'accent romain, mais celui des gens du Latium. Il a une soixantaine d'années, une peau tannée par le soleil et des cheveux tout blancs. Il a le contact facile. On sent l'homme habitué à parler aux gens sans chichis, toujours prêt à se mettre en quatre, même après des années de labeur. À les entendre parler, Leonardo et lui, on sent les deux complices de toujours.

— Allez-y, faites comme chez vous, nous encourage-t-il en indiquant le zodiac. Mais vous avez intérêt à venir goûter à mes spaghetti aux fruits de mer en rentrant... Vous m'en direz des nouvelles, hein, Leo ?

— Si tu me prends par les sentiments..., fait Leonardo en écartant les bras.

— Alors à plus tard !

Après avoir défait l'amarre, Leonardo pousse le zodiac dans l'eau. J'ai beau le savoir musclé, je reste impressionnée par la force de ses bras. Ses muscles semblent jaillir de sa peau.

Il m'aide à monter puis grimpe à son tour avec une souplesse étonnante. Le temps d'allumer le moteur et nous prenons le large.

Même s'il est presque midi, la petite brise qui vient du mont Circé nous évite de souffrir du soleil. Les vagues nous font décoller en venant se briser sur le bateau. Je laisse l'eau salée m'éclabousser le visage, heureuse de respirer cet air de liberté. Et dire qu'à cette heure-ci je devrais être au boulot, sous le regard sévère de Paola ! Un frisson me parcourt tout le corps. Moi qui rêvais d'évasion, j'ai bien l'intention de profiter de cette journée pas comme les autres. Quelles qu'en soient les conséquences.

En quelques minutes, nous voilà dans la calanque située au pied du promontoire, non loin de l'ancienne Torre Paola, là où la montagne se jette dans la mer. Cette rencontre de la terre et de l'eau est extraordinaire. L'énergie brute qu'irradie cette nature primitive et sauvage envahit tout mon corps.

Leonardo coupe le moteur. Une fois débarrassés de nos vêtements, nous nous laissons bercer quelques instants par le mouvement des vagues. Je m'allonge, la tête contre le rebord du zodiac pour profiter de la chaleur du soleil, un bras sur les yeux. Soudain, Leonardo m'attrape le menton et m'embrasse passionnément. Sa langue brûlante pénètre ma bouche, il m'attire vers lui en me tirant par une mèche de cheveux encore humide. C'est un baiser tellement fougueux, tellement impatient que j'en ai le souffle coupé. Il me réclame. La seconde d'après, il se lève et me jette un regard de feu, avant de plonger dans la mer.

« Suis-moi, qu'est-ce que tu attends ? », semblent me dire ces yeux et ce baiser. Ni une ni deux, j'enlève ma chemise et je plonge à mon tour. Je nage jusqu'à sa hauteur au milieu des reflets du soleil sur les vagues. Leonardo m'entoure de ses bras puissants. À cet instant, je n'ai plus qu'une envie : lâcher prise, ne faire qu'un avec lui, là, sans rien d'autre autour de nous que l'eau et le soleil. Nos deux peaux ne sont plus qu'une vague liquide et chaude.

Nous nous amusons, nous nous séduisons, nous nous embrasons. Leonardo me fait boire la tasse deux fois et éclate de rire quand il me voit revenir à la surface et essayer de reprendre de l'air. Tout à coup, je sens ses mains me soulever et son sexe glisser le long de mes fesses. Il me plante un violent baiser dans le cou, puis il me mord. Une espèce de décharge électrique me traverse le corps. Tandis que de son genou il me caresse l'entrejambe, mon sexe déjà humide s'enflamme. Je frissonne du ventre jusqu'à la tête.

Leonardo décide alors de me libérer et part vers le massif rocheux où se dresse la tour. Je le suis. En s'aidant d'une corde fixée à la pierre, il grimpe sur un gros rocher lisse. Le temps de me tendre un bras pour m'aider à sortir de l'eau, il me prend dans ses bras et commence à m'embrasser avec ardeur. Et sans attendre, il m'enlève le haut et le bas de mon maillot d'un geste expert.

Nue face à lui, je sens sur mon corps la chaleur de ses yeux encore plus brûlants que le soleil. Il me fixe comme si j'étais son seul désir.

— Je pourrais passer des heures à te regarder, Elena, me dit-il.

Il m'attrape la main et la pose sur son sexe pour me faire sentir à quel point il a envie de moi. J'enlève son maillot et le jette à côté du mien. Je me presse alors contre son corps pour y laisser l'empreinte de ma chair, de mon désir. Avec son air terriblement sexy, Leonardo semble si jeune, si insouciant. Le parfum de sa peau mouillée est plus enivrant que jamais. Ses yeux noirs me sourient, tout comme ses petites rides d'expression dont je suis dingue depuis le premier jour.

Leonardo m'allonge doucement par terre, sur la surface lisse et brûlante du rocher. La pierre est chaude, mais mon corps l'est encore davantage. Puis il se couche sur moi, me maintient les bras au-dessus de la tête, serre mes cuisses entre ses genoux.

— Tu as idée de l'effet que tu me fais ? murmure-t-il dans un souffle.

— Non, lui dis-je d'une voix haletante.

Mon corps tout entier est tendu sous le sien.

— Menteuse, me répond-il en glissant deux doigts entre mes jambes.

Ses doigts explorent mon sexe et m'arrachent de longs gémissements. J'ai déjà perdu le contrôle. A-t-il décidé de me faire jouir comme ça, sans me pénétrer ? Pitié, non ! J'ai tellement envie de sentir son sexe dur à l'intérieur de mon corps. C'est lui que je veux.

C'est au moment où je n'arrive presque plus à me contenir que Leonardo me remplit de son désir humide et bouillant. Ça y est. Il glisse une main autour de ma taille et la bloque dans le creux de mon dos. Plaquée contre lui, je le sens s'enfoncer encore plus profondément. Il va et vient à un rythme effréné. Une chaleur familière me remonte le long du ventre. Mon corps se contracte. Tout se met à tourner autour de moi, je me laisse emporter.

Voilà l'effet que Leonardo produit sur moi. Il s'est emparé de moi sans me demander la permission, et je me suis donnée à lui sans chercher à résister. Je n'arrive plus à penser à autre chose. Tant pis s'il m'interdit de percer ses secrets ou simplement de le comprendre. Il n'y a plus que lui et moi, seuls au beau milieu de nulle part, sur ce rocher chauffé à blanc, face à cette mer, témoin du spectacle de notre passion.

Au son des vagues qui vont et qui viennent, j'accompagne le rythme des mouvements de Leonardo. Dévorée par l'excitation, je réclame l'orgasme qu'il me promet.

— Continue, je t'en prie, ne t'arrête pas, baise-moi, lui dis-je à l'oreille.

Tout d'un coup, il me retourne sur le ventre pour me prendre par derrière. Presque écrasée par son corps puissant, je suis à sa merci, prisonnière de son désir. C'est comme ça qu'il me veut. Violemment.

Je lâche prise, complètement, jusqu'à ce que nous jouissions ensemble, ivres du plaisir que nous nous donnons l'un l'autre.

— Mon Dieu, Elena, murmure-t-il en me couvrant le dos de baisers. Tu es comme une drogue. Avec toi, je ne suis plus moi-même. Ça ne m'était jamais arrivé avant que je te rencontre. C'est plus fort que moi... Je ne peux pas te résister.

Mes yeux plantés dans les siens, j'attends trois secondes avant de lui dire :

— Je n'ai aucune envie que tu me résistes.

Qu'est-ce qui m'a pris de lui dire ça ?

Nous replongeons dans l'eau, entièrement nus

cette fois-ci. Peu importent les interdits, maintenant. Je ferais n'importe quoi avec lui et pour lui. Une fois sortis de l'eau, nous nous séchons sur les rochers, lovés l'un contre l'autre, en plein soleil. Le temps de retourner au zodiac et nous nous arrêtons chez Saporetti pour déjeuner, comme promis.

Ce cabanon en bois planté dans le sable est un lieu chargé d'histoire. Pasolini, Moravia, Fellini et Bertolucci y ont mangé. En entrant, j'ai l'impression de voyager dans le temps et de revenir dans l'Italie des années 1960, avec ses nappes à carreaux blanc et bleu, ses lampes en osier et ses tables en bois verni.

Saporetti nous accueille avec un grand sourire. Inutile de passer commande : nos spaghetti sont déjà lancés. C'est sa grande spécialité, m'explique Leonardo. La cuisine de Saporetti a beau être moins sophistiquée et moins expérimentale que celle de Leonardo, cela ne les a visiblement pas empêchés d'être amis.

Pour patienter, nous dégustons un délicieux vin blanc du Circé.

— C'est drôle, lâche soudain Leonardo comme s'il pensait tout haut. On dirait que tu n'es plus la Elena que j'ai connue. Je ne saurais pas dire pourquoi mais tu as l'air… différente. C'est vraiment très étrange.

— Qu'est-ce que tu veux dire ?

— Je sais que ça va te faire sourire mais tu fais plus femme. Comme si tu étais subitement devenue plus féminine, plus mûre…

Il porte le vin à sa bouche, et je revois soudain

dans ses yeux celle que j'étais quand il m'a connue et celle que je suis maintenant. La Elena d'il y a six mois (la jeune fille solitaire et pleine de doutes) et la Elena d'aujourd'hui – fiancée, *heureuse de l'être*, et plus sûre d'elle. Si différentes, mais irrésistiblement attirées l'une comme l'autre par cet homme, à en perdre la tête.

— Oui, j'ai sans doute changé. Mais que ce soit en bien ou en mal, tu y es quand même pour quelque chose, finis-je par admettre.

Plusieurs images de notre histoire me reviennent en mémoire, des détails que j'avais chassés de mon esprit ou simplement oubliés.

Un lourd silence s'installe.

Leonardo reprend :

— Tu me détestes encore ?

— Bien sûr que oui, mais si c'était à refaire, je ne changerais rien. Je n'ai ni remords ni regrets, lui dis-je en le regardant droit dans les yeux.

Cela faisait longtemps que je n'avais pas été aussi sûre de moi.

Et c'est vrai. La colère sourde que je nourrissais envers Leonardo s'est soudain évanouie. Je suis comme sur un nuage et peut-être en train de me perdre. J'ai les jambes qui flageolent, mais peu importe. Je n'ai plus peur, désormais. Plus question de renoncer.

— Et voilà !

L'arrivée de Saporetti nous ramène à la réalité. Nos assiettes sont fumantes. Miam. Voir tous ces fruits de mer fraîchement pêchés me met l'eau à la bouche.

— Tu as sacrément faim, on dirait, me lance Leonardo en me regardant enrouler maladroitement tout un paquet de spaghetti autour de ma fourchette.

— Ça creuse, l'air du large, tu n'es pas au courant ? lui dis-je avec un sourire.

Nous rentrons à Rome en milieu d'après-midi. Je suis obligée de passer deux minutes à l'appartement de Leonardo car j'ai besoin d'une bonne douche et d'une séance de maquillage intensive pour ne pas éveiller les soupçons de Filippo à mon retour. S'il me voyait maintenant, il se rendrait compte en un quart de seconde que je ne suis pas allée au travail. Sans compter que ma peau porte encore la trace de ma trahison. En plus du sable et du sel, je dois me débarrasser de l'odeur de Leonardo, de sa sueur, des traces de ses mains que je sens encore sur moi.

Leonardo habite dans le Trastevere, à quelques pas de la piazza Trilussa. Son appartement est au troisième étage d'un immeuble sans ascenseur qui donne sur le Tibre. C'est un loft lumineux, récemment rénové, avec une vue imprenable sur la ville. Les finitions sont à l'avenant : parquet en bois de cèdre, plans de travail en marbre blanc de Carrare dans la cuisine, mezzanine peinte en rouge Pompéi avec au centre un lit *king size*.

— Je te sers quelque chose ? me demande Leonardo.

— Oui. Un verre d'eau, s'il te plaît, merci, lui dis-je en prenant place sur le canapé.

Cette journée m'a déshydratée, mais je ne peux pas me plaindre.

— Tu aimes vivre dangereusement, à ce que je vois, ricane Leonardo histoire de détendre l'atmosphère.

Tout en sifflotant je ne sais trop quel tube de l'été, il sort du frigo une bouteille de Fillico King, l'eau minérale la plus chère de la planète. Ce type ne fait décidément rien comme tout le monde. Le temps d'avaler un plein verre d'une traite et je file dans la salle de bains pour me refaire une beauté. L'heure tourne.

Face au miroir décoré de stucs vénitiens, je me rends compte que j'ai deux tomates à la place des joues. Je ne sais pas combien de temps ça va mettre à partir, mais j'espère en être débarrassée avant de rentrer. Allez, c'est le moment de prendre une longue douche.

Une fois le robinet allumé, je commence à enlever le haut de mon maillot de bain quand je vois apparaître Leonardo dans la glace. Il m'observe d'un air coquin, un sourire carnassier sur les lèvres.

Je lui jette un regard interrogateur, mais je sais pertinemment ce qu'il veut. Je le devine à ses yeux chargés de désir, son haleine qui me chatouille le cou et ses doigts qui frôlent mes tétons. Sans me laisser le temps de dire ouf, il m'attrape et me pousse contre le mur.

Ses mains sont de nouveau sur ma peau encore

chaude de soleil. Nous sommes comme deux aimants. Sa bouche insatiable me réclame.

À cet instant, je l'arrête. C'est à moi de mener le jeu, cette fois. Je veux qu'il soit à moi.

Glissant ma main sur ses fesses, je plaque aussitôt mon bassin contre le sien. Leonardo a envie de moi, je le sens frémir d'impatience à travers son pantalon. À la fois étourdie et excitée, je mesure à quel point il me désire. Mes doigts plongent dans ses cheveux. Je les tire de toutes mes forces pour le garder serré contre moi.

— Pourquoi est-ce que j'ai toujours envie de toi, tu peux me le dire ? lui dis-je d'une voix haletante, tout contre son visage.

Je sais que c'est la même chose pour lui. Mes yeux lui crient mon excitation, mon sang bout dans mes veines. Le temps d'ouvrir la fermeture Éclair de son pantalon et j'attrape son sexe dur, brûlant. Leonardo penche la tête en arrière, les mains posées sur le mur derrière moi. Je me laisse alors doucement glisser jusqu'au sol. Une fois accroupie devant lui, je l'effleure du bout de la langue. Puis je le laisse entrer dans ma bouche, la saveur de sa peau mélangée à celle du sel. Je le sens vibrer de plaisir. Je lui caresse les jambes et j'empoigne ses fesses en le suçant lentement. Lui procurer ce frisson qui lui traverse tout le corps me rend folle. Leonardo me passe une main sur les cheveux avant de les tirer d'un geste presque violent. Il me presse contre lui, il veut que je le fasse jouir. Juste avant de venir, il s'écarte délicatement de moi pour m'embrasser. Pour embrasser son propre plaisir, sa saveur. Sans lâcher mes cheveux, il recule ma tête de manière à pouvoir me transpercer du regard. Ses yeux sont à la fois menaçants et hagards.

— Tu me rends dingue.

Là, il m'attire soudainement vers lui et me plante ses dents dans le cou.

Dans un éclair de lucidité, j'arrive à lui crier :

— Non... je t'en prie ! Pas de suçons !

L'instant d'après, il m'attrape par le bras et me pousse dans la cabine de douche, où l'eau continue de couler. Il me plaque le visage contre le mur puis, animé d'une force presque animale, il m'empoigne par la taille et m'oblige à me cambrer. Puis il me pénètre, là, comme ça. C'est puissant, brutal, et terriblement excitant. Il va et vient à l'intérieur de moi en haletant, son bassin contre mes fesses, son torse contre mon dos. L'eau qui nous fouette le visage n'arrive pas à éteindre le feu qui consume nos deux corps.

Ses doigts cherchent ma bouche qui s'ouvre sans résister, puis cherchent ma langue en m'arrachant des sons inhumains. Je ne pensais pas pouvoir crier comme ça.

— Allez, Elena ! me grogne-t-il à l'oreille. Je veux t'entendre hurler !

Comme s'il lui obéissait au doigt et à l'œil, tout mon corps produit un orgasme dévastateur, dans un hurlement rauque et profond qui me déchire l'âme.

Leonardo, je suis complètement folle de toi.

C'est juste au moment où nous nous rhabillons que mon iPhone, posé sur le rebord du lavabo, se met à clignoter. Un SMS. Il n'y a qu'une personne pour m'écrire à cette heure-ci. Du fond de mon cœur, j'espère me tromper. Hélas, j'ai vu juste.

> Bibi, tu en es où?
> On dîne dehors ou à la maison?
> Bisou.

Une crampe me ravage l'estomac. Je suis dégueulasse d'avoir trompé Filippo comme ça. Je remonte une bretelle de mon soutien-gorge tout en essayant de cacher la douleur qui me ronge. Peine perdue : Leonardo s'en rend compte immédiatement.

— C'est ton mec? demande-t-il sans se démonter.

— Oui, lui dis-je en écrivant à Filippo que je préfère rester à la maison ce soir.

Leonardo m'embrasse sur le front en silence avant d'aller dans sa chambre pour finir de se rhabiller.

Enfin seule, je ferme la porte, la tête basse, et me regarde dans la glace. J'ai l'air normale. Même si je n'ai aucune marque sur la peau, je sens peser sur mes épaules le poids de la parenthèse secrète d'aujourd'hui.

Est-ce que j'aime vraiment Filippo?

Bien sûr que oui, bordel, j'en suis certaine.

Mais alors, pourquoi est-ce que je désire autant Leonardo?

En règle générale, on ne désire pas ce que l'on

aime et encore moins ce que l'on respecte. Et surtout, on ne désire pas ce à quoi l'on ressemble. J'ai lu ça quelque part : c'est peut-être vrai, mais ce n'est pas le moment de penser à ça. Je dois rentrer.

Je rejoins Leonardo, désormais changé et parfumé, dans sa chambre spacieuse et inondée de lumière. Il me raccompagne à la porte d'entrée. Appuyé au chambranle, il me caresse le menton et me regarde comme s'il ne voulait pas me laisser partir.

— On se revoit quand ? me demande-t-il.

— Je ne sais pas…, dis-je tout en rangeant mon portable dans mon sac, les yeux baissés.

Il me relève de nouveau la tête et cherche mes yeux.

— Hé… Tu as dit que tu ne regrettais pas ce que tu as fait avec moi. Alors ne commence pas maintenant, d'accord ?

— O.K., fais-je en soupirant et sans grande conviction.

Le temps de lui donner un léger baiser et je m'engouffre dans les escaliers. Me voilà dans la cohue du Trastevere.

Sur le chemin de l'arrêt d'autobus, j'ai l'étrange sensation que, malgré tout, je finirai tôt ou tard par m'en vouloir. Mais de quoi ? Je ne sais pas.

5

On se croirait presque en été, ce dimanche soir. L'air est chaud, le ciel encore clair. Il flotte sur le visage des gens une douce torpeur. La main de Filippo glisse doucement le long de ma robe et se pose sur ma hanche tandis que nous sortons du cinéma. Nous étions au Trevi pour voir *Amore mio aiutami*, à l'occasion d'une rétrospective consacrée à Alberto Sordi. Je ne m'attendais pas que le public vienne aussi nombreux. Ça m'a rappelé le ciné-club de nos années de fac, quand nous étions quasi seuls dans la salle, Filippo et moi.

— C'était chouette de revoir ce film, lance-t-il avec un sourire satisfait. Il a vraiment quelque chose de spécial.

— C'est sûr. C'est pas juste une comédie à l'italienne comme les autres.

Je lève les yeux au ciel en essayant de trouver le mot juste :

— Elle te laisse un goût amer, dis-je en fronçant les sourcils.

— C'est vrai que dans certaines scènes, tu ne

sais pas s'il faut rire ou pleurer. Et puis Monica Vitti est exceptionnelle.

— Complètement.

En réalité, je suis loin de partager son sentiment. Et comment le pourrais-je, avec cette tempête d'émotions que je m'efforce de cacher à Filippo ? Malgré tous mes efforts, je sens le feu me monter aux joues.

Tout est arrivé quand nous étions assis dans la salle. J'étais détendue, sereine, je profitais du film, lovée contre le corps de Filippo, tête contre tête, main dans la main. Tout semblait parfait jusqu'à cette fameuse scène où la voiture d'Alberto Sordi et Monica Vitti fait une embardée et finit dans le bas-côté. Soudain, la femme avoue à son mari qu'elle est amoureuse d'un autre, et une violente dispute éclate. Vitti s'enfuit, Sordi lui court après. « Dis-le encore que tu l'aimes », se met-il à crier en lui collant des gifles. Moi qui ai toujours trouvé cette scène hilarante, aujourd'hui je n'ai pas le cœur à en rire. Tandis que ma main se détache de celle de Filippo, je repense à la semaine dernière. J'ai déjà vu ces images défiler devant mes yeux, je connais cet endroit : c'est la plage de Sabaudia. J'étais là-bas avec Leonardo, exactement au même endroit. Comme le personnage de Monica Vitti, j'ai menti et trompé celui que j'aime. Sauf que ce n'était pas un film.

Depuis ce jour, Leonardo ne m'a plus donné signe de vie. J'ai essayé d'effacer son souvenir de ma mémoire ; en vain. La vérité, c'est que je pense à lui tout le temps, au moindre prétexte.

Filippo et moi marchons à pas lents dans les rues

de la ville. Nous venons d'arriver à la fontaine de Trevi, déjà illuminée, quand mon iPhone se met à vibrer. Je suis sûre que c'est Gaia. Qu'aura-t-elle encore inventé, celle-là ? Mais en consultant ma boîte vocale, un mélange de peur et d'excitation s'empare de moi. Leonardo. C'est lui qui a essayé de me joindre. Est-ce que je dois être heureuse, désespérée ? Les deux à la fois ? Que faire ? Il revient, puis disparaît à nouveau. Pourquoi ne me fiche-t-il pas la paix ? Tout est tellement compliqué avec lui !

Une boule au ventre, je lance un coup d'œil vers Filippo qui, heureusement, regarde ailleurs. Et si j'en profitais pour écouter le message ? Il ne s'en apercevrait même pas. En fin de compte, et même si je meurs d'envie de le faire (je suis horrible, je sais), j'éteins mon iPhone juste après avoir entendu Leonardo dire : « Salut Elena, c'est moi. » Allez, stop. Pas question d'écouter la suite à côté de Filippo. À côté de mon fiancé.

— Tu appelles qui ? me demande-t-il en me voyant collée à mon téléphone.

— Personne, c'était juste un message, dis-je l'air de rien, en fourrant mon iPhone dans mon sac.

— De qui ? insiste-t-il.

De qui ? Vite, une réponse !

— De Paola.

— Elle te harcèle même le dimanche, celle-là ? fait-il en ouvrant de grands yeux, agacé d'entendre le nom de ma collègue.

— Elle me demande d'arriver plus tôt demain.

— Génial !

— Comme tu dis...

Quelques mètres plus loin, nous nous arrêtons au Salotto 42, un bar de la piazza di Pietra, pour y prendre l'apéritif. Situé juste en face des colonnes du temple d'Hadrien, c'est un endroit magique. On se croirait vraiment dans un autre monde, au milieu de toutes ces revues de design et de photo, de ces livres et de ces vinyles. Assise au fond d'un canapé vintage des années 1950, je commence à me détendre. L'angoisse s'éloigne, je retrouve une respiration normale. Je dois arrêter de penser à Leonardo, de me demander ce qu'il avait à me dire et me consacrer à Filippo. Je dois vivre l'instant présent, ici et maintenant, avec lui.

Nous sommes très attachés à cet endroit, tous les deux : c'est là que nous avons dîné le soir où nous avons fait l'amour pour la première fois, après ma folle expédition à Rome. Tout est tellement beau, ici. Bercée par une douce musique nu jazz, je prends soudain conscience que nous sommes assis à la même table que la première fois.

— Coïncidence ? dis-je en haussant un sourcil.

— Peut-être..., me fait Filippo en haussant les épaules.

Évidemment que oui, vu son petit sourire satisfait !

Quelques minutes plus tard, tout en grignotant quelques amuse-bouches façon cuisine fusion, nous reparlons travail :

— Alors, me demande-t-il en reposant son verre, tu penses avoir fini quand ?

— Tu veux dire toute la chapelle ou juste la fresque ?

— Tout.

Ma foi... Je me suis posé la question un paquet de fois ces derniers jours.

— Vers la fin de l'été, je dirais, mais je n'y mettrais pas ma main à couper.

Le serveur s'arrête un instant à notre table pour nous proposer une dégustation de *raw food*. Sans un mot, Filippo m'indique du menton notre assiette de sushis vide. Un petit signe de tête, et il commande quelques California maki supplémentaires. J'adore notre façon de communiquer : on n'a pas besoin de parler pour se comprendre. Entre nous, les choses sont si simples, si naturelles.

Une fois le serveur reparti, Filippo se redresse sur sa chaise. Il semble soudain bien sérieux, ce qui ne lui ressemble pas trop.

— Bon, lâche-t-il, je voudrais te parler de quelque chose.

Oh mon Dieu. Si ça se trouve, il m'a surprise sur la Ducati de Leonardo, ou alors il sait ce qu'il y a entre lui et moi.

— J'ai des nouvelles importantes, ajoute-t-il.

— C'est-à-dire ? je demande, incapable de tenir en place.

Filippo se met à jouer avec sa serviette. Il soupire, l'air hésitant. Si c'était lui la fille et moi le garçon, j'aurais droit à un truc du style : « Je suis enceinte, on va avoir un enfant. » Il a l'air grave, inquiet et excité en même temps. Puis il finit par se lancer :

— Dans un mois jour pour jour, j'en termine

avec Renzo Piano, lance-t-il fièrement. C'est décidé, désormais.

Jusqu'ici, rien de neuf. Il fallait bien que ça se termine un jour.

— Et donc ? lui dis-je, impatiente de savoir la suite.

Tout en jetant des regards autour de lui, Filippo avale une grande gorgée de Martini avant de se tamponner les lèvres. Puis il se lance :

— Eh bien maintenant, j'aimerais continuer d'être architecte… tout en étant chez moi. Bref, je voudrais ouvrir mon propre cabinet.

J'imagine déjà ce qu'il va dire, mais j'attends qu'il le fasse lui-même.

— … à Venise.

Je bois à mon tour une gorgée de Martini. Mon cœur bat à mille à l'heure, tout se bouscule dans ma tête. Après un instant de silence, je finis par lui demander :

— Tu en as déjà marre de Rome ?

— Va savoir, soupire-t-il. Ici, tout est difficile, surtout dans mon secteur. À Venise, je pourrais encore avoir de bons contacts…

Il se gratte la tête, l'air nerveux, avant de planter ses yeux dans les miens.

— Et toi, alors ? Qu'est-ce que tu en penses ?

Effectivement, qu'est-ce que j'en pense ? Je vois où Filippo veut en venir, même si j'espère de toutes mes forces me tromper.

— Du fait de te mettre à ton compte ?

Je temporise, mais ce n'est évidemment pas ça qui l'intéresse.

— Non. De Venise, réplique-t-il en me transperçant du regard. Du fait de partir vivre ensemble à Venise. Au fond, c'est notre ville...

Voilà, je suis fichue.

Ce n'est évidemment pas la première fois que nous abordons la question, Filippo et moi. Mais cette fois, c'est différent. Ce ne sont plus des paroles en l'air. Tout ça deviendra peut-être très bientôt réalité.

— On pourrait partager le loyer de mon appartement, fais-je avant de baisser les yeux, comme pour réfléchir une seconde à ce que je viens de dire. C'est un peu petit, mais on s'arrangera.

— Bibi, je voudrais t'offrir davantage.

Je fixe ses yeux verts étincelants. Avant de déménager pour Rome, Filippo vivait encore chez ses parents. Pas spécialement pour des raisons de confort, mais parce que, à force d'être toujours en déplacement pour une raison ou pour une autre, il n'avait jamais ressenti le besoin d'avoir un espace à lui.

Je secoue la tête, l'air de dire: «Comment ça, *davantage*?»

Même si je ne comprends pas grand-chose à ce qu'il m'explique, je sens que Filippo n'a jamais été aussi sincère. S'il a autant de mal à trouver ses mots, c'est qu'il a quelque chose sur le cœur.

— Je sais que si tu t'es installée ici, à Rome, c'est surtout pour moi. Je ne suis pas en train de te dire que je déteste Rome ou que je meurs d'envie de m'en aller, pas du tout. C'est juste qu'après avoir visité deux, trois apparts sur Venise, la dernière fois que j'y suis allé, j'ai pas mal réfléchi.

Tu comprends, ça fait dix ans que je me balade à droite, à gauche, mes parents se font vieux, sans parler du reste... Je ne sais pas, je me sens vraiment prêt à prendre un nouveau départ. J'ai envie de me poser. Ou au moins de vivre autrement.

Je hoche la tête, sans l'interrompre. Je ne suis pas surprise de l'entendre dire tout ça. Et pourtant, même si nous en avons déjà discuté, l'idée de quitter Rome aussi précipitamment me bouleverse. Toutes les choses qu'il me reste à voir et à faire dans cette ville tourbillonnent dans ma tête. Et au milieu de tout ça surgit une image, de plus en plus nette : Leonardo.

— Tu ne dis rien ? me demande Filippo d'un ton pressant.

Il se mordille un ongle, comme toujours quand il est stressé ou qu'un sujet lui importe vraiment. Certes, il ne me demande pas de l'épouser, mais, en un sens, il s'agit d'un choix encore plus important. Il s'agit de rentrer vivre à Venise ensemble. *Pour toujours.*

Je lui prends la main. Même si j'aimerais vraiment lui faire plaisir, je dois être honnête vis-à-vis de lui et vis-à-vis de moi-même.

— Oui, ça pourrait être magnifique, dis-je en essayant de cacher mon trouble.

Mais... n'est-ce pas un peu prématuré, ne vaudrait-il pas mieux y réfléchir à deux fois, pour ne pas brusquer les choses ? Filippo profite de mon silence pour ajouter :

— Bibi, je ne suis pas en train de te forcer la main, crois-moi. Mais... je voulais te montrer ça.

Il lâche alors ma main pour sortir une feuille de sa poche.

— Tiens.

C'est la photo d'un appartement somptueux avec vue sur le Grand Canal, entièrement rénové.

— Ça te plaît ? me demande-t-il avec des étincelles dans les yeux.

Il n'y a évidemment pas trente-six façons de répondre :

— Bien sûr... C'est magnifique.

La description fait rêver : trois chambres à coucher, deux salles de bains, une grande terrasse en bois typiquement vénitienne, un porche couvert et un ponton privé. Difficile de ne pas tomber sous le charme !

Relevant les yeux vers lui, je m'exclame :

— Cet appart est incroyable, Fil. Vraiment.

Un soupir, et j'ajoute :

— Mais il est quand même un peu tôt pour penser à investir, tu ne crois pas ?

Ça y est, je l'ai dit.

— Bien sûr, s'empresse-t-il de me dire. C'est juste une idée, comme ça. Puisque c'est un copain qui s'est occupé de la rénovation, je voulais juste te le montrer avant qu'il nous passe sous le nez !

Je regarde à nouveau la photo – et en particulier le prix, imprimé juste en dessous, en tout petits caractères.

— Parce que là... On ne peut pas dire que ça soit bon marché..., dis-je dans un murmure.

Filippo acquiesce, avec un léger sourire. Je lui demande :

— Est-ce qu'on peut se le permettre ?

Je le vois baisser les yeux et secouer la tête.

— Peut-être..., finit-il par avouer. Mais ça ne nous empêche pas de rêver. On verra bien ce qui se passera ensuite...

Filippo me lance un regard insistant. Il parle vraiment sérieusement.

Par bonheur, la tension retombe très vite. Entre deux fous rires et quelques blagues, nous parlons de ce week-end en Toscane qui approche à grands pas. L'atmosphère a beau être plus détendue, je n'arrive pas à me libérer de cette conversation pesante que nous avons laissée en suspens. L'image de Leonardo revient me hanter de façon encore plus insistante. J'ai presque l'impression physique qu'il est là, comme s'il était venu s'asseoir entre Filippo et moi, comme s'il était resté là à nous écouter parler de notre futur.

Une fois rentrés, je laisse Filippo aller dans la salle de bains le premier. Il n'a pas besoin de passer des heures à se badigeonner les fesses et les cuisses de crème raffermissante, lui ! Car oui, ça fait quelques jours que j'ai décidé de m'en resservir. Depuis mon escapade au bord de la mer, pour être exacte.

Mon iPhone est posé là, sur la table de nuit, innocent et silencieux, alors qu'il contient une bombe prête à exploser : le message de Leonardo, que je n'ai pas encore écouté. C'est comme si un dangereux prédateur se tenait à côté de moi. Allez, finissons-en une bonne fois pour toutes. Si je n'écoute pas ce message maintenant, je risque de ne pas fermer l'œil de la nuit, et ce sera un enfer.

Mais pas question de faire ça sous le nez de Filippo. J'attendrai d'être seule dans la salle de bains, après mes inutiles rituels de beauté.

À peine ai-je eu le temps de réfléchir à tout ça que Filippo me laisse la place. Je ferme la porte à clé et ouvre à fond le robinet du lavabo. D'accord, ce sont des précautions absurdes. Si je prenais la chose avec plus de détachement, je me trouverais parfaitement ridicule. Mais je n'y arrive pas.

J'évite mon reflet dans la glace et me colle mon iPhone à l'oreille. Répondeur.

« Elena, c'est moi. Je viens de rentrer de Sicile. Débrouille-toi pour te libérer du boulot demain après-midi, je voudrais t'emmener quelque part. N'essaye pas de te défiler. »

Il n'en fallait pas plus pour que ma boule au ventre revienne. Mon Dieu, je n'arrive pas à croire qu'un petit message de rien du tout me mette dans un état pareil ! Je suis à la fois curieuse de savoir où il veut m'emmener et passablement agacée. Comment réagir ? Je prends quelques instants pour faire le vide avant de réécouter le message, histoire de m'assurer que j'ai bien tout entendu (je sais, c'est l'excuse la plus nulle du monde). Une fois le message effacé, je marmonne un « Oublie ça », plus pour me convaincre moi-même que pour autre chose.

Mais je suis hors de moi. Mes gestes sont mécaniques – je me brosse les dents, me démaquille et me masse avec la crème raffermissante sans réaliser ce que je fais. En sortant, j'observe Filippo installé sur le lit. Il feuillette quelque chose sur son iPad, sans doute une de ses revues de design. J'ouvre la bouche, je la ferme, je la rouvre. Pas moyen de dire un mot. Je repars en silence vers la salle de bains.

Alors j'entends grogner depuis l'autre pièce :

— Tu ne viens pas dormir, Bibi ?

— J'arrive tout de suite, dis-je en prenant la voix la plus douce possible.

C'est décidé : je vais répondre au message de Leonardo. Je pourrais tout simplement l'ignorer, mais non. Ce que je veux, c'est lui opposer un refus, clair, net et définitif. Je vais lui envoyer un petit SMS pour lui dire qu'il peut arrêter de me harceler : je suis fiancée, heureuse de l'être, et il le sait très bien.

Allez, Elena, un peu de courage. C'est un mauvais moment à passer, mais tu peux y arriver. Accroche-toi, tiens le coup, ne lâche rien.

Je tape mon message. Au moment d'appuyer sur la touche ENVOYER, un frisson glacial me remonte le long de la colonne vertébrale. Mes doigts n'ont pas obéi à mon esprit mais à une pulsion foudroyante partie du creux de mon ventre. Sur mon écran, je peux lire :

> Salut. J'ai écouté ton message.
> D'accord pour demain. Tu sais où me trouver.

Impossible de faire machine arrière, désormais. Mais qu'est-ce qui m'a pris ? Je suis schizo, ou quoi ? En tout cas, me voilà fichue. Quel bordel !

J'ai l'impression d'être un alcoolique qui vient d'avaler sa première gorgée de vodka après une longue période d'abstinence. Je me sens à la fois coupable et soulagée – et encore davantage quand je vois, quelques secondes plus tard, mon téléphone s'éclairer et afficher le numéro de Leonardo – je déciderai plus tard si je l'enregistre dans mon répertoire ou pas; au fond, ça ne servirait pas à grand-chose –: il m'a répondu aussitôt, ce qui n'est pas dans ses habitudes.

> Même endroit, à 4 heures.
> Bonne nuit.
> Leo

C'est tout. Juste quelques mots, sans rien de spécial. Franchement, à quoi ça rime de se mettre dans un tel état pour si peu? Pfff... ça suffit maintenant. Je dois me ressaisir. Quand je retourne dans la chambre, Filippo m'attend. La lampe de chevet n'est pas éteinte. On dirait qu'il n'a pas envie de dormir. Pas tout de suite. Pas avant d'avoir fait l'amour avec moi.

Je saisis à son regard à quel point il m'aime, à quel point il a besoin de moi. L'étincelle du désir brille au fond de ses yeux verts. Filippo... Tandis que ma langue cherche la sienne, je lui enlève son tee-shirt. Lui empoigne mes fesses et commence à les pétrir. Je laisse glisser une main sur son sexe avant de le caresser à travers son boxer. Puis je plonge ma main à l'intérieur, et je le serre de toutes mes forces. Il pousse un gémissement guttural et finit de se déshabiller.

Tout en faisant courir sa langue le long de mon cou, il m'enlève ma nuisette, puis plonge sa tête entre mes jambes pour embrasser mon sexe mouillé. Soudain, tout se mélange dans ma tête. L'espace d'un instant, j'ai l'horrible sensation de ne plus voir les yeux de Filippo, mais ceux de Leonardo. Qu'est-ce qui m'arrive ? C'est Filippo dont j'ai envie, c'est Filippo qui est en train de me faire jouir. Le dos cambré, je crie de plaisir. Même si j'ai écrit ce message à *l'autre*, c'est Filippo que je veux, de toute mon âme. Parce qu'il me veut. Parce qu'il m'aime. Et parce que je l'aime moi aussi.

Filippo s'allonge sur moi et me pénètre. Je le sens aller et venir en moi, je suis le rythme de ses mouvements, agrippée à lui. Je m'abandonne. Je suis à lui. Au moins dans ce lit. Au moins à cet instant.

Et c'est reparti pour une nouvelle journée à supporter les bougonnements de Paola. Nous sommes en retard sur le planning. Résultat : elle m'a dans le collimateur. À la moindre bavure de couleur, ça braille. Elle est d'une humeur massacrante... Et moi qui comptais lui dire que je dois partir plus tôt cet aprèm... Je regrette que Martino ne soit pas là : l'ambiance serait un peu plus détendue. Je ne l'ai pas revu depuis le jour où on s'est croisés devant l'église avec Leonardo à mes côtés. Si ça se trouve, il s'est vraiment senti blessé. Dans le fond, il ne me considère pas juste comme une copine. Mais moi, je serais vraiment triste de perdre son amitié à cause de ça. Je travaille mieux quand il est là. Je pourrais rester des heures à lui parler, et pas seulement d'art.

Et si je posais la question à Paola ? Elle en sait peut-être plus. Tout en remplissant consciencieusement le registre, je lui lance :

— Dis, est-ce que tu as revu Martino ?

— Le gamin ? me répond-elle d'un air presque moqueur en baissant ses lunettes sur son nez. Si tu ne le sais pas toi…

Le petit sourire sarcastique qui flotte sur ses lèvres se suffit à lui-même. Je secoue la tête.

— C'est bon, ne joue pas à la cruche avec moi, enchaîne-t-elle en trempant son pinceau dans son bocal de rouge. S'il vient ici, ce n'est pas pour les beaux yeux de saint Matthieu. C'est pour les tiens.

— Mais arrête, qu'est-ce que tu racontes ? Il doit rendre un mémoire. Peut-être qu'il travaille chez lui, en ce moment.

— Elena, ne me prends pas pour une buse, je t'en prie. Il en pince pour toi, ton petit Martino.

Je referme le registre sans un mot. Au fond, je crains que Paola n'ait raison. Mais maintenant que la conversation est lancée, je crois que le grand moment est arrivé. Allez, je prends une profonde inspiration, pose ma voix et me lance :

— Ah oui, sinon, je voulais te dire que je dois partir à quatre heures cet aprèm.

— Pardon ? Tu veux bien répéter ? s'exclame-t-elle en faisant vaciller l'échafaudage.

— À quatre heures, je dois y aller, lui dis-je en essayant de garder une voix calme et professionnelle.

— Eh bien fais comme tu veux, se contente-t-elle d'ajouter.

Manifestement, ça ne l'enchante pas. Bon, essayons de nous justifier :

— J'ai un rendez-vous important. Pas moyen d'annuler.

— C'est bon, c'est bon, grogne-t-elle. Mais ne te plains pas d'être à la bourre.

Elle a beau se montrer compréhensive, j'entends comme une menace percer dans sa voix.

Cela peut paraître absurde, mais je me sens vraiment coupable vis-à-vis d'elle. En ce moment, Paola est une projection de ma conscience. Elle m'ordonne de rester là où je suis, de ne pas me laisser distraire, sous peine de le regretter. Hélas, je n'ai aucune envie d'entendre raison. Ma décision est prise, depuis hier soir, point. Je n'ai jamais cessé et je ne cesserai jamais d'aimer Filippo, mais je suis trop attirée par Leonardo pour lui résister.

Un coup d'œil à ma montre : il est bientôt l'heure. Il faut que j'y aille.

Seize heures tapantes. Je suis sur la piazza Sant'Andrea. Comme chaque fois que je dois voir Leonardo, je suis aussi excitée qu'à un premier rendez-vous. J'ai troqué mon pantalon contre une petite robe légère que je me suis dépêchée d'enfiler dans la sacristie. Après tout, pourquoi me priver de cette touche de féminité ?

Leonardo arrive sur sa moto, pile à l'heure. Il me passe un casque et me laisse m'installer. Je m'appuie sans hésiter sur la pédale avant de m'accrocher solidement à ses hanches. Je suis prête. Prête à aller où bon lui semble.

Après vingt minutes à zigzaguer entre les voitures, nous atteignons déjà la banlieue est de la ville. Je ne suis jamais allée dans ce coin-là. Avec tous ces entrepôts et ces énormes bâtiments transformés en logements, on dirait un ancien quartier industriel. La moto s'arrête au milieu d'une grande cour pavée, face à ce qui a tout l'air d'être une usine désaffectée. Plus loin, on aperçoit un petit cours d'eau – sans doute l'Aniene, un affluent du Tibre.

— Viens, on entre, me fait Leonardo en me prenant par la main.

— Là-dedans ? je lui demande d'une voix hésitante.

Pourquoi m'a-t-il amenée jusqu'ici ? Avec lui, il faut toujours s'attendre à tout !

— Qu'est-ce qu'il y a ? Tu as peur que je te kidnappe ? me lance-t-il avec un petit rire agaçant.

Je souris malgré moi. L'idée est plutôt séduisante...

— C'est une ancienne biscuiterie, m'explique-t-il en désignant une enseigne écaillée sur la façade du bâtiment. Elle est fermée depuis un bail.

Il ouvre la porte d'un geste énergique et nous entrons.

Ça sent le renfermé, et pas qu'un peu. À l'intérieur, c'est un immense entrepôt envahi par la poussière et les toiles d'araignée. Tout est vide, à l'exception de quelques machines dont j'ignore bien à quoi elles pouvaient servir, et un tapis roulant au centre de la pièce. Au fond, d'immenses verrières avec des armatures en fer forgé donnent sur le fleuve. Il en émane un charme poétique et décadent.

— Alors, qu'est-ce que tu en penses ? me demande Leonardo.

— Tout dépend de ce que tu veux en faire. À part t'en servir pour me séquestrer, j'entends.

Leonardo me passe un bras autour des épaules.

— Je veux l'acheter avec un associé et en faire un restaurant, m'explique-t-il fièrement.

— Waouh, ça va être incroyable !

— Content que ça te plaise.

Arrivé au centre de la pièce, Leonardo embrasse le bâtiment du regard.

— Cet endroit a une âme, je la sens. Plus je pense à tous les gens qui sont passés par ici, à toutes les histoires dont ces murs ont été les témoins, plus j'ai envie de donner une seconde vie au lieu.

Une étincelle brille dans ses yeux quand il parle de son travail et de sa passion pour la cuisine. Même s'il reste un homme sanguin et instinctif, c'est aussi quelqu'un de profondément sensible.

Tout à coup, il se tourne vers moi et écarte de mon visage une mèche de cheveux.

— Moi aussi j'aimerais avoir une autre vie, me dit-il d'un air mélancolique.

Sa phrase reste en suspens tandis qu'il s'approche de moi pour dévorer mes lèvres.

Non sans peine, j'arrive à me détacher de lui et le regarde.

— Eh bien... Qu'est-ce que tu ferais dans une autre vie ?

Dans un sourire, Leonardo me caresse lentement les hanches. Ses mains glissent sur mes fesses et soulèvent ma robe.

— Quoi que je fasse, je viendrais tôt ou tard te chercher, où que tu sois. Je t'amènerais ici, et on ferait l'amour.

Il me presse soudain contre lui. Je sens son sexe tendu contre mon ventre. Leonardo a le regard brillant de celui qui va obtenir ce qu'il désire. Il sait que j'ai envie de lui, moi aussi.

Je n'ai qu'une hâte : l'accueillir en moi. Mais je décide de prendre mon temps et de m'occuper de lui d'abord... Je me mets à genoux, baisse son pantalon et son boxer. Je prends son sexe en érection entre les mains, je l'observe. Le seul fait de voir son pénis durci, prêt à jouir et à me faire jouir, déclenche un frisson le long de ma colonne vertébrale. Je ne résiste plus, et je commence à le sucer. Leonardo m'attrape par les cheveux, comme pour entrer encore plus profondément dans ma bouche. Mais j'ai à peine le temps de le goûter qu'il se retire de mes lèvres et me remet debout d'un geste presque violent.

En pliant légèrement les genoux, il m'entoure

ensuite les jambes et me lève à bout de bras. Là, il plonge sa tête dans mes seins et me mord à travers le tissu de ma robe. Puis il avance de quelques pas et me fait asseoir sur le tapis roulant.

Avant que je comprenne ce qui m'arrive, Leonardo me débarrasse brutalement de ma robe puis de ma culotte. La sensation de sa langue contre mon sexe m'arrache un petit gémissement de surprise, comme une vague de plaisir. Il me lèche tout en me caressant la poitrine – et mon petit grain de beauté en forme de cœur. Sa langue court partout, de mes cuisses à mon clitoris, tandis que ses doigts écartent mon soutien-gorge pour libérer mes tétons.

Ses lèvres glissent maintenant vers mes seins, et sa main vers mon ventre. Les yeux clos, je serre sa tête contre ma poitrine et laisse entrer ses doigts en moi. Un instant plus tard, Leonardo se redresse, comme foudroyé, me soulève soudainement les jambes et me force à m'allonger sur le dos.

J'en ai le souffle coupé. Tout mon corps frissonne, gagné par le désir qui bouillonne dans mes veines. Leonardo me rend folle. Je dois l'avoir pour moi. Il doit entrer en moi.

Couché sur moi, il m'arrache ma ceinture d'un geste implacable, déchirant la soie de ma robe.

Puis il passe de l'autre côté de la machine, m'attrape les bras et me les lève au-dessus de la tête. Même si je le voulais, je ne pourrais pas opposer la moindre résistance tant son attitude est impérieuse, autoritaire. Après m'avoir solidement ligoté les poignets avec ma ceinture, il me suspend à un crochet métallique au bout du tapis roulant. Puis il m'observe.

— Et si je te kidnappais vraiment ? plaisante-t-il avec un sourire pervers. Je pourrais te garder ici pour toujours et profiter de toi chaque fois que j'en ai envie.

Revoilà le Leonardo que je connais : fort, dominateur, maître du jeu. J'essaie instinctivement de me libérer, mais le nœud s'enfonce encore davantage dans ma chair. Il me pose alors le plat de la main sur le visage, la laisse glisser le long de mon cou puis ouvre ma robe, découvrant mes seins. Il les empoigne, me mord les tétons puis les pince. Je me fais violence pour ne pas hurler. Chacun de ses gestes m'embrase de plaisir.

Après m'avoir donné un rapide baiser, Leonardo se passe la langue sur les lèvres pour savourer le goût de ma chair puis enlève son tee-shirt. Il empoigne soudain mes cuisses et les écarte, tout en les tirant vers lui. Le bas de ma robe glisse sur le tapis roulant. Je suis bloquée. Plus moyen de bouger. Je suis entièrement à sa merci.

Le contact de son sexe dur, tellement dur, contre le mien me fait hoqueter. Le dos cambré, je laisse mon corps être envahi de désir. Je suis prête à l'accueillir. Maintenant.

Évidemment, Leonardo le sait, alors il se fait attendre. Comme toujours. Il ne me pénètre pas tout de suite, mais se frotte contre moi dans une espèce de parade amoureuse. C'est à la fois lascif et déchirant. Son pénis dans la main, il tourmente mon sexe : il l'ouvre, il l'explore, il le caresse sans jamais y entrer complètement. Je vais devenir dingue. Avec un gémissement presque désespéré, j'agite les jambes pour me rebeller. Et ça l'amuse.

— Ne sois pas si impatiente, Elena.

Tout à coup, le voilà à l'intérieur de moi, mais cela ne dure qu'un instant. Juste de quoi me faire sentir ce qu'il me refuse et il ressort. La tête me tourne. Combien de temps est-ce que ça va encore durer ?

Leonardo continue d'entrer en moi pour en ressortir aussitôt. C'est un véritable supplice. Ma colère finit par éclater. Il rit. Fort. Sans retenue.

Il me pénètre d'un nouveau coup de reins, plus violent. Un autre, et encore un autre, de plus en plus profondément. Ce plaisir que j'appelais de tout mon être monte enfin en moi. Leonardo voulait me faire hurler : il y est arrivé. Son visage ne rit plus, ses yeux brillent, sa mâchoire serrée laisse entrevoir ses dents blanches et féroces. Une veine lui gonfle le cou, son corps n'est plus qu'une boule de muscles tendus par l'effort. Je le sens vibrer contre moi, à l'intérieur de moi. Je sens son désir se confondre avec le mien.

Avant même d'atteindre l'orgasme, nous sommes déjà emportés par l'intensité de notre jouissance. Je finis par venir, dans un cri étranglé. Une tempête sensorielle me traverse le corps, de la tête aux pieds.

Leonardo m'imite quelques secondes plus tard avant de s'écrouler sur moi. La tête posée sur ma poitrine, il inonde de sueur et de sexe ce qui reste de ma robe.

Les minutes qui suivent me semblent infinies. Toutes ont un goût d'éternité. Toutes, je le sais déjà, donneront aux prochaines heures, aux prochains jours, les couleurs du désir.

Une fois libérée, je reste assise sur le tapis roulant. Après m'être massé les poignets, j'essaie de redonner une forme convenable à ma robe. Ma culotte, comme je le craignais, est bonne à jeter. Adossé à la machine, tout près de moi, Leonardo a l'air épuisé, mais heureux. La tête posée sur son épaule, je goûte à ce sentiment de plénitude qui ressemble dangereusement au bonheur. Celui-ci n'est hélas que de courte durée. Très vite, je suis submergée par une avalanche de doutes, rongée par la culpabilité.
Il faut que je rompe ce silence :
— Je ne sais jamais à quoi m'attendre, avec toi. Tu pars, tu reviens, tu disparais, tu reviens à nouveau.
Leonardo se plante face à moi et me pose la main sur la nuque. Il a peut-être compris que parler de ça me tient à cœur. Et pour une fois, il semble disposé à le faire.
— Et ça te met en colère, ça te fait du mal ?
— Pas exactement, dis-je en baissant les yeux. Ça me déstabilise, ça me dépasse. Chaque fois je me fais à l'idée que je ne te reverrai plus, voilà.

Je suis sincère. Car Leonardo me désire, bien sûr : je le vois à la façon qu'il a de me chercher et de me faire l'amour. Mais j'ignore jusqu'à quel point. La preuve, c'est qu'il continue de garder pour lui ses pensées les plus profondes. Ses secrets. Comme ce tatouage qu'il a dans le dos, dont je n'arrive pas à saisir l'étrange symbole. Dès que j'ai essayé d'en savoir plus, je me suis heurtée à un mur de silence. Qu'importe. J'ai besoin de savoir. Je veux percer son mystère, pourquoi il s'obstine à me cacher tant de choses. Alors autant saisir ma chance maintenant.

— Je voudrais juste savoir ce que tu penses, Leonardo. Où est-ce que tout ça va nous mener ? Est-ce que tu crois qu'on va pouvoir continuer comme ça longtemps ?

Je me mords la langue pour me forcer à me taire. J'ai fait le truc à ne pas faire : demander des explications à l'homme le plus insaisissable de la planète. Inutile d'espérer quoi que ce soit, maintenant.

— Ce qui se passera demain, dans un mois ou dans un an ne m'intéresse pas, Elena, me répond-il sans me lâcher des yeux. Je ne planifie pas ma vie, je suis mon instinct, c'est tout. Si nous sommes ici, c'est parce que nous en avons envie tous les deux, point. Et ça devrait te suffire.

Il se recule d'un pas et se détache de moi.

— Je suis toujours l'homme que tu as connu à Venise, avec toutes mes limites. Je ne peux ni te faire de promesses ni exiger quoi que ce soit de ta part. Et si je n'ai pas le droit de te demander quelque chose, c'est parce que je n'ai rien à t'offrir en échange.

— Ça, c'est peut-être la petite histoire que tu aimes te raconter, je murmure en avalant ma salive.

Tu dis quelque chose, mais tu fais systématiquement le contraire. Ton corps ne ment pas, lui.

L'air s'épaissit autour de nous. Ça devient sérieux. Quand Leonardo fait mine de secouer la tête d'un air de dénégation, j'attrape son visage entre mes mains et je plante mes yeux dans les siens. Je suis sûre d'avoir surpris quelque chose au fond de son regard, quelque chose qui brûle pour moi.

— Ce que nous vivons n'est pas juste une histoire de cul, Leonardo, tu le sais aussi bien que moi.

Je ne sais pas comment j'ai trouvé le courage de lui dire ça mais il fallait que ça sorte.

La réaction de Leonardo ne se fait pas attendre : il m'attrape par les épaules et me regarde droit dans les yeux :

— Tu veux que je te dise quoi, Elena ? Que je te désire ? Oui, je te désire, et pas qu'un peu. Que notre histoire est sincère, forte, qu'elle ne ressemble à aucune autre ? C'est le cas. J'ai arrêté de croire que je pouvais tout maîtriser. Mais ça n'a pas d'importance. Parce que je ne peux pas te donner ce dont tu as envie. Je ne te demanderai jamais de quitter ton mec et de changer de vie pour moi. Tout simplement parce que nous ne sommes pas faits pour être ensemble.

Pas faits pour être ensemble ? Qu'est-ce qu'il en sait ? Nous n'avons même pas essayé ! Oh, il faudrait que je lui hurle tout ça, mais je n'en ai pas la force. Je n'ai pas les moyens de lui répondre, de lutter contre son obstination et cette part d'ombre qu'il refuse de me montrer. Je sens qu'il y a deux Leonardo, et ça commence à me faire peur. Car ses mots (sincères ou pas) m'ont blessée : ça suffit. Il faut que je me protège, d'une manière ou d'une autre.

— Eh bien, comme tu veux, dis-je d'une voix sombre en sautant du tapis roulant. Maintenant, ramène-moi chez moi, s'il te plaît.

Leonardo baisse un instant les yeux puis les relève. Il a l'air de vouloir dire quelque chose mais se ravise. De toute façon, je n'ai plus envie d'insister. Dans un silence pesant, nous prenons le chemin de la sortie.

Je me sens soudain déçue, abattue. Je vois mes jambes couvertes de marques rouges, ma robe déchirée, mon maquillage qui a coulé, mes cheveux ébouriffés. Je ne ressemble à rien, sauf à une guerrière vaincue. Mon corps et mon âme portent les traces d'une passion impossible, d'une guerre perdue d'avance.

Dehors, le soleil est encore haut, mais il ne me réchauffe pas. Tandis que la moto de Leonardo se perd dans les rues de Rome, je prends conscience d'une chose. Si je ne fais pas mon choix maintenant, Leonardo me fera encore du mal. Son passé reste une blessure qui est loin d'avoir cicatrisé. Et je doute que quelqu'un puisse un jour la guérir.

6

Ce soir, j'ai décidé de mettre la main à la pâte. C'est moi qui prépare le dîner. J'ai fait à Filippo des blancs de poulet grillés avec un gratin de pommes de terre – le seul plat que je ne rate pas trop. À voir la vitesse à laquelle il a englouti son assiette, ça a dû lui plaire. « Exquis », m'a-t-il même lancé en se léchant les babines. Je suis peut-être meilleure cuisinière que je ne pensais, après tout.

Le repas terminé, nous faisons un peu de rangement dans la cuisine. Je lave les assiettes et Filippo les essuie. Nous partons demain pour la Toscane, alors pas question de laisser toute la vaisselle dans la machine pendant trois jours. Pour me faire rire, Filippo a mis mon tablier bleu Mafalda. Il frotte son torchon contre les assiettes et les verres comme si le sort de l'humanité en dépendait. Il est tellement drôle, parfois ! C'est peut-être ce que j'aime le plus chez lui.

Quant à Leonardo, il a encore disparu. Cela fait des jours qu'il n'a plus donné signe de vie. Et si, de mon côté, je n'ai pas cherché à le contacter (même quand la tentation était si forte que j'avais du mal à respirer), c'est que je me suis enfin décidée à faire un choix. Le cœur a peut-être laissé la raison parler, mais tant pis : entre nous, c'est fini. Il était temps : une partie de moi commençait déjà à se bercer d'illusions. Par bonheur, les derniers mots de Leonardo – « nous ne sommes pas faits pour être ensemble » – ont eu le mérite de me réveiller. Brutalement, certes, mais c'était nécessaire. Tout bien réfléchi, difficile de lui donner tort. Je n'ai aucune envie d'un homme qui me prenne et me jette quand bon lui semble, qui ait envie de moi par intermittence, qui me déboussole par ses silences et ses mystères, et qui ne me réserve que les miettes de sa vie. Leonardo m'a fait vivre une aventure terriblement excitante, mais le moment est venu pour moi de revenir à la vie réelle, celle que je partage avec Filippo.

La conscience en piteux état, l'esprit hanté par le poids de mes fautes, j'ai retrouvé mon fiancé et me suis consacrée à notre amour. J'ai envie de passer le plus de temps possible avec lui. Tantôt je lui demande de m'accompagner au travail ou aux courses, tantôt je le rejoins à son cabinet pour déjeuner en tête à tête avec lui. Repas après repas, je me suis lancée dans des expériences culinaires aux résultats douteux. Je me suis même laissée convaincre d'aller à la salle de sport avec lui ! Surtout, je me suis efforcée de me rapprocher de lui physiquement – la nuit, dans notre chambre à coucher, et la journée, à travers tous les petits gestes du quotidien. Je lui ai souvent dit : « Je t'aime », mais jamais comme un automatisme. Engagement, partage, dévouement : voilà mes nouveaux mots d'ordre. Après tout, est-ce que ce n'est pas ça, le sens profond du verbe « aimer » ?

Je peux y arriver, j'en suis sûre. Je ne parviendrai peut-être jamais à effacer complètement le souvenir de ma trahison, mais, bientôt, tout redeviendra comme avant – comme avant mon anniversaire, du moins. En tout cas, vivement demain ! J'ai hâte que nous soyons dans notre train pour Sienne, en route vers le calme des collines de Toscane.

Soudain, je mesure la chance que j'ai d'être ici, tout contre Filippo. J'ai eu mon petit moment d'évasion, mais cette brève parenthèse dans notre relation est refermée, désormais. Me voilà de nouveau à la maison. Là où j'ai envie d'être.

— Tes malles sont prêtes ? me taquine Filippo.
— Pas encore. Je n'ai pas eu le temps.
— On part en Toscane, Bibi. Pas en plein milieu du Sahara !

Il me jette un regard indulgent, lui qui me connaît par cœur, moi et ma manie de ne jamais voyager léger.

— S'il te manque quelque chose, tu pourras l'acheter là-bas.
— Je vais faire de mon mieux, mais je ne te promets rien.

À chaque voyage, c'est la même histoire. Impossible de me limiter au strict minimum. J'ai beau faire preuve de la meilleure volonté du monde, je trouve toujours quelque chose d'une importance vitale à glisser dans un petit coin de ma valise.

— Tu peux peut-être te dispenser de tes livres, au moins !

— D'accord. Je les laisse à la maison mais ton iPad reste ici lui aussi.

— Ça marche, me fait-il avec un sourire. On aura mieux à faire que rester le nez dans un bouquin…

Filippo se colle derrière moi et me pince la hanche. Il dépose sur ma nuque un baiser et plonge son visage dans le creux de mon cou. Je rejette la tête en arrière pour savourer cette sensation si douce, si familière.

— Mieux à faire… tu veux dire des balades et des visites au musée, pas vrai ? lui dis-je en riant.

Il éclate de rire à son tour. Je sens son haleine chaude sur ma peau.

— Faut voir…, murmure-t-il en commençant à malaxer mes seins.

Sans me presser, j'ouvre la bonde de l'évier avant de m'essuyer les mains. Puis je me tourne vers lui, prête à débattre de la question, quand soudain mon portable se met à grogner au fond de mon sac. Je me détache à contrecœur de Filippo pour courir dans le salon. Qui peut bien m'appeler à cette heure ? Je doute que ce soit Gaia ou ma mère (je les ai eues toutes les deux avant le repas), mais j'ai ma petite idée… L'écran de mon iPhone s'allume, et un numéro apparaît. Mon cœur se met soudain à battre la chamade, tandis qu'une décharge électrique me traverse le corps.

Leonardo. Qu'est-ce qu'il me veut ? Oh et puis je me fiche de le savoir, la preuve, je n'ai pas l'intention de décrocher.

— Tu ne réponds pas ? me lance Filippo depuis l'autre pièce.

Je m'empresse de refuser l'appel.

— Pas envie. C'est Paola, dis-je en me raclant la gorge. Je vais lui écrire un texto.

Ma pauvre Paola ! Je fais toujours appel à toi pour mes mensonges d'adultère. Tu ne le sais pas, mais tu me sauves la vie. Et quelque chose me dit qu'un jour je saurai te remercier.

Avant de retourner dans la cuisine, je pianote rapidement un message lapidaire qui me vient droit du cœur.

> J'ai fait mon choix.
> Si tu tiens un tant soit peu à moi, n'essaie plus de me contacter.

Avant de regretter ce que je viens d'écrire, je me dépêche d'appuyer sur la touche « envoyer ». Plus question de revenir en arrière, cette fois. Stop, c'est fini.

De retour dans la cuisine, je tâche de cacher le feu qui me dévore le visage. Je me mets à nettoyer le plan de travail et la gazinière, à ranger les assiettes dans le placard : une vraie tornade blanche !

Pour m'arrêter dans ma lancée, Filippo s'approche à nouveau. Il m'attrape par les poignets et me tourne vers lui.

— Hé..., fait-il en me prenant par la taille. Je me trompe ou on n'a pas fini notre conversation de tout à l'heure ?

Pour toute réponse, je colle ma tête contre sa poitrine. Je m'agrippe à ses bras comme si je ne voulais plus le laisser partir. Filippo me serre fort dans ses bras puis m'embrasse. Son désir est palpable. Il a envie de moi. Moi aussi j'ai besoin de sentir que je suis à lui, maintenant.

Samedi après-midi, dix-sept heures. Nous voilà plongés dans le calme des campagnes toscanes. Des oliviers, des vignes, des champs de blé et de tournesol à perte de vue : un vrai décor de carte postale.

Après avoir franchi un portail blanc en fer forgé, notre taxi s'engage lentement sur le petit sentier bordé de cyprès qui conduit à notre hôtel. Je suis excitée comme une puce. Chaque parcelle de mon corps déborde de joie. La main de Filippo serrée dans la mienne, je regarde par la vitre, en essayant de photographier avec les yeux chaque recoin de cet endroit magique. Puis je m'approche de son oreille pour lui susurrer un « merci » aussi tendre qu'un baiser, aussi doux qu'une caresse.

Notre hôtel, un ancien corps de ferme entièrement rénové, est somptueux. Des rosiers qui encadrent l'entrée en passant par les jarres en terre cuite remplies de géraniums rouges sous le porche, tout est d'une beauté à couper le souffle.

Notre taxi s'éloigne déjà quand nous entrons dans le hall. Son sac de sport à l'épaule, Filippo traîne ma valise à roulettes qui doit peser au moins une tonne. Comme prévu, j'ai réussi à transformer mon bagage en un véritable wagon de marchandises.

L'intérieur de l'hôtel est très accueillant. Les propriétaires ont su préserver le charme simple et discret de ces bâtiments chargés d'histoire tout en soignant la décoration. Dans la grande pièce recouverte de dalles en terre cuite typiques de la région, on aperçoit des lampes et des meubles d'époque, des gravures anciennes ainsi qu'une collection de livres anciens exposés dans une bibliothèque en bois précieux. Artistement disposés dans des vases en porcelaine d'une finesse extraordinaire, des bouquets de fleurs blanches apportent une touche finale à l'ensemble.

Épatée par l'immense cheminée en pierre et en marbre, je m'exclame :

— Oh, regarde ! On se croirait dans un conte de fées.

— C'est pour ça qu'il te fallait une valise de princesse ? me lance Filippo d'un air dévasté.

— Malheureusement, j'ai oublié de demander au prince charmant de m'accompagner !

Pour me punir, Filippo m'attrape par le col de mon manteau comme un chaton et me colle un baiser sur les lèvres. Je le regarde. Qu'est-ce qu'il est canon, aujourd'hui. Avec son polo à rayures, son pantalon kaki et ses mocassins en cuir, il ressemble aux mannequins BCBG des pubs Hugo Boss.

Nous nous dirigeons vers la réception. Une jolie brune nous souhaite la bienvenue. Elle s'appelle Vanessa, si j'en crois la petite plaque accrochée à côté de son généreux décolleté.

— Vous avez réservé ? nous demande-t-elle avec un accent cent pour cent toscan.

Alors que je me tourne vers Filippo, je surprends son regard qui traîne sur les formes plantureuses de Vanessa... Eh bien, je ne reconnais plus mon Filippo ! Il a l'air d'avoir oublié le gentleman qu'il est pour redevenir le mâle alpha enfoui dans un coin de son cerveau.

— Oui, nous avons réservé.

— À quel nom ? demande-t-elle avec des yeux de biche.

— De Nardi, lui dis-je en détachant chaque mot.

Je me rapproche instinctivement de Filippo, comme si j'avais besoin de marquer mon territoire pour calmer l'accès de jalousie qui vient subitement de se déverser en moi. Tiens, c'est l'une des toutes premières fois que ça m'arrive. Est-ce que je dois trouver ça inquiétant ou rassurant ?

Quoi qu'il en soit, mon avertissement tacite semble fonctionner. Avec un sourire, Vanessa hoche la tête et consulte son ordinateur.

— Ah, voilà. Deux nuits pour deux personnes.

Le temps de nous donner quelques informations sur la résidence, la jolie réceptionniste tend les clés de notre chambre à Filippo en nous souhaitant un bon séjour.

Nous la remercions et, quelques minutes plus tard, nous voilà seuls dans notre chambre – une suite de toute beauté avec vue sur les paisibles collines de la campagne siennoise. Avec ses murs couleur amarante, la pièce est chaude, accueillante. La décoration est recherchée, pour ne pas dire luxueuse. Comme dans le hall, il y a une cheminée en pierre (mais vu qu'il fait trente degrés dehors, nous n'aurons pas spécialement l'occasion de nous en servir). Sur un socle en marbre précieux collé contre le mur trône un téléviseur Bang & Olufsen dernier cri qui tranche avec le secrétaire ancien (avec encrier d'époque !) positionné à l'autre bout de la chambre. Mais le meilleur reste quand même la niche creusée dans le mur, où se trouvent deux verres en cristal, une coupelle de fraises fraîches et – cerise sur le gâteau – un seau à glace avec à l'intérieur une belle bouteille de vin blanc pétillant de la région. Tout ce dont nous avions envie !

Filippo s'empare immédiatement des verres.

— Désirez-vous un apéritif, mademoiselle ? me demande-t-il avec le ton guindé d'un serveur de restaurant chic.

— Volontiers, monsieur, lui dis-je avec une petite révérence et un sourire.

Mon verre à la main, j'ouvre ensuite la fenêtre pour contempler le paysage.

— Quel spectacle !
— Tout ça rien que pour nous deux, Bibi.

Je respire avec délice l'air pur et parfumé, tandis

que Filippo passe un bras autour de mes épaules et s'approche de moi pour me chuchoter :

— Tu pourras dire à ton prince charmant qu'il ne m'arrive pas à la cheville.

Puis, doucement, il se met à me chatouiller l'oreille avec sa langue. Je me recule en riant et le regarde aller ouvrir son sac de sport.

— On va piquer une tête avant le dîner ? me demande-t-il.

Sitôt son maillot de bain trouvé, Filippo commence à se déshabiller en chantant à tue-tête *La collina dei ciliegi* de Lucio Battisti, un grand classique de son répertoire.

Je me change moi aussi. En regardant mes seins blancs dans le miroir, je ne peux pas m'empêcher de penser au corps séduisant de Vanessa. Pourquoi donc me revient-elle en tête, celle-là ?

— Mignonne, la fille de la réception, je glisse l'air de rien en attachant le haut de mon maillot.

— Très mignonne.

— Alors tu avoues ?

Les mains sur les hanches, comme ma mère quand elle voulait me gronder, je transperce Filippo du regard.

— J'avoue quoi ? fait-il, l'air innocent.

— Que tu t'es bien rincé l'œil, espèce de gros dégueulasse.

Je commence à lui donner des coups de poing sur les bras. Pour rire, bien sûr, mais pas que. Filippo, que tout ça semble amuser, me laisse faire, puis finit par m'attraper par les poignets et m'immobilise.

— C'est bon, tu as fini ? me demande-t-il le plus calmement du monde.

— Cochon ! je lui crie à nouveau, en essayant de me débattre.

— J'avoue, j'aime faire des cochonneries, me dit-il d'une voix tendre et sensuelle. Mais juste avec toi, je le jure.

Il m'embrasse dans le cou. Le regard baissé vers son torse glabre et musclé d'adolescent, je nous sens soudain irrésistiblement attirés l'un vers l'autre. Enflammés par le désir, les yeux verts de Filippo brillent de mille feux. Il se penche vers moi et m'effleure l'épaule et l'oreille avec le nez en passant ses doigts dans mes cheveux. Je lui murmure :

— On n'était pas censés aller à la piscine ?

— Plus tard…

Tout en m'embrassant le sommet de l'oreille, Filippo me tire doucement la tête en arrière. Le cou offert à ses baisers, je sens ses lèvres remonter le long de mon visage.

Et dire que tant de femmes se plaignent que leur mec saute les préliminaires ! Filippo n'est pas comme ça. Il ne brûle jamais les étapes.

Collé derrière moi, Filippo défait délicatement le haut de mon maillot de bain. Une nuée de frissons me traverse aussitôt le corps, tandis que mes tétons deviennent aussi durs qu'une pointe de diamant. Filippo ouvre le premier bouton de mon short puis baisse la fermeture Éclair, et le fait glisser le long de mes jambes en même temps que ma culotte, sans cesser de me couvrir de baisers brûlants.

Je suis nue, entièrement nue devant l'immense miroir qui occupe tout le mur. À genoux derrière moi, les bras enroulés autour de mes cuisses, Filippo passe sa langue le long de mes jambes. Je sursaute quand il me mord délicatement les fesses. Puis il remonte, sans se presser. Quand son visage arrive tout contre le mien, il regarde notre reflet dans la glace, sa main chaude posée contre mon ventre.

— Qu'est-ce que tu es belle, me murmure-t-il en me mordillant une épaule.

— Toi aussi.

Tu l'es même encore plus que moi.

Les paumes de ses mains posées sur le dos des miennes, Filippo me fait lentement relever les bras vers mes seins. La sensation de ma peau caressant ma peau, enveloppée par celle de Filippo, m'arrache des gémissements que je m'efforce de retenir. C'est tellement érotique ! Coinçant une jambe entre les miennes, il laisse nos mains glisser sur mon sexe mouillé. Je soupire encore plus fort. Tout son être me désire. Je le sens, et je m'enflamme.

D'un coup, Filippo me pousse sur le lit. Même s'ils se cherchent aussi intensément que d'habitude, nos corps sont animés par une énergie nouvelle, comme si le fait d'être dans cette chambre d'hôtel avait tout transformé. Sans cesser de m'embrasser, il entre lentement dans mon sexe déjà prêt à l'accueillir et s'enfonce au plus profond de moi. Il se met à aller et venir avec l'assurance de celui qui connaît parfaitement mon corps. Chaque nouveau coup de reins me fait vibrer. Son corps a une saveur familière. Sa respiration, sa chair, les battements de son cœur ont quelque chose de solide et de rassurant. Faire l'amour avec Filippo ressemble à un rituel, à la célébration vitale du lien qui nous unit. Au fur et à mesure que le rythme de ses mouvements, de plus en plus profonds, s'accélère, nos gémissements de plaisir deviennent des cris. Nos corps finissent par exploser ensemble, dans un violent orgasme.

Ses bras me serrent de toutes leurs forces. Et ça me plaît.

— Je t'aime, lâche-t-il dans un souffle.
— Moi aussi.

Oui, Fil, je t'aime moi aussi. J'aimerais te le répéter encore et encore, comme j'aimerais me perdre dans tes yeux, et ne jamais quitter tes bras sincères et forts.

L'orgasme qui nous a emportés était le plus vrai et le plus puissant que nous ayons jamais éprouvé depuis que nous sommes ensemble. Nous ne sommes plus que deux corps épuisés. Deux cœurs qui battent à l'unisson. Deux souffles qui ne cessent de se chercher.

Filippo finit par se lever tranquillement pour aller ouvrir le robinet de notre jacuzzi. Tandis que la baignoire circulaire se remplit petit à petit, la vapeur qui s'échappe de l'eau se pare de couleurs qui vont du rouge au bleu foncé. Dans l'air flotte un parfum aphrodisiaque de rose et de vanille. Pas de piscine pour ce soir. Juste un long moment d'intimité et de passion dans notre nid d'amour.

Je relève mes cheveux sur la nuque avec une pince, puis plonge dans la mousse avec Filippo. Nous disparaissons dans les bulles. Il prend mon visage entre ses mains et m'embrasse fougueusement. Je le serre contre moi pour lui rendre son baiser. Je l'aime, je n'en ai jamais été aussi sûre. Il y a longtemps que je ne m'étais pas sentie aussi heureuse. Filippo est l'homme de ma vie, celui que je veux aimer et par qui je veux être aimée. C'est avec lui que je me sens en sécurité. Leonardo n'a été qu'une aventure qui m'a mise en danger, qui m'a fait souffrir. Mais tout ça appartient au passé. Il ne reste plus rien de cette passion – à part des cendres.

Nous nous sommes levés assez tôt, ce matin. Malgré le copieux dîner aux chandelles, tellement romantique, de la veille (un panorama des spécialités du Val d'Orcia, arrosées de Brunello di Montalcino), nous nous sommes réveillés avec l'estomac dans les talons. Alors, à l'assaut ! Le buffet du petit déjeuner est un vrai festin : gâteaux à l'amande faits maison, céréales caramélisées, pain frais, confitures diverses et variées.

Nous passons la matinée à cheval sur les petits chemins de terre qui traversent les collines. Le contact avec cette nature préservée me redonne une sacrée dose d'énergie. Moi qui n'étais jamais montée à cheval avant aujourd'hui (contrairement à Filippo), je dois dire que c'est moins traumatisant que de grimper sur une moto, même si, évidemment, nous étions accompagnés par un professeur d'équitation. Certes, je n'ai saisi que la moitié de ses explications techniques, mais j'ai réussi à ne pas me casser la figure – ce qui était loin d'être gagné. Filippo n'a pas arrêté de se moquer de moi, mais j'adore quand il me taquine comme ça. Bref, c'était une matinée merveilleuse.

Nous profitons de l'après-midi pour enfin piquer une tête dans la piscine de l'hôtel, au milieu d'un jardin fleuri qui sent bon la lavande et le romarin. Après quelques longueurs et un peu d'apnée, je finis par sortir. J'ai envie de me mettre un peu au soleil et l'élégant transat en toile blanche me tend les bras. En plus, nous avons la piscine pour nous tout seuls. Les autres clients ont tort de ne pas en profiter, d'autant que la vue sur les champs d'oliviers et la vallée de Ciliano est sensationnelle. On se croirait dans une petite oasis. Ce silence reposant me permet de souffler, d'oublier Rome et son activité chaotique. On dirait même que mon cœur s'est remis à battre normalement !

Filippo finit lui aussi par sortir de l'eau. Qu'est-ce qu'il est canon. Avec son physique élancé et harmonieux, il ressemble au *David* de Michel-Ange. Il s'approche de moi, sort son iPad de son sac (il m'avait pourtant promis de laisser son joujou à la maison) et s'allonge sur un transat à mes côtés. Fidèle au papier, je me mets à feuilleter une revue que j'ai trouvée dans le hall. Nous nous échangeons de temps à autre un regard complice tout en sirotant un verre de Bolgheri Sauvignon à tomber par terre.

Détendue, heureuse, sous le charme de ce lieu enchanteur, je crois que le moment est venu d'aborder ce sujet qui me trotte dans la tête depuis quelques jours.

Allez, je me lance :

— Dis, j'ai repensé à ce qu'on s'était dit la dernière fois… Tu sais, cet appart à Venise que tu m'avais montré.

Filippo se retourne subitement vers moi, visiblement impatient d'en savoir plus.

— J'ai décidé. Je me sens prête, Fil, lui dis-je en esquissant un sourire. Mais ne t'emballe pas, d'accord ? C'est juste que Venise commence à me manquer.

— C'est vrai ?

Le voilà bien sérieux, tout d'un coup. On dirait qu'il doute de ma sincérité. C'en est presque blessant. Alors j'insiste :

— Bien sûr que c'est vrai.

J'ai à peine fini de répondre que Filippo se lève pour me tendre les deux mains. Je les attrape et il me soulève de mon transat pour me prendre par la taille. Il approche ensuite son visage du mien.

— Écoute, Bibi…, me dit il calmement, comme s'il expliquait quelque chose de compliqué à un enfant. Tu sais ce que ça signifie, pas vrai ?

Tandis que j'acquiesce avec un grand sourire, Filippo regarde tout autour de lui en soupirant. On dirait qu'il n'est pas encore tout à fait convaincu.

— Ça signifie partager le même toit, le même avenir, la même vie. Et je ne sais pas si tu t'en rends bien compte... Tu es prête à prendre cette décision ?

Ses grands yeux clairs plantés dans les miens, il passe les doigts le long des bretelles de mon maillot.

Sans le quitter des yeux, je m'exclame avec joie :

— Évidemment que je suis prête !

— Alors c'est parti ! s'exclame-t-il en me poussant en arrière.

Tandis qu'un sourire coquin se dessine sur son visage, je m'aperçois que je suis en train de perdre l'équilibre. Ah, le salaud ! Je me retrouve au fond de la piscine sans même avoir pu hurler. Le temps que je remonte à la surface, Filippo plonge à son tour et nage jusqu'à moi.

— Ça, tu vas me le payer ! lui dis-je d'un air mauvais.

Mes bras et mes jambes enroulés autour de lui, j'approche mes dents de ses lèvres.

— Ne t'inquiète pas, me rassure-t-il tout bas. Je suis venu te sauver.

Collés l'un contre l'autre comme si nous ne formions qu'un seul corps, nous nous embrassons passionnément. L'instant d'après, Filippo me coince contre le bord de la piscine.

— Si tu veux, on pourrait aller le voir, cet appart. Je n'ai qu'à envoyer un mail à l'agence. On y passera un week-end.

À ces mots, l'image de Leonardo me traverse soudain l'esprit. Oh non ! Pourquoi doit-il venir gâcher cet instant de bonheur ? Je ne lui ai rien demandé. Et puis qu'est-ce qu'il a à voir avec mon envie de vivre avec Filippo ? Rien, absolument rien. Alors qu'il dégage !

Que les choses soient claires : même si nous n'achetons pas cet appartement, même si nous ne déménageons pas à Venise, ma vie continuera sans Leonardo quoi qu'il arrive. Moralité : je dois le supprimer tout de suite de l'équation. Je sais ce qui est bon pour moi, maintenant. Voyant que Filippo attend ma réponse, je m'empresse de lui lancer avec le plus radieux des sourires :

— Ça marche, allons voir cet appart.

— Sûre, Bibi ? me demande tendrement Filippo.

Pour le rassurer complètement, je me mets une main sur le cœur, comme pour prêter serment, et je clame à haute et intelligible voix :

— Sûre !

On pourra toujours me dire que je me contente de donner à mon fiancé la permission d'envoyer un mail. Que j'accepte de visiter cet appartement en prévision d'un possible déménagement, point. Mais non, c'est bien plus que ça. Pour ma part, j'y vois le signe d'une renaissance, d'un tournant dans mon existence. Je montre à Filippo combien je l'aime. Je préserve le lien qui nous unit. Je le choisis, lui.

— Je suis heureux, Bibi, me murmure-t-il, son front posé contre le mien.

— Moi aussi.

Nous nous embrassons encore et encore, tandis que le ciel se charge d'un rouge flamboyant.

Demain, nous serons de retour à Rome. Nous reprendrons notre vie de tous les jours. J'aimerais pourtant croire que quelque chose a changé. Que cet instant marque le début d'un nouveau chapitre de mon existence, aux côtés de l'homme que j'aime et avec qui j'ai choisi de vivre.

Cette promesse, je la fais à Filippo autant qu'à moi-même. Et je ferai tout mon possible pour la tenir.

7

De retour de notre week-end en Toscane, tout me semble plus léger qu'avant: l'amour, le travail, les petites choses du quotidien.

Le lien qui nous unit, Filippo et moi, se renforce de jour en jour. Depuis que j'ai accepté de repartir à Venise avec lui, nous vivons en parfaite harmonie. L'avenir ne nous fait pas peur, tout bonnement parce que nous avons choisi de le partager.

Le retour à Saint-Louis-des-Français a même été moins traumatisant que prévu. Il faut dire que ces trois jours de vacances m'ont permis de me requinquer, de me laver la tête. Et puis l'été a commencé, maintenant – c'est ma saison préférée. Alors du coup, je travaille bien. Ça faisait un bout de temps que ça ne m'était pas arrivé. J'arrive à me consacrer corps et âme à ce que je fais. Je suis pleine d'énergie et concentrée comme jamais. Ça n'a pas échappé à Paola: elle m'a même félicitée pour la façon dont je me suis débrouillée avec un coin ardu de la fresque, entièrement attaqué par la moisissure. Venant de quelqu'un si avare en compliments, ça m'a beaucoup touchée.

Pour le moment, je me suis octroyé un quart d'heure de pause. J'attends Martino. Il a refait surface hier après être resté des jours sans donner signe de vie. Je lui ai proposé de prendre un café place Sant'Eustachio, là où est née notre amitié, si on peut la définir en ces termes. Je ne suis pas sûre qu'il voie les choses de la même manière. Pour ce qui me concerne, j'ai compris que je tenais beaucoup à lui. Je suis vraiment triste qu'il ait pris ses distances quand il m'a vue sortir de l'église avec Leonardo. C'est la seule personne avec qui je puisse parler d'art sans avoir l'impression d'être chiante ou d'être jugée. Martino est un garçon brillant et créatif, mais jamais pédant. Il ne se prend pas trop au sérieux – sans doute parce qu'il est encore jeune, et du genre introverti. Bref, c'est toujours un plaisir de papoter avec lui.

Il est onze heures du matin et il fait déjà chaud. Rome resplendit de beauté. Je ne rêve pas : on sent l'air du large flotter partout dans la ville. Comment voulez-vous ne pas être heureux dans un endroit pareil ?

Ah, voilà Martino. Il arrive d'une petite rue latérale. Je repérerais son allure dégingandée et un peu maladroite à des kilomètres. Il porte un jean, un tee-shirt blanc, ses incontournables All Star à carreaux et tient sous le bras son carton à dessins d'étudiant aux Beaux-Arts. Sa mèche rebelle a bien poussé depuis la dernière fois.

— Ça va ? je lui demande en lui faisant la bise.
— Bien... et toi ?

Une pointe de mélancolie dans le regard, il a l'air complètement ailleurs. Il pose son porte-documents contre un pied de la table et s'affale sur le siège à côté de moi.

— En fait, j'ai tout un tas de trucs à faire. On m'a collé deux autres cours de dessin, m'explique-t-il d'un air agacé.

— Ah, alors c'est pour ça qu'on ne te voyait plus dans le secteur..., dis-je en laissant percer une certaine amertume.

— Eh bien, je crois vraiment que j'en ai terminé avec le cycle de saint Matthieu. Je vais pouvoir arrêter de me ruiner ! fait-il avec un sourire soulagé. Maintenant, je m'attaque à une nouvelle œuvre du Caravage.

Je commande deux cafés à notre serveur habituel (il a d'ailleurs l'air de nous avoir reconnus) et nous reprenons notre discussion.

— Alors, sur quoi tu t'es lancé ?

Je suis impatiente et curieuse de savoir. L'écouter parler de toutes ses lectures me rappelle un tas de bons souvenirs. Comme Martino, j'ai moi aussi passé mes années de fac à vagabonder de musée en musée à la recherche de nouveaux éléments à analyser.

— *La Madone des palefreniers*, à la galerie Borghese.

— C'est une splendeur, ce tableau ! lui dis-je avec grand enthousiasme. Je l'ai en tête, mais figure-toi que je ne l'ai encore jamais vu en vrai.

— Non ? J'y crois pas..., fait-il en ouvrant les yeux comme des soucoupes.

Je le vois ouvrir la bouche et la refermer aussitôt, comme s'il voulait me dire quelque chose sans en avoir le courage.

Je pense avoir compris. Alors je décide de l'aider un peu.

— C'est fou, hein ? Il faudrait que j'y remédie le plus vite possible, tu ne crois pas ?

— Eh bien, tu n'as qu'à m'accompagner un de ces jours, s'empresse-t-il de me dire.

J'aime bien quand il surmonte sa timidité et qu'il parle librement.

— O.K. Mais à condition que tu m'en fasses une analyse aux petits oignons.

— Bon, d'accord, je vais essayer... mais ne me mets pas trop la pression quand même ! sourit-il en passant un doigt sur son piercing au sourcil.

— Oh que si. Et tu me feras tout ça en veste à carreaux et nœud papillon, comme un vrai prof de fac !

À cette idée, nous partons dans un grand éclat de rire, complice et sincère.

À peine ai-je dit au revoir à Martino que je reçois un SMS de Leonardo.

Où tu es ? Pourquoi tu ne réponds pas ?

J'ai trois appels en absence. Comme j'ai laissé par inadvertance mon portable en mode silencieux, je n'ai rien entendu.

Depuis quelques jours, Leonardo s'est remis à

me bombarder de textos et de coups de fil, mais je ne lui ai pas répondu. Je me suis fait la promesse de ne plus jamais avoir affaire à lui, et je m'y tiens. Émotionnellement, c'est très dur. Je ne suis plus vraiment sûre que l'ignorer soit la meilleure stratégie. Il faudrait quelque chose de plus définitif, quelque chose qui mette un terme à cette torture.

> Ça ne sert à rien de continuer à nous voir.
> J'ai décidé d'être avec Filippo, point final.
> Je t'en prie, n'essaie plus de me contacter.

Simple, immédiat, clair. Cela suffira peut-être à réduire Leonardo au silence. Mais je ne suis pas certaine que ça suffise à faire taire mon cœur.

J'ai passé plusieurs jours dans une paix royale. Leonardo ne s'est pas manifesté, mais je préfère rester sur le qui-vive : j'ai gagné une bataille, mais sans doute pas la guerre. Il fallait que je lui dise stop. Je l'ai fait, fermement et sans prendre de gants, pour qu'il se décourage et qu'il se calme une bonne fois pour toutes. C'est tout de même incroyable : il a suffi d'un rien pour éteindre la passion dévorante que m'avait inspirée cet homme. Je ne le reverrai plus, je n'entendrai plus le son de sa voix. Nos routes se sont croisées par la faute d'un destin absurde et cruel, mais cela ne se reproduira plus. Au besoin, le temps fera le reste.

Adieu, Leonardo : tu ne seras bientôt plus qu'un souvenir...

Il est presque treize heures, et j'ai encore une odeur de peinture et de solvant dans les narines. Dans ces cas-là, rien de tel qu'une bonne promenade pour prendre un peu l'air et réhabituer mes yeux à la lumière naturelle, même si le soleil, aujourd'hui, est à moitié caché par des nuages menaçants. Et moi qui n'ai pas pris de parapluie. Bon, avec un peu de chance, je n'en aurai pas besoin.

Filippo et moi déjeunons ensemble ce midi. Je me suis évidemment changée pour l'occasion. J'ai troqué ma tenue de travail contre une petite robe en dentelle blanche sans manches. Je peux oser un peu plus, maintenant que j'ai pris quelques couleurs. Mes talons compensés sont tout de même restés au placard (navrée, Gaia !). Puisque les sandales à lanières sont tendance cet été, j'ai décidé avec grand plaisir de suivre le mouvement.

J'arrive via Giulia. Le cabinet m'accueille avec ses murs colorés et ses odeurs d'imprimante laser. On sent la créativité qui règne, c'est assez excitant. Pour un peu, on se croirait dans un centre de la Nasa, avec tous ces écrans plasma géants accrochés aux murs, ces Mac gigantesques, ces scanners, ces pantographes et tous ces objets électroniques ultramodernes dont j'ignore la fonction. Du sol aux motifs géométriques en passant par les étagères des bibliothèques, l'art règne en maître. Deux horloges disposées symétriquement indiquent l'heure de Rome et celle de New York.

Je me sens envahie par une bouffée d'énergie positive chaque fois que je mets les pieds ici.

— Salut, Elena !

C'est la voix d'Alessio. Il se lève de son bureau et vient à ma rencontre. Plus bronzé que jamais, il arbore un nouveau tatouage au bras gauche.

— Comment ça va ? me demande-t-il avec son sourire tout droit sorti d'une pub pour un village vacances.

— Très bien, merci. Où est Filippo ?

— Juste là. Il est avec un client, me fait-il en m'indiquant la salle de réunion d'un signe de tête. Mais ne te gêne pas, entre. Ils doivent avoir terminé, maintenant.

— O.K. Merci !

— Ah, j'oubliais ! lance-t-il comme s'il venait subitement de se souvenir d'une chose capitale. Flavia te remercie du fond du cœur pour les crèmes que tu lui as rapportées de Toscane.

Oh non, encore !

— Je t'en prie, c'était un plaisir, dis-je avec un sourire à peine crispé.

Depuis le jour de mon anniversaire, ces crèmes sont devenues mon pire cauchemar. Dès qu'elle a su que nous partions en Toscane, Filippo et moi, Flavia, la copine d'Alessio, a commencé à me harceler de SMS et de coups de fil pour me convaincre de passer dans un centre bien-être hyper-connu – enfin, c'est ce qu'elle dit – à quelques kilomètres de notre hôtel. Et tout ça pour quoi ? Pour lui rapporter des produits antirides cent pour cent introuvables ailleurs. Une mission qui m'a coûté les yeux de la tête, mais dont je ne me suis acquittée que par amour pour Filippo et par respect de l'amitié qui le lie à Alessio. Il n'empêche : ce petit supplément au programme a bien failli nous faire rater notre train dimanche.

— Flavia est dingue de ce genre de trucs, poursuit Alessio avec un sourire résigné.

Je lui adresse un rictus compatissant.

— Tiens, tu sais qu'on lui a confié le JT de 20 heures ?

Je l'imagine d'ici en train de débiter des faits divers sur sa chaîne régionale de seconde zone avec ses cheveux blonds platine et sa bouche gonflée au botox.

— Super bonne nouvelle ! dis-je aussitôt. Tu peux être sûr que je vais la regarder.

Sur ce, je m'éclipse avant qu'Alessio ne commence à me détailler par le menu la passionnante carrière télévisuelle de sa femme.

Je frappe doucement à la porte avant d'ouvrir la porte coulissante de la salle de réunion. Au fond, j'aperçois Filippo, debout, qui me sourit de son visage radieux. Soudain, mes yeux se focalisent sur autre chose : un dos large, recouvert d'une veste en lin gris. *Ce* dos ! Et puis ces cheveux en bataille, ces épaules larges, ces biceps saillants. Je ne rêve pas. Je ne suis pas folle. Tout est vrai. Je reconnais parfaitement ce corps, mais il ne peut pas être là, face à moi. Mon cerveau explose : qu'est-ce que Leonardo peut bien faire ici ?

— Désolée... Je pensais que tu étais seul.

Je ne sais pas par quel miracle j'arrive à ne pas

me décomposer sous l'effet du choc. Il me reste mes bonnes manières, c'est déjà ça.

— Mais non, viens, Bibi, on avait presque fini.

Filippo me fait signe d'entrer. Impossible de faire marche arrière. Je m'avance d'un pas incertain, comme en transe. J'arrive maintenant à le voir de côté, puis de face. J'ai la nette impression que le sol tremble sous mes pas. Je fais tout mon possible pour cacher ma stupeur. Sans quitter Filippo des yeux, je lâche faiblement : « Bonjour. » En réalité, j'aimerais me jeter par la fenêtre. Maintenant.

— Ma fiancée, explique Filippo tout en me poussant droit dans la gueule du loup. Elena, Leonardo Ferrante.

Je trouve Filippo bien familier. C'est tout juste s'il ne va pas coller une grande claque dans le dos de Leonardo.

— C'est le chef du restaurant où nous avons mangé pour ton anniversaire, tu te souviens ?

— Ah oui..., dis-je, comme si je venais de m'en souvenir. Le Cénacle ?

— C'est ça. Eh bien, c'est désormais un client du cabinet, depuis aujourd'hui même, conclut Filippo.

Un client du... Tu peux répéter ? J'ai mal entendu, je crois.

— Enchanté, me dit-il.

Je lui serre la main en faisant contre mauvaise fortune bon cœur. J'ai le feu aux joues et des frissons glacés tout le long de la colonne vertébrale. Je n'ai jamais su jouer à faire semblant. Alors, quand les images de nos rendez-vous défendus me traversent l'esprit à toute vitesse…

— Tout le plaisir est pour moi.

Leonardo dégaine son plus beau sourire. Une boule de rage mêlée d'impuissance me remonte subitement de l'estomac, mais je fais tout mon possible pour ne rien laisser paraître.

— Leonardo et son associé ont eu une idée grandiose, me raconte Filippo. Ils veulent réaménager une ancienne usine sur les bords de l'Aniene pour y ouvrir un restaurant.

— Le cabinet va s'occuper des travaux de réaménagement ?

Je sais que j'ai l'air d'une gourde à répéter bêtement ce que vient de me dire Filippo, mais tout de même : mon amant vient d'engager mon fiancé pour lui demander de concevoir un restaurant à l'endroit où nous avons fait l'amour. Mon cerveau a le droit d'avoir du mal à encaisser…

Leonardo acquiesce. L'air satisfait et sûr de lui, il semble parfaitement maître de la situation. On dirait même que ça l'amuse.

— Nous sommes déjà allés faire un repérage sur place. Le lieu est vraiment magnifique, poursuit Filippo en cherchant Leonardo du regard.

— Je m'y sens déjà chez moi, commente Leonardo en me jetant un coup d'œil en douce. J'ai hâte qu'il soit opérationnel.

— Rassure-toi, tout sera prêt en un temps record. Comme je t'ai dit, nos équipes sont formées à ce genre de travaux. Et, de toute façon, je suivrai personnellement le bon déroulement des opérations, conclut solennellement Filippo avant de replier un plan de cadastre et de le ranger dans un trieur.

C'est un cauchemar, et je vais me réveiller. J'aimerais hurler mon désespoir, mais non. Je dois rester aimable et souriante. Je souffre autant que si on me tatouait le A d'adultère sur la poitrine.

Le tatouage. L'espace d'un instant, je repense à celui de Leonardo. À toutes les fois où j'ai eu l'occasion de le voir. Allez, Elena, oublie ça, et vite.

— Bon, fait Leonardo en jetant un coup d'œil à sa montre. Il se fait tard. Je vous laisse déjeuner. On se revoit bientôt.

Leonardo serre la main de Filippo, puis se tourne vers moi en me tendant la main.

— Elena, ce fut un plaisir.

Il plante ses yeux dans les miens, et ajoute :

— J'espère que nous aurons l'occasion de nous revoir.

Sa phrase sonne comme une menace.

Je me contente de faire oui de la tête, muette comme une tombe. Une fois Leonardo sorti de la pièce, Filippo manque de m'asphyxier en me faisant un câlin puis me colle un baiser sur les lèvres.

— Bon, on va manger où ? Ça te dit, des filets de morue ? Ou quelque chose de plus exotique ? me demande-t-il d'un ton encore plus enjoué que d'habitude.

— Où tu veux.

Voilà tout ce que j'ai le courage de dire. Qu'est-ce que je me fiche de savoir ce qu'on va manger.

— Tu as vu ? C'est super intéressant, comme projet. Ce sera un sacré challenge, lance-t-il avec un sourire satisfait en éteignant son ordinateur.

— Oui, il y a des chances que ça te plaise.

J'essaie de me montrer convaincante, mais je sens que mon talent d'actrice ne va pas tarder à me faire faux bond.

Une chance que Filippo n'y ait vu que du feu.

— Tu sais quoi ? me fait-il en me prenant par le bras.

— Quoi ?

— On va à la Taverna Giulia. Je meurs de faim.

Pas moi. J'ai l'estomac noué mais je tâche malgré tout de prendre un air enthousiaste.

— O.K.

— Alors on se dépêche !

Nous marchons jusqu'au restaurant, situé vicolo dell'Oro. C'est un peu notre cantine. La carte propose d'excellentes spécialités de Ligurie ainsi que des gâteaux faits maison à tomber par terre. La salle est bondée, mais nous arrivons miraculeusement à trouver une petite table pour deux tout près de la fenêtre. Nous sommes servis presque tout de suite. Filippo est aux anges. À en juger par la façon dont il engloutit son assortiment de fruits de mer cuits dans une sauce au vin et à la tomate, on dirait qu'il n'a pas mangé depuis huit jours. Pour ma part, je me demande comment je vais aller au bout de mon plat de trofie au pesto. Je passe tout le repas à faire semblant d'écouter attentivement Filippo, de grands sourires en plastique collés au visage. En réalité, j'ai la tête ailleurs. Tandis que j'observe mon fiancé parler avec enthousiasme de je ne sais trop quoi, mon esprit revient sans cesse à Leonardo. Comment a-t-il pu oser avoir une idée aussi machiavélique ? Et surtout, pourquoi ? Le but de tout ça m'échappe. Il doit encore s'agir d'un de ses petits jeux pervers dont je suis le jouet impuissant. Mais, cette fois, il a vraiment franchi les bornes. Ça ne se passera pas comme ça.

Dehors, le ciel s'est assombri. Le temps est glauque. Vu l'amoncellement de nuages gris acier, il ne va pas tarder à tomber des cordes. Nous n'avons pas pris de parapluie, mais ça n'a aucune importance. Je serais presque heureuse de me prendre une belle rincée. Ça me laverait la tête, au moins.

— Tu ne veux pas que je t'accompagne ? me demande Filippo en sortant du restaurant.

— Non, ça va, ne t'inquiète pas.

— Vraiment pas ?

Oh, je sais très bien où il veut en venir, avec son petit air ironique. Même si ça l'amuse, ma propension à me perdre pour un oui ou pour un non l'inquiète un peu.

— C'est bon, ça va aller, lui dis-je avec un sourire. Je connais le chemin maintenant.

— Je ne pense pas qu'il va pleuvoir, fait-il en regardant le ciel. Mais tu ferais mieux de te dépêcher.

— Oui, monsieur le professeur.

— Alors à ce soir, Bibi, me lance-t-il en me donnant un tendre baiser.

— À ce soir.

Je me dépêche de prendre le chemin du quartier de Saint-Louis. Après avoir vérifié que Filippo ne pouvait pas me voir, je bifurque en direction du pont Mazzini qui enjambe le Tibre. Je dois absolument aller quelque part. Maintenant. Aucun risque que je me perde, et pour cause, je vais chez Leonardo.

Tout en traversant les quais du Tibre au pas de course, je me surprends à sortir mon miroir de ma poche. Machinalement, je vérifie mon maquillage. Mon mascara a un peu coulé mais tant pis. Ce n'est vraiment pas le moment de me refaire une beauté ou de me recoiffer. Si je vais voir Leonardo, ce n'est pas pour lui faire une visite de courtoisie.

La rage au ventre, je range mon miroir dans mon sac et j'attrape mon portable. Paola m'a envoyé un message à 14 h 11. Il y a cinq minutes.

Tu es où ?

Je lui réponds que j'ai eu un petit imprévu et que je serai de retour d'ici une demi-heure, trois quarts d'heure. Elle va péter un câble, c'est sûr, mais je trouverai bien un moyen de me faire pardonner.

Je finis par apercevoir les fenêtres de Leonardo. J'ai l'impression que ça fait une éternité que je ne suis pas venue ici. Et en même temps, c'est comme si c'était hier. Je revis soudain l'émotion de notre virée au bord de mer, de cette journée au soleil où je me suis sentie submergée de désir, de plaisir. C'était tellement fort. Comment ai-je pu en arriver là ?

J'espère que Leonardo sera chez lui. Vu l'heure, il pourrait être au travail ou en vadrouille à faire Dieu sait quoi. Une fois au pied de l'immeuble, j'entrevois sa silhouette sur la terrasse. Pieds nus, il porte un jean et une chemise blanche déboutonnée (il s'est changé – il en portait une rouge ce matin). Les yeux mi-clos, il regarde le ciel. Je m'arrête un instant pour l'observer. On est toujours plus humain, plus vulnérable quand quelqu'un nous regarde à notre insu. Leonardo ne fait pas exception. Le voilà redevenu un homme comme les autres, et je n'ai aucune raison d'avoir peur de lui. Pour une fois que je suis en position de force, je ne vais pas m'en priver. Contrairement à d'habitude, je n'ai pas l'estomac retourné. Je ne me sens pas sous son emprise. Je suis absolument calme, déterminée, décidée, et prête à l'affronter.

Tout à coup, comme s'il avait senti mes yeux sur lui, Leonardo se retourne et m'aperçoit. Il n'a pas l'air surpris le moins du monde. Il me fait un signe en souriant, comme s'il s'attendait à ma visite. Je soutiens son regard sans répondre avant de me diriger vers l'entrée. Je n'ai même pas le temps de sonner à l'interphone que la porte se déverrouille. S'il savait toute la haine que je vais lui cracher à la gueule, il ne me recevrait pas avec autant d'amabilité.

Je monte les marches à pas lents – nerfs solides et muscles tendus. Je me sens forte, comme revêtue d'une armure indestructible. Je n'ai plus peur, désormais. Le moment venu, je frapperai là où ça fait mal. En avant, Elena.

La porte du loft est ouverte. Dans l'appartement s'élèvent un morceau de musique classique et une voix de femme envoûtante. Leonardo se tient devant le plan de travail de sa cuisine, les manches retroussées. Face à lui, une corbeille de fruits d'été. À l'aide d'un couteau en céramique, il découpe la pulpe juteuse d'une pêche à la vitesse de l'éclair. Le bruit sec et régulier de la lame qui frôle à peine ses doigts résonne dans la pièce.

Il me lance un rapide coup d'œil et me fait signe d'approcher.

— Entre, je t'en prie. Quand j'ai dit que j'espérais te revoir, je ne pensais pas que ce serait si tôt, poursuit-il sans se démonter.

Tandis qu'il continue de tailler son fruit en fines lamelles, je referme la porte de la cuisine derrière moi. Une odeur familière me chatouille les narines : le parfum de Leonardo, mélangé à celui de la pêche. Je jette un œil autour de moi et suis submergée par une avalanche de souvenirs. Tous ces moments qui alors me semblaient beaux ne me laissent maintenant qu'un goût amer. Mais pas question de me laisser déborder par l'émotion, je dois garder le cap coûte que coûte. À cet instant, je sens une force brutale s'emparer de moi.

— Sympa, ton mec.

— Épargne-moi tes blagues à la con, tu veux ?

Les bras croisés sur la poitrine, je prends un air

hargneux. Ma voix est aussi froide et tranchante que la lame de son couteau.

— Je pensais avoir été claire dans le dernier message que je t'ai envoyé.

— Effectivement. Tu as été plus que claire, fait-il en se caressant la barbe. Catégorique, je dirais.

— Mais ça, tu t'en tapes complètement, pas vrai ?

Je me débarrasse de mon sac et m'approche lentement du plan de travail. Plantée face à lui, je le transperce du regard.

— C'est quoi ton idée ? Tu espères obtenir quoi en faisant ça, on peut savoir ? Attends, laisse-moi deviner. Tu vas répondre un truc du genre : « Je veux juste m'amuser un peu. » Je me trompe ?

— Oh là là… qu'est-ce que j'ai fait ? fait-il en levant paisiblement les yeux. J'ai vraiment dû être vilain, je ne t'ai jamais vue aussi en colère.

Il m'observe comme si j'étais une espèce rare ou en voie d'extinction. Non mais c'est dingue, il ne me prend même pas au sérieux.

— Parfaitement, je suis en colère !

Je prends une grande respiration tout en écartant légèrement les jambes pour assurer mon aplomb, les pieds rivés au sol.

— Et ne viens pas me dire que c'était un hasard, ou que c'est le destin ou je ne sais quoi qui t'a amené dans ce cabinet.

— J'avoue, ce n'est pas le destin, m'explique-t-il sans une once de stress dans la voix. Je me suis simplement adressé à un des meilleurs cabinets d'architectes de Rome. Pas la peine d'en faire tout un drame si *Filippo* travaille là-bas.

Je n'aime pas sa façon d'insister sur le prénom de Fil. Après avoir pilé les lamelles de pêche et un peu de glace au fond de deux verres, il ajoute je ne sais trop quoi dedans et mélange le tout énergiquement.

— Leonardo.

Cela ne m'arrive pas souvent de l'appeler par son prénom complet. C'est le signe que je suis hors de moi. Mais je me contrôle.

— Arrête de te foutre de ma gueule, dis-je en tapant du poing sur le plan de travail. Ce qui s'est passé entre nous ne regarde que toi et moi. C'est *notre* histoire, point. Pourquoi mêler Filippo à tout ça ?

— Elena, détends-toi, fait-il en s'approchant de moi, les deux verres à la main. Si tu penses que je vais tout lui raconter à propos de nous deux, tu te trompes, je t'assure.

Son regard est sincère. Ce mec a une capacité malsaine à me faire culpabiliser. On dirait que je viens de m'inventer un film invraisemblable et que je l'accuse à tort. Il me prend la main pour me refiler son cocktail, comme il le ferait avec une gamine.

— Bois, me lance-t-il en faisant tinter son verre contre le mien.

Bon sang, mais comment peut-il être aussi sûr de lui ? Ça me met les nerfs en pelote de le voir sans cesse me glisser entre les doigts comme ça ! Pas moyen d'aller au fond des choses, avec lui !

Franchement, je commence à en avoir ma dose. Je pose mon verre et prends l'air le plus sombre possible :

— Ça suffit, Leonardo. Réponds-moi ! Pourquoi es-tu allé chez Filippo ?

Leonardo avale une gorgée de son cocktail, la mine satisfaite, et pas impressionné pour un sou avant de se tourner vers moi. Il plisse les yeux, comme pour lire au fond de mon âme. Ses petites rides d'expression lui donnent un air inquisiteur qui me met mal à l'aise.

— Tiens, réponds à une question, toi, me demande-t-il. Je peux savoir ce que tu fais ici ?

Je ne m'attendais pas qu'on inverse les rôles, mais pas question de céder.

— C'était pour te dire de rester loin de moi et de mon fiancé.

— Ce n'est pas ça, la vraie raison, affirme-t-il après avoir bu une autre gorgée. Et tu le sais très bien.

Le voilà tout contre moi, à présent. Sa chemise blanche occupe tout mon champ de vision. Son odeur entêtante devient presque insoutenable. Il est si près que je sens son haleine frôler doucement mon oreille.

— Que les choses soient claires : je suis heureux que tu sois venue.

Et là, il me donne un léger baiser dans le cou.

Je fais un bond en arrière. Avant qu'il puisse m'en empêcher, je lui jette mon cocktail à la face puis je balance mon verre par terre. Leonardo reste immobile un instant, comme pétrifié. Il y a des éclats de verre et de la pulpe de fruit partout sur le sol. Sa barbe et son torse dégoulinent de liquide poisseux. De toute ma vie, je n'avais jamais fait un truc pareil. Je sens une décharge d'adrénaline m'envahir les veines.

Leonardo repose son verre, se passe lentement une main sur le visage. Le voir garder son air indifférent à tout me rend hystérique. Je me précipite sur lui et commence à le tirer par la chemise en lui donnant des coups de poing sur la poitrine.

— Sors de ma vie, tu as compris ? Laisse-moi tranquille, arrête de m'empoisonner l'existence… J'ai pris cette décision, alors fais ce que je te demande, maintenant.

Ce qui devait être une menace sonne comme une prière. Désespérée.

Leonardo me laisse me défouler encore quelques secondes sans réagir puis m'attrape soudainement par les poignets et me fait faire un demi-tour sur moi-même. Son torse collé contre mon dos, il m'emprisonne dans ses bras et me couvre la bouche avec la main. J'essaie de me libérer en me tortillant dans tous les sens, mais c'est inutile. Il est trop fort.

— Chhh. Ça suffit, Elena. Écoute-moi.

Rien à faire. Je dois obéir, le souffle court et le cœur à mille à l'heure.

— Je vais te dire pourquoi tu es ici, m'explique-t-il en posant son visage contre mes cheveux.

Il libère alors sa main de ma bouche pour la faire glisser le long de ma hanche. Une fois arrivé au bord de ma robe, il la soulève, se promène sur ma peau jusqu'à toucher ma cuisse. Et cette caresse déclenche en moi des frissons.

— Tu ne veux peut-être pas l'admettre, mais tu n'arrives pas à rester loin de moi.

Sa voix basse et profonde sent l'alcool et la pêche.

C'est une sensation familière qui me fait chavirer. Leonardo, alors, s'aventure plus loin, câline mon entrejambe et tout mon bas-ventre se contracte en une boule de désir. Ses doigts glissent ensuite sous ma culotte et se mettent à chercher mon sexe déjà humide.

— C'est pour ça que tu es là, Elena. Ton corps ne ment pas, me dit-il en enfonçant sans vergogne ses doigts dans mon vagin.

C'est une véritable torture. Une bouffée de plaisir inonde mon cerveau. Mon bon sens et ma volonté essaient de s'y opposer, mais comment résister à ces mains chaudes et expertes ? Il suffirait d'un rien pour que je cède de nouveau à la tentation. Au prix d'un effort surhumain, j'arrive à ne pas complètement lâcher prise et à garder le peu de dignité qui me reste. Avec l'énergie du désespoir, je me libère de son emprise et j'éloigne ses mains de mon corps. J'essaie de lui coller une gifle mais il m'attrape le poignet au vol.

Une fois de plus, ses yeux sombres et arrogants s'approchent dangereusement de moi.

— Ose me dire que ce n'est pas vrai, me lance-t-il d'un air de défi.

Ce n'est pas vrai. Ou peut-être que si. Je ne

sais plus. Mais ça n'a aucune importance. La seule chose que je sais, c'est qu'il n'a pas le droit de me faire ça.

Alors, je rassemble dans mon esprit toutes mes pensées les plus négatives, toute ma rancœur, toute la déception et toute la haine que cet homme est capable de m'inspirer et parviens enfin à lui cracher au visage :

— Je t'emmerde, Leonardo.

Puis je me recule violemment et je le regarde droit dans les yeux, bouleversée mais déterminée. Libre, en un sens. Les bras ballants, je me répète mentalement ce que je viens tout juste de dire. *Je t'emmerde*. Maintenant ça suffit. C'est moi qui décide. Peu importe si j'éprouve encore quelque chose pour lui – que ce soit de la nostalgie, de l'attirance ou un désir déchirant. Plus rien n'a d'importance.

Je dois penser de toutes mes forces à Filippo, point barre. Est-ce que je l'aime vraiment ? La réponse est oui. Cela fait un bout de temps que j'en ai la certitude, désormais. L'amour ne peut pas être ce combat éreintant, cette crise de vertige, ce coup de poing dans l'estomac. L'amour est un choix, celui de s'engager jour après jour avec quelqu'un pour construire quelque chose à deux. Si j'ai choisi l'amour, c'est parce qu'il m'aide à me sentir bien. Parce que c'est de ça que j'ai besoin.

— C'est fini, Leonardo. Pour toujours, dis-je solennellement.

Puis je tourne les talons et m'en vais.

Je n'ai pas du tout l'impression d'avoir gagné

la partie, mais je suis consciente de faire le bon choix. La distance qui me sépare de la porte me semble interminable. Pourvu qu'il reste là où il est, qu'il n'essaie pas de m'arrêter. J'attends de me retrouver sur le palier pour souffler. C'est bon, je l'ai fait. Je dévale les escaliers quatre à quatre tandis que Leonardo, de son côté, n'a pas bougé d'un millimètre. Je me sens soulagée, plus légère, même si j'ai un nœud en travers de la gorge et une envie de pleurer.

Une fois dehors, j'aperçois de loin un taxi arriver. C'est un signe : je dois m'en aller d'ici, le plus vite possible. Je me glisse entre deux voitures garées sur le trottoir puis m'arrête au bord de la chaussée en faisant de grands gestes. Leonardo me regarde peut-être depuis sa terrasse, mais peu importe. Pas question de lever la tête. C'est un acte de courage, une question de respect vis-à-vis de moi-même.

Par miracle, le taxi s'arrête. Je me jette sur la banquette en adressant un petit sourire au chauffeur, histoire de me donner une contenance. Soudain, ma vue commence à se troubler. En battant les paupières, je m'efforce de ravaler mes larmes.

— À Saint-Louis-des-Français, dis-je avec le peu de voix qui me reste.

Avant qu'on démarre, je commets l'erreur que je n'aurais jamais dû faire : me retourner. Leonardo est de nouveau sur sa terrasse, les yeux baissés. Tandis que je le regarde à travers la vitre, les premières gouttes de pluie qui commencent à tomber se confondent avec mes larmes.

Le taxi s'élance, m'arrachant à cet endroit où mon désir me porte. Il le faut, pourtant. Je vais retrouver ma vie. C'est un déchirement, mais je ne me retournerai pas, cette fois. Leonardo n'est maintenant plus qu'un petit point qui s'éloigne. Et que je ne verrai bientôt plus.

8

Le soleil de juillet inonde de lumière et de chaleur la cuisine où Filippo et moi prenons le petit déjeuner. Nous sommes le portrait d'un couple normal qui passe ensemble un début de journée normal. Comme à son habitude, Filippo boit son café amer et brûlant tandis que je reste fidèle à ma tasse de mélange ayurvédique. Collé à son iPad, Filippo consulte Architectonic.com tandis que je feuillette le *Corriere della Sera*, étalé sur la moitié de la table. Tiré à quatre épingles, il est prêt à se rendre au bureau. Moi, je suis encore en short et en top, les cheveux en bataille et des valises sous les yeux.

Tout est lisse, sans fausse note. Un moment de vie domestique ordinaire.

En apparence, du moins.

Des semaines ont passé depuis ma rupture définitive avec Leonardo. Je me sens comme en convalescence. J'ai beau être saine et sauve, je me sens encore faible et dois me prémunir – je le sais – du risque de retomber dans ses bras. Je revis mentalement chaque instant de cet après-midi, de ce verre brisé sur le sol à ma fuite en taxi. J'ai l'impression que c'était il y a un siècle. Leonardo est loin, il n'existe plus, il est sorti de ma vie. Il n'essaiera plus de me contacter, il ne viendra plus me voir sur mon lieu de travail ou ailleurs.

Le vrai problème, à l'heure actuelle, c'est Filippo. C'est lui qui me fait penser à Leonardo presque tous les jours, chaque fois qu'il me parle de son nouveau chantier. Avec un luxe de détails qui me met les nerfs en vrille. Je suis tout le temps à cran. Le simple fait d'entendre son nom me donne des frissons. J'aimerais faire taire Filippo, lui interdire de parler de ce foutu projet qui le passionne tellement. Mais non, je dois faire semblant de m'intéresser à ce qu'il me raconte.

Comme maintenant.

— Aujourd'hui, je dois passer à l'ancienne usine pour voir comment avancent les travaux, me lance-t-il en plongeant une petite cuillère dans le pot de miel. Si on continue à ce rythme-là, on finira dans un temps record...

— Super, dis-je sans lever les yeux de mon journal.

— Ça se passe vraiment bien, continue Filippo avec un visage rayonnant, comme chaque fois qu'il parle d'un travail qui lui plaît. Je t'ai dit qu'on a gardé les tapis roulants comme éléments de décoration ?

Oh mon Dieu, les tapis roulants ! Je me sens mal rien qu'à l'idée de ce que j'ai fait allongée sur l'un d'entre eux. Vite, oublions ça.

Le regard perdu dans le vague, Filippo poursuit ses explications comme s'il était là-bas, sans se soucier que je l'écoute ou pas.

— Le plus beau, là-bas, c'est quand même la lumière.

— Ah oui, la verrière qui donne sur le fleuve, dis-je machinalement avant de me mordre la langue.

Une chance que Filippo n'ait pas entendu. Quelle gaffeuse ! Pas question qu'il apprenne que je suis allée dans cette usine.

— On va sauver les armatures en bronze, mais j'aimerais jouer avec la géométrie des carreaux, fait-il en se grattant la tête.

Stop, Fil, j'en ai ma claque ! Je vais mourir, si tu ne la mets pas en veilleuse. Soudain, je tombe sur les titres des pages sportives – ah, voilà une nouvelle toute trouvée pour changer de conversation.

— Regarde, regarde, dis-je en sautant comme une puce. Les prédictions de Gaia étaient justes !

— Comment ça ? me demande Filippo, sans comprendre.

— Belotti a gagné le Tour de France !

Je lève le journal pour lui montrer l'article où l'on peut voir Belotti lors de la grande cérémonie sur les Champs Élysées. Gaia avait donc raison. Même si je n'ai jamais compris de quelle couleur étaient les yeux de ce mec, je dois reconnaître qu'objectivement il est canon. Le poing sur le cœur, le bras levé vers le ciel, comme un vrai champion, il est franchement séduisant et charismatique.

— C'est le fameux don Juan du vélo ? me demande Filippo.

— Oui, mais Gaia ne désespère pas de le mettre au pas.

— Ils sont ensemble, finalement ?

— Euh... Si on peut appeler ça être ensemble, fais-je en levant les yeux au ciel. Comme il est toujours à droite, à gauche, Gaia reste chez elle à l'attendre en vénérant sa photo comme s'il était parti au front.

— J'y crois pas ! s'exclame Filippo en éclatant de rire.

— Je te jure. Ce mec la met dans tous ses états. Je ne l'ai jamais vue aussi à fond sur quelqu'un. Elle lui obéit au doigt et à l'œil. Il aimerait passer plus de temps avec elle (et pas qu'un peu, *dixit* Gaia), mais il refuse de l'avoir sur le dos en permanence.

Je souris, en repensant à toutes les histoires croustillantes qu'elle a pu me raconter.

— Tu sais comment elle est, fais-je avec un clin d'œil. Il suffirait d'une seule nuit de passion pour foutre en l'air un mois d'entraînement.

— Alors comme ça, Gaia serait en pleine période d'abstinence ? me demande-t-il avec de grands yeux amusés.

— Hé oui. Je ne l'ai jamais vue rester aussi longtemps sans faire l'amour.

Filippo s'assoit à mes côtés et parcourt l'article des yeux.

— On dirait que Belotti lui a promis monts et

merveilles… Bon, au moins, il a gagné. Imagine le drame si ça n'avait pas été le cas.

Tout à coup, Filippo se met à me caresser les épaules. Ses doigts glissent doucement sur ma peau nue. Puis il m'embrasse dans le cou. La sensation de sa langue sur ma nuque me fait frissonner – je suis très sensible à ce niveau-là. L'été rend Filippo plus coquin. Ces derniers jours, nous avons souvent fait l'amour le matin.

S'il continue à m'embrasser comme ça, je vais tourner de l'œil dans une seconde.

— Qu'est-ce que tu mijotes, toi ? je lui demande en retenant un gémissement.

— Rien, Bibi. Je viens en paix, me chuchote-t-il à l'oreille.

Là-dessus, il se lève en me jetant un regard presque menaçant.

— Tu t'en sors bien parce que je suis à la bourre, soupire-t-il. Mais on en reparle ce soir.

— Si tu me cherches, je suis là, lui dis-je d'un air faussement indifférent, en remettant la bretelle de mon top.

Le temps d'attraper sa sacoche d'ordinateur, Filippo fait mine de sortir avant de s'arrêter brusquement au milieu du salon.

— Ah, j'oubliais, nous sommes invités à une soirée aux Castelli demain soir, me lance-t-il. Toute la boîte sera là.

— Aux Castelli ?

Je sais que c'est un grand parc naturel à la sortie de Rome, mais je ne connais pas bien le coin.

— Oui. Nous serons dans la résidence d'été d'Ettore Rinaldi, fait Filippo avec un ton guindé, comme s'il parlait de la reine d'Angleterre. Monsieur a une villa sur le lac de Bracciano. Une splendeur, à ce qu'on dit.

Ettore Rinaldi est le gérant du cabinet où travaille Filippo. Je ne l'ai vu qu'une seule fois. On sent le businessman professionnel, du genre à investir dans tout un tas de secteurs, et déterminé à garnir son carnet d'adresses. C'est un type qui a un sens inné du relationnel même s'il n'a pas spécialement le physique de l'emploi. Il doit peser dans les cent kilos et même avoir un peu de goutte, mais son manque total d'élégance n'a pas l'air de l'avoir beaucoup pénalisé. Toujours est-il que l'idée de passer toute une soirée les pieds dans l'eau m'emballe énormément. Et dans un cadre magnifique, en plus !

— Cool, j'ai hâte d'y être ! dis-je tout émoustillée.

Filippo s'approche pour me donner un baiser que je lui rends avec gourmandise. Mes lèvres s'attardent même un peu plus longtemps que d'habitude.

— Tout va bien ? me demande-t-il en se détachant de ma bouche insatiable.

— Oui, lui dis-je avec un sourire.

C'est ce qu'il y a de plus beau avec Filippo : tout va toujours *au moins* bien quand je suis à ses côtés.

Le lendemain soir, Alessio passe nous prendre pour aller à la soirée. En Vénitien pur souche, Filippo sait manœuvrer une barque comme un chef, mais il n'a jamais eu son permis voiture. En ce qui me concerne, j'ai été obligée d'apprendre à conduire à cause de mon père. Juste après mon bac, il m'a collé sous le nez les questionnaires de l'auto-école en me disant : « Tu as deux mois pour y arriver. » C'est dans des moments pareils que je regrette d'avoir renoncé à mes fameuses vacances à Ibiza avec mes potes du lycée. Merci, papa. J'ai passé l'été à bosser mon permis, je l'ai eu, d'accord, mais on ne peut pas dire que ça m'ait servi à grand-chose jusqu'ici.

Je m'installe à l'arrière avec Flavia. À l'avant, Alessio et Filippo sont déjà en grande conversation : ça discute installations domotiques et éléments d'ameublement.

— Salut, ma chérie ! Qu'est-ce que je suis contente de te revoir, piaille-t-elle à une fréquence proche des ultrasons.

— Salut, Flavia, lui dis-je en lui faisant la bise.

Elle doit tout juste avoir quitté les studios de Télénorba, cette chaîne régionale où elle travaille, à en juger par son maquillage, son brushing et son tailleur étriqué. Avec mon jean, mon chemisier et mes nu-pieds en cuir, j'ai l'air d'une clocharde en comparaison. Heureusement que Filippo m'avait bien dit de m'habiller « décontract' » avant qu'on se prépare à sortir.

— Tu as l'air en pleine forme, je lui dis.

— Oh merci, me fait-elle en entrouvrant ses lèvres barbouillées de rouge pour me montrer ses dents ultra-blanches. C'est vraiment trop gentil.

— Je t'ai vue au JT l'autre soir.

Effectivement, en zappant entre deux chaînes, le visage de Flavia recouvert de trois tonnes de fond de teint m'est soudain apparu. C'était d'un kitsch !

— Laisse tomber, lâche-t-elle en levant la main, l'air dépité. Tu sais, j'étais habituée aux talk-shows et aux infos people. Pour moi, le JT, c'est un peu une nouveauté.

— Mais tu t'en sors vachement bien !

Le pire, c'est que je le pense vraiment. Le peu que j'ai vu m'a impressionnée. Flavia crève l'écran et parle de façon très naturelle. Si on me collait une caméra sous le nez, je commencerais à avoir des sueurs froides et je me mettrais à bafouiller dès la deuxième phrase.

— Je ne sais jamais quelle tête faire quand je dois parler de trucs atroces, me dit-elle en secouant la tête d'un air agacé. Et si ça se trouve, la seconde d'après, je dois lancer un reportage sur la fête de la saucisse.

Nous partons dans un grand éclat de rire. En regardant par la vitre, je m'aperçois que nous longeons déjà le lac. Sous mes yeux apparaît une interminable étendue vert d'eau à qui la faible clarté du soir donne des contours bleutés.

— Fla, tu te souviens du chemin ? demande Alessio d'un ton pressant en regardant dans le rétroviseur.

Il a les veines du cou saillantes. Son visage ultra-bronzé ressemble à celui d'un taureau.

— Via dei Salici, je crois, miaule-t-elle.

— Ah oui. Je me souvenais que c'était ça, s'exclame-t-il en pianotant sur son GPS. Mais elle ne me la trouve pas, cette saloperie !

— Attends, va doucement...

Les yeux rivés sur la carte satellite de son iPhone, Filippo lui fait signe de ralentir.

— Je crois qu'on y est. Avance encore un peu. Voilà... Tourne à droite.

— Mais oui, c'est celle-là ! s'exclame Alessio avant de taper sur le tableau de bord. Il faut vraiment que je mette à jour cette connerie de GPS.

Le temps de marmonner un « Merci, en tout cas » à Filippo et de lui donner une petite tape sur l'épaule, Alessio gare sa Mercedes derrière l'une des innombrables voitures de luxe qui ont envahi la rue.

Alessio sonne à l'interphone. Quelques instants plus tard, Rinaldi vient lui-même nous accueillir à la grille d'entrée, en bermuda et chemise à manches courtes. Son ventre énorme lui donne une démarche de tortue. Quelques gouttes de sueur lui perlent de chaque côté du front. À le voir dans cet accoutrement, je me sens déjà moins mal à l'aise : je ne serai pas la plus mal sapée de la soirée, c'est déjà ça.

— Bienvenue, nous lance-t-il de sa grosse voix.

Un air joyeux colore son visage joufflu.

Filippo lui tend la bouteille de vin que nous

avons prise dans notre cave personnelle – un bardolino grand cru que nous a offert mon oncle Bruno il y a quelques semaines.

— Mille mercis, mon garçon. J'en connais un qui va se régaler, s'exclame Rinaldi en regardant l'étiquette avec un sourire satisfait.

Nous le suivons à travers un immense jardin éclairé par des flambeaux avant d'arriver à hauteur du porche de la maison, face au lac, où sont réunis tous les convives. Filippo et moi échangeons un regard complice, heureux d'être dans ce lieu enchanteur. Le terrain de la villa descend jusqu'à la baie, au cœur d'un véritable écrin de verdure. On dirait presque qu'il se confond avec le lac.

Les lumières du village voisin brillent de l'autre côté du lac. La lune, qui vient tout juste d'apparaître, trace un sentier argenté à la surface de l'eau, illuminant le ponton où sont amarrées deux barques. Deux cygnes s'approchent silencieusement pour chercher à manger. Tout est tellement magique, tellement hors du temps ! J'en reste bouche bée, un peu comme quand je découvre une œuvre d'art pour la première fois.

Au milieu de la foule, j'aperçois Giovanni et Isabella. J'abandonne Filippo à qui Rinaldi tient la jambe depuis notre arrivée et m'approche pour leur dire bonjour. Si Giovanni a l'air encore plus maigre que d'habitude sous les lumières artificielles du jardin, Isabella, elle, est splendide (comme toujours), même en jean et tee-shirt. Elle a copié mon look, tant mieux ! Socrate, son adorable carlin, semble en avoir après les chevilles de Flavia, qu'il ne cesse de mordiller. Un peu plus loin, je reconnais Riccardo, le célibataire le plus en vue de la bourgeoisie romaine. Ce soir, il est accompagné par une poupée Barbie.

Je caresse l'irrésistible Socrate : avec son petit museau râpeux et écrasé, il sait faire craquer son monde. Soudain, j'entends au loin une voix familière. Ça vient de derrière. Je me relève pour me retourner. Ma tension chute d'un coup. Leonardo est là, accompagné – son associé, j'imagine. Je n'y crois pas, qu'est-ce qu'il fait là ? Je pensais que l'invitation concernait l'équipe du cabinet, pas les clients. Oh, si seulement je pouvais faire semblant de tomber dans les pommes (là, tout de suite, je n'aurais pas trop de mal à y arriver) et être évacuée dans la seconde... Mais ça ne servirait sans doute à rien.

À peine ai-je le temps d'imaginer la scène que Leonardo abandonne son ami pour se diriger vers moi.

— Bonsoir, Elena.

Il n'y a pas à dire, c'est un maître de la dissimulation. Un sourire illumine son visage bronzé, ses yeux noirs et ses petites rides qui me rendent dingues. Mon Dieu, comment peut-on avoir des yeux aussi immenses ! Et ces sourcils épais, cette bouche sensuelle... C'est criminel d'être aussi sexy ! Et comme ça me coûte de l'admettre.

— Bonsoir, lui dis-je avec un regard torve. Vous ici ?

Cette fois, ce n'est pas juste un verre que j'ai

envie de lui jeter à la gueule : c'est tout le stand à champagne.

— Eh oui, fait-il avec un haussement d'épaules et un sourire insolent. Je ne savais pas que nous allions finir par nous revoir : et voilà !

— Ce n'est certainement pas de mon fait, lui dis-je dans un souffle.

Je sens une fureur noire remonter du fond de mon âme et m'enflammer les joues, mais l'arrivée de Filippo m'oblige à me calmer et à baisser d'un ton.

Filippo salue Leonardo d'un sourire étincelant.

— Chef, dit-il avec un signe du menton.

— Monsieur l'architecte, lui répond l'autre.

— Tu es passé au chantier aujourd'hui ? demande Filippo avec une pointe d'orgueil dans la voix.

Et c'est reparti avec leur usine à la con ! Je ne peux plus en entendre parler !

Leonardo rassure Filippo avec un « Oui, ça me semble parfait » avant de changer brusquement de conversation. Avec un peu de chance, il m'aura vue lever les yeux au ciel.

— Vous avez faim ? Je suis de corvée de barbecue. Il y a des filets de bar grillés, un délice, lance-t-il d'un air à la fois satisfait et un peu résigné.

— J'ai hâte d'y goûter ! s'exclame Filippo.

Pauvre Fil. Dire qu'il ne se doute de rien...

— Bien. Alors je vous laisse.

Leonardo se retourne. Ses yeux tombent sur la cheminée en tuf où Rinaldi ravive n'importe comment les flammes.

— Je vole à son secours, fait-il avec un clin d'œil.

Alors qu'il s'éloigne, je remarque son jean déchiré qui lui fait un cul splendide. Vite, détournons le regard avant que Filippo s'aperçoive que je suis en train de mater Leonardo.

Le groupe se disperse dans le jardin. Les uns s'installent sous le kiosque, les autres sur les chaises longues et les transats blancs disposés un peu partout. Pendant ce temps-là, Leonardo s'occupe d'attiser les braises. Avec des gestes de peintre, il badigeonne ensuite les grilles avec des branches de romarin trempées dans de l'huile. Il a défait quelques boutons de sa chemise blanche et retroussé ses manches. Vu la chaleur infernale qu'il doit faire là-bas, il s'est attaché son bandeau blanc autour de la tête. Assise sur un transat aux côtés de Flavia, avec ce petit flatteur de Socrate qui remue la queue à deux centimètres de mes jambes, j'observe Leonardo.

Ses mains habiles – trop habiles – retournent des seiches et des langoustes, les dressent élégamment sur des plats de service et les assaisonnent avec ses mixtures d'alchimiste. C'est quand même fou qu'un corps aussi viril et massif puisse accomplir des gestes aussi délicats et précis.

Il est tellement beau que j'aurais envie de le tuer. Car même si je le hais, je le désire de toute mon âme – et presque malgré moi.

— Quelle magnifique soirée, soupire Isabella. Je n'étais jamais venue ici. C'est un petit coin de paradis. Ah, il a la belle vie, Rinaldi.

— Eh oui. À force d'exploiter nos fiancés...

Tandis que nous échangeons un sourire complice, Socrate se met à se faire les dents sur les pieds en plastique de nos transats.

— Mais qu'est-ce que tu fais, toi ? s'écrie Isabella en l'attrapant par le collier pour le gronder. Qu'est-ce que c'est que ces manières ? Vilain !

— Il doit mourir de faim, le pauvre chéri, dis-je en souriant.

— Complètement.

Je prends le museau de Socrate entre mes mains et lui murmure :

— Socrate, va voir le monsieur là-bas, il va te donner à manger, dis-je en le poussant dans la direction de Leonardo.

J'aimerais tellement qu'il en profite pour lui mordre la jambe... Mais les chiens lisent-ils dans les pensées ?

— Laisse, à part ses petites terrines en boîte, il ne mange rien, précise Isabella d'un ton résigné.

— Alors notre chef ne peut rien faire pour lui, dis-je d'une voix sarcastique.

Comme prévu, arrivé à mi-parcours, Socrate dévie de sa trajectoire pour s'attaquer de nouveau aux chevilles de Flavia, qui a l'air de vraiment commencer à en avoir ras-le-bol.

Leonardo finit par abandonner le barbecue pour se diriger vers le plan de travail en marbre un peu plus loin. Il coupe quelques aubergines avec une précision assassine, se met à farcir les bars d'herbes aromatiques, en plongeant doucement ses doigts à l'intérieur de leur ventre. Je connais si bien ces doigts, et la façon qu'il a de s'en servir.

Tout à coup, voilà qu'une brune maigre comme un clou s'approche de lui. Avec son look rock, sa coupe de cheveux asymétrique et les kilos de bracelets qu'elle porte aux poignets, elle est assez sexy. Je n'entends pas ce qu'ils se disent, mais elle lui fait du rentre-dedans, aucun doute là-dessus. Et monsieur la laisse faire, on dirait. Je sens mes entrailles se tordre comme un nœud de vipères. Impossible de les quitter des yeux.

À cet instant, Leonardo lève la tête vers moi. Il y a un air de défi dans son regard arrogant et malhonnête. Tout ça me rend folle, je n'en peux plus ! J'aimerais me lever et disparaître loin d'ici – au fond du lac, tiens ! Mais je n'en ai même pas le courage. Alors je lui tourne le dos et l'ignore. Une multitude d'émotions se bousculent dans mon cœur, et la colère noire se mêle dangereusement au désir qui gagne peu à peu mon corps.

Durant le repas, tous les convives félicitent « le chef ». Entre deux toasts, chacun y va de son petit compliment ou de son commentaire flatteur. Des cadavres de bouteilles de grand vin gisent aux quatre coins de la propriété. Tout le monde a l'air déjà bien parti, même Filippo. Lui qui ne perd jamais le contrôle, il a les yeux qui brillent et un petit sourire béat qui lui pend sur les lèvres. Bref, tout le monde est pompette sauf moi. J'aurais pourtant de bonnes raisons de me mettre minable, mais je n'en ai pas la moindre envie.

Tout à coup, à la demande de Riccardo, le DJ envoie *Another Brick in the Wall* des Pink Floyd. Dès les premiers accords, tout le monde se précipite dans le jardin en zigzaguant et se met à danser. C'est une masse compacte qui se déhanche comme un seul homme. Rinaldi, complètement torché, m'entraîne dans la horde des fêtards avant de se lancer dans une danse échevelée avec la légèreté d'un hippopotame. Quel sens du rythme, quelle souplesse ! J'ai du mal à ne pas éclater de rire. Tout en esquissant quelques pas, j'aperçois un peu plus loin Leonardo avec la brune de tout à l'heure. Au moment où son regard croise le mien, je ressens soudain le besoin de me cacher derrière Rinaldi et de me répéter – sans trop de conviction – que je ne me débrouille pas si mal, après tout.

L'ambiance est tellement survoltée que la Barbie de Riccardo en profite pour simuler une espèce de strip-tease. Sans une once de pudeur, elle soulève son tee-shirt trempé de sueur et exhibe ses seins refaits pour la plus grande joie de ces messieurs.

Flavia l'imite aussi sec, histoire de bien montrer à tout le monde que la reine siliconée de la fête, c'est elle. L'un après l'autre, les invités se débarrassent de leurs chemises et de leurs tee-shirts.

La soirée a désormais passé un point de non-retour. Je ne sais pas comment tout ça va finir. Tandis que les amplis continuent à cracher des décibels, les corps à moitié nus se déchaînent, pieds nus dans l'herbe, les bras levés vers la lune. Cette frénésie me donne l'impression d'assister à un rite païen de communion avec la nature. Puis Riccardo propose à l'assistance de piquer une tête dans le lac. Le temps de brailler : « À poil tout le monde ! », il se désape et se précipite dans l'eau. Les autres lui emboîtent le pas dans la seconde, sauf Rinaldi, qui s'affale sur la balancelle aux côtés de Socrate en respirant comme un bœuf. J'aimerais l'imiter, mais Filippo m'attrape par la main. J'ai beau me débattre, il m'arrache de mon siège et m'entraîne vers la plage.

— Tu as cinq secondes pour te déshabiller, sinon je te jette à l'eau, me menace-t-il.

Soit. J'enlève mon jean et mon tee-shirt. Une chance que j'aie mis une culotte et un soutif assortis avant de venir. À cet instant, l'idée que Filippo et Leonardo puissent me voir tous les deux dans cette tenue me donne le frisson. Nous finissons par rejoindre les autres, qui continuent la fête dans l'eau.

On dit que ce lac est toujours calme, mais c'est faux. Ces eaux n'ont rien de paisible, et même rien de doux, car elles sont lourdes de désir. Filippo s'amuse à m'éclabousser, puis enroule ses bras autour de ma taille et me soulève pour m'embrasser dans le cou. Une sensation de plaisir descend le long de ma colonne vertébrale, de plus en plus bas, jusqu'à se nicher entre mes jambes. Leonardo est là, à moins d'un mètre, aussi inquiétant, aussi dangereux qu'un requin. Nos regards se croisent à nouveau, le temps d'un éclair, tandis qu'un courant sous-marin unit nos corps, plongés dans le même élément.

Une insoutenable pulsion sexuelle m'envahit. Vite, il faut que je sorte de ces eaux troubles.
— Désolée, Fil, mais j'ai un peu froid. Je vais me sécher.

Après un baiser, je me libère des bras de Filippo et me précipite vers le rivage, en ignorant le regard de Leonardo.

Il fait nuit noire. C'est une chance de pouvoir se cacher dans une obscurité aussi profonde. Quelques personnes sont encore dans l'eau. Les autres, restés sur la plage, sont en train d'allumer un feu de joie.

L'air est plutôt frais. Le temps de ramasser mes vêtements, j'attrape une des serviettes posées par terre et m'enroule dedans. Je traverse pieds nus la petite allée menant à la dépendance de la villa, suivant le tracé des loupiotes jaunes encastrées dans les dalles de pierre de lave. Je me réfugie à l'intérieur. Au centre de la pièce où règne une chaleur rassurante, face à un canapé vintage en cuir, une lampe diffuse une chaude lumière orangée. Dans un coin, une fontaine brumisante que j'entends goutter répand des vagues de vapeur d'eau dans une agréable odeur de pin.

Après avoir déposé mes vêtements sur une chaise design – que Filippo aurait sans doute adoré concevoir –, je m'approche du miroir qui occupe tout le mur. Une fois débarrassée de mes sous-vêtements trempés, je noue ma serviette à hauteur de ma poitrine pour m'en faire une mini-robe, puis je contrôle l'état de mon visage. Mon maquillage a complètement bavé, j'ai du mascara partout sous les yeux. J'essaie de l'enlever avec les mains : peine perdue. Tant pis pour moi : j'aurai l'air d'un panda ! Quant à mes cheveux... Une mare de petites gouttes tombent sur le sol en marbre blanc. D'un coup sec, je les rejette en arrière. Pas moyen de les discipliner, décidément ! J'ai tellement tardé à me les faire couper qu'ils m'arrivent sous les épaules, maintenant. Il est grand temps que je fasse un saut chez le coiffeur, car tout ça ne ressemble plus à grand-chose. Je n'aurai qu'à y aller la semaine prochaine.

Tandis que j'arrange mes mèches humides et rebelles, j'entends un bruit sourd venu de derrière. Quelqu'un a ouvert la porte.

Agrippée à ma serviette, je me retourne. Je sens la terre trembler autour de moi : c'est Leonardo. Je le regarde comme on regarderait une présence démoniaque. Il est là, torse nu, les cheveux et la barbe gorgés d'eau. Son boxer lui colle à la peau. Il me fixe avec de drôles d'yeux.

Impossible d'articuler le moindre mot. Je ne peux pas ouvrir la bouche, de peur que mon cœur ne s'en échappe.

— Salut, Elena.

Adossé au mur, Leonardo tend un bras derrière lui et ferme la porte à clé.

Tout en secouant la tête, je m'empresse de reculer.

— Va-t'en, lui dis-je d'un ton péremptoire.

Je veux vraiment qu'il s'en aille, mais je n'arrive pas à le quitter des yeux. Il est tellement sexy que ça me retourne l'estomac.

— Va-t'en, je lui répète. Ou je hurle.

— Eh bien vas-y, fais-le.

Leonardo s'approche et envahit tout mon champ de vision de sa présence troublante.

— Ce que je t'ai dit la dernière fois ne t'a pas suffi ? je lui demande d'un air aussi calme que possible. Je pensais m'être montrée suffisamment claire.

Leonardo sourit. On dirait qu'il s'en fiche éperdument. Il est si proche de moi que je perçois son haleine chaude. Brusquement, il m'attrape par la taille et m'arrache la main de ma poitrine, si bien que ma serviette se dénoue lentement. Pourvu qu'elle ne s'ouvre pas...

— Ah, alors je dois avoir mal compris tout à l'heure... On se regardait, pas vrai, *Bibi* ?

Je le déteste. Qu'est-ce qu'il attend pour sortir de ma vie ?

— Ce n'est pas toi que je regardais, mais la fille qui te collait. J'aimais sa coupe de cheveux.

J'ai beau me montrer ironique, son assurance me dépasse. Il peut faire de moi ce qu'il veut, je le sais.

— Eh bien moi, je te regardais, réplique-t-il en me posant les mains sur les épaules. Je me trompe peut-être, mais j'avais l'impression que tes yeux voulaient me dire quelque chose.

Sa voix est à présent aussi douce que du velours.

— Oui, je voulais te dire d'aller au diable et de

disparaître de ma vie. Alors barre-toi d'ici tout de suite, puisque moi je ne peux pas.

Le contact de sa peau sur la mienne est insoutenable. Je me sens presque violée par ces mains expertes que je connais si bien. Leur chaleur remonte le long de mes bras et se diffuse dans tout mon corps. C'est une torture exquise. Je pense alors à Filippo, à ses mains douces et délicates, mais il suffit que son image m'apparaisse pour qu'elle devienne floue et se dissipe. La vérité, c'est que personne ne m'a jamais touchée comme le fait Leonardo. Au moment où mon regard croise le sien, un frisson me remonte violemment le long de la colonne. À quoi rime cette fièvre qui me transperce soudain le cœur ? Pourquoi suis-je aussi passive ? Je ne comprends plus rien à ce qui m'arrive.

— C'est à ça que tu pensais quand tu as contacté Filippo pour l'usine, je balbutie. Tu espérais qu'on se retrouve dans ce genre de situation.

Malgré moi, un sourire s'étire sur mes lèvres. Ça y est, je suis en train de céder. D'instinct, je tends le cou vers la fenêtre pour m'assurer que les volets sont bien fermés. Ouf, c'est bon.

— Mais c'était une très mauvaise idée, Leo.

À cet instant, il m'attrape le menton. Ses lèvres s'emparent des miennes. Je voudrais les repousser : impossible. Je suis incapable de faire quoi que ce soit pour l'éloigner. Je ne veux rien faire d'autre que de continuer à l'embrasser.

Mes mains hésitantes frôlent ses joues puis courent sur sa barbe humide et piquante.

— Qu'est-ce que je dois faire avec toi ? je lui demande, effondrée, impuissante.

Les yeux clos, Leonardo laisse mes mains chercher ses cheveux.

— Abandonne-toi au plaisir, c'est tout, me chuchote-t-il.

Soudain, tout ce qu'il y a derrière cette fenêtre a cessé d'exister. Je n'entends plus la voix des autres, les hurlements, les bruits de la fête, le souffle du vent. Je n'entends que lui, Leonardo. Et notre désir brûlant, au-delà du bien et du mal.

Tandis que nos langues se cherchent et s'enflamment l'une l'autre, nos respirations haletantes finissent par se confondre.

Leonardo écarte un pan de ma serviette pour y glisser ses mains. Il les laisse courir le long de mes hanches puis m'empoigne avidement le derrière. Ses doigts se referment sur ma chair avant de me stimuler le périnée avec une savante délicatesse. J'aperçois dans ses yeux une étincelle qui ne me dit rien qui vaille. Il me serre alors contre lui, fort, pour me faire sentir son pénis gonflé de désir. Il est prêt à laisser exploser son irrépressible envie de sexe. Tenant d'une main son érection, il plonge un doigt à l'intérieur de moi. Je le sens s'enfoncer dans mon vagin, l'explorer. Peu à peu, mes lèvres s'abandonnent et s'ouvrent aux caresses de cette main experte qui m'arrache un gémissement.

— On est en train de faire une connerie, dis-je dans un murmure. On devrait s'arrêter tant qu'il en est encore temps.

J'ai beau faire de grands discours, je ne peux

pas m'empêcher de m'agripper à son cou. L'instant d'après, ma bouche se met à sucer l'un de ses tétons. Ma serviette glisse le long de mon corps et tombe à mes pieds.

— Tu as envie de moi, Elena, je le sens, susurre-t-il langoureusement. Et moi, j'ai envie de toi.

Tandis que sa voix m'enivre et m'inonde de chaleur, ses yeux me transpercent.

Je n'ai plus la force de parler. Je veux ce qu'il veut lui. Je le veux de tout mon être. Un tourbillon de désir m'envahit et gagne chaque centimètre de mon corps nu.

Leonardo me pousse sur le canapé et enlève son boxer, puis vient s'installer entre mes jambes. Sa bouche insatiable envahit la mienne. Sans que je puisse les contrôler, mes hanches se soulèvent et cherchent son corps. Leonardo est partout, sur ma peau et dans mon cœur. Le souffle coupé, je le laisse s'emparer de moi. Sa langue et ses mains me dévorent. Agrippée à lui, je veux maintenant qu'il entre en moi, là, comme ça, brutalement, sans pitié. Je veux qu'il me remplisse de son désir, je veux qu'il s'enfonce en moi.

Il s'apprête à me prendre enfin quand soudain, une voix nous interrompt. Ça vient de dehors.

— Bibi, tu es là ?

Filippo. Il toque à la porte. Une vague d'adrénaline et de terreur me paralyse.

— Oui, lui dis-je le plus calmement possible. Je m'habille.

Leonardo se tient encore sur moi, immobile. Il

est presque entré en moi et je sens son haleine sur mon visage. Prise de panique, je le repousse. Une fois debout, j'attrape ma serviette pour me couvrir – un réflexe.

— Le dessert arrive, poursuit Filippo. Tu viens ?

— J'arrive tout de suite, *mon amour*. Juste un instant, dis-je d'une voix stridente et nerveuse.

Je suis soudain prise d'un violent vertige. Rongée par la culpabilité autant que par la frustration, je me dépêche d'enfiler ma culotte, d'attacher mon soutien-gorge et de sauter dans mes vêtements.

Leonardo, lui, s'est affalé sur le canapé. Tout ça n'a pas l'air de l'émouvoir. Les bras croisés derrière la nuque, il lève un sourcil.

— *Bibi...*, susurre-t-il d'un ton moqueur.

Le salaud. J'ai envie de lui coller une gifle. Envie aussi de le couvrir de baisers.

Tandis que je me recoiffe vite fait bien fait, je sens son regard rivé sur moi. Je me retiens de lui dire ce que je ressens. Car oui, une seule certitude m'anime : j'ai encore envie de lui. Ce serait mentir que de prétendre le contraire. Si Filippo n'était pas là, dehors, je serrerais Leonardo contre moi. Je le lécherais pour savourer son corps puis nous reprendrions ce que nous avions commencé. Et mon désir aurait été assouvi.

— Ne bouge pas d'ici, je lui ordonne en me dirigeant vers la porte.

Il s'installe confortablement et lève les bras en signe d'assentiment. Une expression rassurante se peint sur son visage, l'air de dire : « C'est bon, sois tranquille. »

Je me glisse dehors avant de faire claquer la porte derrière moi. Filippo est assis sur le muret de la petite allée. Il s'amuse à faire apparaître et disparaître un des petits spots vissés dans le sol.

— Hé ! me lance-t-il en venant vers moi. Je ne te voyais plus revenir. Je me suis fait du souci !

Il m'enlace de ses mains délicates. C'est terrible de devoir se réhabituer à cette tendresse après ce qui vient de se passer.

— Tu me connais. Je mets toujours des heures à me changer.

Je préfère regarder par terre. Lui mentir en le regardant dans les yeux est au-dessus de mes forces. Je me sens mal. Parce que c'est lui, l'homme que j'aime. Là, j'aimerais qu'une météorite tombe sur le souvenir de ce qui vient de se passer il y a cinq minutes, même si j'en sens encore l'empreinte. Sur ma peau et dans mon cœur.

Bras dessus, bras dessous, Filippo et moi regagnons la plage. Nous nous asseyons autour du feu avec les autres qui dégustent le gâteau à l'amaretto préparé par Leonardo. Une de ses créations. Je me force à y goûter mais ça ne passe pas. Quelque chose me déchire la gorge. C'est encore pire quand *le chef* nous rejoint quelques instants plus tard en sifflotant, comme s'il venait de sortir d'une séance de massage relaxant. Mais au moins, ouf, il a attendu quelques instants avant de sortir de la dépendance. La fille à la coupe de cheveux bizarroïde s'approche de lui en tortillant du popotin.

— Ce gâteau est trop bon, s'exclame Flavia d'un ton admiratif. Je veux la recette !

— Désolé, mais c'est un secret. Et il ne faut jamais révéler ses secrets, c'est bien connu, répond-il en jetant un œil dans ma direction.

Je m'allonge au fond de ma chaise longue, épuisée, complètement vidée. Je sens l'humidité imprégner mes os et mes muscles se détendre. Est-ce que ce serait possible de partir d'ici ?

Miracle de la télépathie, Alessio se lève du sol et lance en s'étirant :

— On fait quoi ? Il va être cinq heures. On va peut-être y aller, qu'est-ce que vous en dites ?

— Oui, allons-y !

Le temps de rassembler mes dernières forces, je me lève à mon tour. La lune s'est couchée. Une aube nouvelle m'attend, au-delà de l'horizon.

Les premiers rayons du soleil éclairent déjà la ville quand nous rentrons à Rome. J'aimerais éteindre cette lumière, faire taire les oiseaux et ramener la nuit, le silence. Je ne suis pas prête pour un nouveau jour. Je veux juste dormir, maintenant.

9

Encore une station et je suis arrivée. Le métro est moins bondé que d'habitude, ce matin. J'ai même réussi à m'asseoir. Depuis quelques minutes, j'observe l'écran télé du wagon sur lequel défile la liste des prochains événements et spectacles organisés par la municipalité. Juste après, une espèce de bruit de vagues résonne et une citation s'affiche en majuscules : « Il n'y a qu'une saison suffisamment belle pour que les autres lui tournent autour : l'été. » Ennio Flaiano. Entièrement d'accord : ne pas être heureux en été est un crime impardonnable.

C'est le premier week-end d'août, et je vais bosser. Parfois, je me demande comment je trouve la force de me jeter hors du lit à sept heures un samedi matin. C'est sans doute ma façon à moi de rester accrochée à la réalité, de garder un minimum d'équilibre mental : tant qu'il y a une restauration à mener à bien, j'ai l'impression que ma vie a un sens.

La semaine dernière, après la fête au bord du

lac, Filippo et moi sommes allés à Venise. Je le lui avais promis, et je ne l'ai pas regretté. Nous avons visité l'appartement de ses rêves. Il est vraiment magnifique – et peut-être encore plus que ne le suggéraient les photos. Filippo et moi avons rêvassé en parcourant les pièces vides. Nous nous sommes imaginé vivre entre ces murs accueillants et lumineux, mais nous n'avons pas encore dit oui. Une décision de ce genre ne se prend pas à la légère, et je ne suis pas encore sûre de vouloir franchir le pas.

Et ce n'est pas qu'une question de sous.

Depuis ce qui s'est passé à la fête, j'ai l'impression que ma tête va exploser. Un coup j'aime Filippo à la folie, un coup ça m'énerverait presque de le voir toujours aussi prévenant et attentionné. Dans ces moments-là – malgré moi, d'ailleurs –, je le compare aussitôt à *l'autre*. J'ai beau tout faire pour m'en empêcher, Leonardo est une maladie qui ne me laisse jamais un instant de répit. L'obsession est plus forte que ma volonté.

À Venise, j'ai également revu mes parents. Ils m'ont beaucoup manqué depuis que je me suis installée à Rome. Je les ai trouvés en grande forme, et plutôt sereins – surtout mon père. C'est presque incroyable de le voir vivre aussi bien sa retraite. L'ancien lieutenant Lorenzo Volpe s'est même lancé dans le théâtre, sa passion de toujours. Ma mère m'a appris (sous le sceau du secret) qu'il a passé des castings pour être figurant dans un film.

Seule ombre au tableau, je n'ai pas pu revoir

Gaia. Son absence était justifiée, cependant. Après sa victoire sur le Tour de France, son Samuel bien-aimé l'a enlevée pour l'emmener en vacances aux Maldives en lui promettant des journées et des nuits de feu. Il s'est enfin décidé à jouer les petits copains à temps plein et, d'après ce que m'écrit Gaia, il a l'air de plutôt bien s'en sortir.

Me voilà enfin de retour à l'air libre. Alors que je longe le Colisée, mon téléphone vibre. L'inscription « numéro inconnu » s'affiche à l'écran. Je commence à avoir chaud : c'est Leonardo, j'en suis sûre. J'improvise dans la seconde une petite tirade pas piquée des hannetons.

— Elena ?

C'est une voix de femme. Ouf, le danger est écarté.

— Oui, je réponds dans un souffle.
— Bonjour, c'est Gabriella.

Peu à peu, ce ton calme et détendu prend les contours d'un visage familier. Madame Borraccini ! Qu'est-ce qui lui prend de m'appeler à huit heures et demie, un samedi matin ?

— Bonjour madame, dis-je en essayant d'avoir l'air aussi réveillée que possible.
— Écoute, je suis dans le train. Je viens à Rome, m'explique-t-elle. Je viens faire une conférence à l'université d'été de l'École de restauration cet après-midi, mais je pensais passer ce matin voir comment avancent les travaux.

Oh non. J'ai la chair de poule rien qu'à y penser.

— Vous comptez venir à Saint-Louis-des-Français ? je balbutie.

Pourquoi je lui demande ça, moi ? Sa phrase était suffisamment claire, non ?

— Oui. J'arrive à la gare, là.

— Parfait ! Ça me fait très plaisir. J'étais justement en chemin moi aussi.

J'essaie de me montrer enthousiaste. Pas sûr que ce soit crédible. Pendant ce temps, je pense à tout ce que je n'ai pas fait sur la fresque. Alerte !

— Je te charge de prévenir Paola, d'accord ? me demande-t-elle tout à coup, comme si elle voulait raccrocher dare-dare. Tâchez d'être là-bas à onze heures. J'arriverai dans ces eaux-là.

— Très bien, madame, dis-je d'un ton suffisamment professionnel pour masquer mon angoisse.

Je décide de presser le pas. En ignorant les feux tricolores et les passages cloutés, j'arrive miraculeusement à l'église un peu avant neuf heures. Je dégouline de sueur et j'ai la bouche aussi sèche que si je venais de courir dix kilomètres de côte, mais il me suffit de franchir la porte d'entrée pour que la fraîcheur et la tranquillité de cette église m'apaisent *illico*.

Paola est déjà sur l'échafaudage, en tenue de travail, les cheveux attachés.

— Tu es bien ponctuelle, ce matin !

— Comme toujours, non ? fais-je d'un ton ironique.

En général, malgré mes efforts herculéens et

mes dix réveils espacés chaque fois de quelques minutes, je ne suis jamais au boulot avant dix heures.

— On a de la visite, dis-je en me dépêchant d'enfiler ma tenue de travail par-dessus mon pantacourt et mon tee-shirt.

— C'est-à-dire ? me demande-t-elle en se retournant, impatiente d'en savoir plus.

— Gabriella Borraccini, je réponds en grimpant sur mon tabouret. Elle vient de me téléphoner.

— Ah, se contente de répondre Paola d'un ton légèrement contrarié. Et quel bon vent l'amène ?

— Elle veut juste jeter un coup d'œil, m'a-t-elle dit. Et je t'avoue que ça me stresse un peu.

— C'est moi la responsable de cette restauration, c'est de mes remarques que tu devrais avoir peur, pas des siennes, réplique-t-elle sèchement.

— Bien sûr, Paola. Mais c'est quand même elle qui m'a trouvé ce travail. Alors je voudrais faire bonne figure.

— Oui, mais si tu as réussi à le garder, c'est juste parce que tu le mérites.

Je reste bouche bée : c'est la première fois que Paola me fait un compliment. Je ne suis même pas sûre d'avoir bien compris, vu qu'elle me tourne le dos. Mais tout de même, je veux croire ce qu'ont entendu mes oreilles.

— Quoi qu'il en soit, je n'ai jamais aimé les surprises, bougonne-t-elle d'un ton acide.

— Tu as raison... Qu'elle aille se faire foutre, elle et sa manie du flicage !

Paola ne s'attendait pas à une sortie pareille. Elle me lance un drôle de coup d'œil que j'interprète comme un signe de connivence. J'ai l'impression qu'avoir un ennemi commun nous rapproche davantage que tous ces mois passés à travailler ensemble.

— Ah, j'ai moi aussi une nouvelle à te donner, me dit-elle peu après.

— Une bonne, j'espère.

Je me retourne pour l'observer du haut de l'échafaudage, les yeux grands ouverts.

Elle fait oui de la tête en esquissant un sourire.

— Le père Serge a transmis nos noms à la villa Médicis. Il se pourrait bien qu'ils pensent à nous pour les chantiers à venir.

— Génial ! Il faut fêter ça, alors !

Je descends de mon tabouret pour lui donner une claque amicale dans le dos, mais me ravise *in extremis* : elle s'est peut-être suffisamment lâchée pour aujourd'hui.

Nous sommes toutes les deux profondément concentrées sur notre travail quand une voix nasillarde résonne dans notre dos.

— Bonjour, mesdemoiselles.

C'est elle, Gabriella Borraccini, la reine de la restauration. Elle gravit quelques marches et la voilà au centre de la chapelle. Elle porte ses cinquante ans à merveille. On la dirait sortie d'un salon de beauté, avec son carré années 1920, ses lèvres teintes d'un rouge vif et ses joues légèrement poudrées. Impeccable. Elle est vêtue d'un pantalon beige et d'un tee-shirt rayé blanc et bleu. J'adore son collier – très original, avec d'énormes perles noires enfilées sur un ruban blanc de gros grain. Comme d'habitude, elle porte ses Tod's qui changent au gré des saisons (en ce moment elles sont blanches) et tient à la main une valise de voyage en cuir bleu manifestement hors de prix.

— Bonjour, lui dis-je en m'empressant d'aller l'accueillir. Bienvenue à Rome. Vous avez fait bon voyage ?

Malgré mon coup de gueule d'il y a cinq minutes, je fais soudain preuve d'une extrême courtoisie. Je n'y peux rien : cette femme m'impressionne tellement !

— Oui, merci, répond-elle.

Là-dessus, Paola et elle se saluent froidement d'un signe. Contrairement à moi, ma collègue n'a pas l'air mal à l'aise pour un sou. Elle semble même encore plus distante et encore plus énervée que d'habitude.

— Alors, comment avancent les travaux, par ici ?

Elle jette un rapide coup d'œil à *L'Annonciation* (sur laquelle Paola continue de travailler sans se déplacer d'un cheveu) et s'approche du mur où se trouve *L'Adoration des Mages*, ma fresque.

— Ce n'est pas encore fini, bien évidemment, dis-je alors pour me justifier.

— Je vois ça, acquiesce-t-elle, la main posée sur le menton, le regard perçant et inquisiteur. Je mettrais peut-être un peu de brillant ici et je laisserais cette zone-là opaque. Ça ferait mieux ressortir les expressions des visages. Ce rouge, par contre, ne me plaît pas trop.

Et voilà, elle a mis le doigt là où ça fait mal. Quand Gabriella Borraccini dit que quelque chose « ne lui plaît pas trop », il faut généralement entendre que tout est à refaire.

— En réalité, ce rouge respecte l'original. Et puis Elena n'en a pas encore fini, de toute façon, intervient Paola.

Quoi ? Ma collègue qui vole à mon secours ? Incroyable ! Quoique. Elle est peut-être en train de marquer son territoire et de remettre l'intruse à sa place. En d'autres termes, si quelqu'un a le droit de me faire des remarques, c'est elle, Paola, et personne d'autre.

— Bien sûr, cela va de soi, répond Borraccini d'un ton diplomate.

Étonnant : ça ne lui ressemble pas d'être aussi accommodante.

— Bon, vous avez l'air de bien travailler ensemble, poursuit-elle, comme pour changer de sujet.

Je réponds pour Paola et moi que oui. Ma prof me regarde, un petit sourire malicieux au coin des lèvres.

— Ça veut dire que Paola ne t'a pas fait fuir dès le troisième jour, alors ? Tout le monde n'a pas eu ton courage.

— Je vous assure... tout se passe très bien.

Je remarque que le visage de Paola s'est assombri. Elle a la mâchoire serrée et tendue, elle fulmine.

— Je ne fais pas fuir les gens qui ont vraiment envie de rester et qui le montrent.

S'installe alors un silence pesant pendant lequel les deux femmes échangent un regard lourd de tension. Comme d'habitude, je m'imagine tout un scénario : il y a quelque chose de pas clair entre ces deux-là. Peut-être une rivalité professionnelle ou une histoire de mec, qui sait ?

Histoire de détendre l'atmosphère, Borraccini se fend d'un sourire en plastique.

— Bien. Mesdemoiselles, je ne vous dérange pas plus longtemps. Je file à l'École de restauration, fait-elle en reprenant sa valise. C'était un plaisir de vous revoir. Bonne continuation.

Paola suit Borraccini des yeux jusqu'à ce qu'elle disparaisse. Elle tire une tête de six pieds de long… Bon. Autant me faire discrète et travailler dans un silence absolu pendant les prochaines heures. Je vais jouer la femme invisible.

Quand je rentre à la maison, je me sens lessivée. Je marmonne un « Salut ! » avant de lancer mes clés dans le vide-poches de l'entrée. Une fois débarrassée (non sans mal) de mes baskets, je traverse le couloir qui mène au séjour et, là, je m'aperçois que Filippo n'est pas seul.

— Surprise ! me crie Gaia en souriant.

Oh mon Dieu, je n'arrive pas à y croire ! J'ai

presque envie de pleurer. Après presque six mois sans la voir, ma meilleure amie est là, devant moi, la peau bronzée par le soleil des Maldives, à la fin de cet interminable samedi d'été.

— C'est lui que tu dois remercier, me fait Gaia en pointant vers Filippo son index à l'ongle peint en violet. C'est lui qui a eu l'idée.

Elle me prend dans ses bras, me couvre de bises – je remarque qu'elle porte du gloss violet, décidément la couleur de l'été.

— Pourquoi est-ce que tu as mis autant de temps à venir, poulette ? lui dis-je à mon tour en la serrant fort contre moi.

Si Gaia est pimpante dans sa mini-robe en soie verte, moi, je dégouline de sueur. Il faut dire que la journée a été vraiment étouffante. Je cherche le regard de Filippo avant de lui murmurer un « Merci » du bout des lèvres. Voilà une nouvelle preuve de tout l'amour qu'il me porte.

En plus, Gaia m'annonce qu'elle restera tout le week-end. Génial, ça promet ! J'oublie aussitôt ce samedi de boulot et le stress que m'a causé la visite de Borraccini. Cheveux blonds brillants, ongles manucurés, peau parfaite et éclatante : Gaia est au top, comme toujours. Avec ses sandales à lanières, elle est même encore plus belle qu'en talons de 12. Il faut dire ce qui est : je ne fais pas le poids face à elle.

— Mesdemoiselles, je vous laisse : je vais chez Alessio et Giovanni. Soirée entre hommes.

Filippo s'éclipse. Je devine à sa tête que le duo de choc Elena-Gaia le terrorise un peu.

— Ne dites pas trop de mal de moi.
— Et toi ne drague pas trop avec tes collègues, je lui réponds à mon tour.

Filippo parti, Gaia et moi prenons un Bellini sur le canapé. L'espace d'un instant, j'ai l'impression d'être de retour à Venise, dans mon appart de célibataire plus ou moins désespérée. En me rappelant toutes ces soirées passées à nous remonter le moral à grand renfort de cacahouètes et de glace, je retrouve soudain cette sensation d'intimité qui m'a manqué ces derniers mois.

— Bon, avant de venir, je me suis documentée. J'ai sélectionné deux, trois invitations pour nous occuper ce week-end, m'explique Gaia en m'étalant sous le nez un véritable carnet de billets pour tout un tas de fêtes et de spectacles. Telle que je te connais, tu as dû vivre comme une ermite. Tu ne sais pas encore ce que c'est que l'été à Rome...

D'accord, Gaia, tu n'as pas tout à fait tort, même si... Je repense soudain à la fête au bord du lac, à Leonardo et aux folies que je m'apprêtais à faire avec lui... J'aimerais tout lui avouer, mais je sens que ce n'est pas encore le moment.

— Tu viens à peine d'arriver et tu me fais déjà la morale ! lui dis-je. Parlons plutôt de ce que toi, tu dois me raconter, *ma mignonne*...

Le temps de s'installer confortablement sur le canapé et de retrousser ses lèvres charnues – quelle actrice ! –, Gaia sort de son Balenciaga blanc à franges un numéro de *GQ* qu'elle me pose sur les genoux.

Ce que je vois me laisse bouche bée. En couverture, Samuel Belotti, torse nu. Il porte un jean déchiré et un collier tribal autour du cou. À travers ses cheveux blond cendré ébouriffés, il lance à l'objectif un regard insolent et sûr de lui. Ça me rappelle quelqu'un.

Je m'empresse de demander :

— Mais il a les yeux de quelle couleur, cet homme ? Même sur cette photo, je n'arrive pas à déterminer s'ils sont verts, gris ou marron.

Gaia éclate de rire.

— Ils changent selon l'humeur, me répond-elle avant de reprendre le magazine pour le regarder d'un air rêveur. Il est même devenu écrivain, imagine !

Elle soupire, comme perdue dans ses pensées.

— Sur l'édition en ligne du magazine, il tient un blog où il raconte son quotidien de sportif. En réalité, ce n'est pas lui qui écrit mais les gens de la rédaction, mais je ne te dis pas le nombre de femmes qui laissent des commentaires…

— Et tu n'es pas jalouse ?

Gaia acquiesce, l'air résigné.

— Au début, ça me rendait dingue. On s'est même disputés à cause de ça, m'explique-t-elle avant de me jeter un regard ébahi, comme si elle n'était même pas convaincue de ce qu'elle allait me dire. Mais il m'a juré qu'il n'aime que moi. Et je l'ai cru, Elé.

Elle me lance un sourire craintif. On dirait qu'elle s'attend que je lui fasse des reproches.

— Et donc ? Ne me dis pas que je suis une pauvre naïve, me demande-t-elle.

— Mais non, enfin, qu'est-ce que tu vas t'imaginer ? Donne-moi juste une seule raison valable pour laquelle un homme aurait le droit de ne pas t'aimer vraiment. Bon, tu me les racontes, ces vacances aux Maldives, oui ou non ? Oh là là, qu'est-ce que tu es coincée, ce soir !

Il est temps que je la secoue un peu. Cette discussion gnangnan commence à m'agacer.

— Oufissime. J'aurais juste voulu que ça dure un peu plus longtemps…, me répond-elle en se mordant la lèvre. Là, Samuel s'entraîne déjà pour les dernières compétitions de la saison.

— Il te manque ?

— À en mourir. La première chose à laquelle je pense en me levant, c'est lui. Pareil quand je vais me coucher. Je sais que ça a l'air bête et d'ailleurs, ça me fait flipper d'être comme ça ! Bref, j'ai peur d'être devenue complètement gaga à cause de lui.

— Oui, je sais ce que c'est, dis-je tout à coup.

Gaia me sourit : elle pense que je parle de Filippo. Hélas, non.

— J'ai revu Leonardo.

Voilà, je l'ai dit.

— Leonardo ? s'exclame-t-elle avec des yeux grands comme des soucoupes.

Rien qu'à entendre prononcer son nom à voix haute, je sens revenir ma boule au ventre. Là, tout de suite, j'aimerais qu'il s'appelle Paolo ou Marco comme certaines personnes dans mon entourage. Maintenant que j'y pense, je ne connais pas d'autre Leonardo que lui.

Je bois une grande gorgée de Bellini histoire de gagner du temps.

— Je sais, finis-je par lâcher, j'aurais dû te le dire plus tôt. J'étais partie pour le faire, il y a quelques jours, seulement voilà, je n'avais pas le courage d'avouer ça sur Skype.

Je bafouille, essaie de me reprendre et de tourner la chose autrement. Mais ça ne marche pas.

— Merde, Elé, après tout ce qui s'est passé. Tu es retombée dans le piège une fois de plus ? me lance-t-elle d'un ton où l'on sent plus d'inquiétude que de désapprobation.

— Je te jure, Gaia. Ce n'est pas ma faute. C'était plus fort que moi.

— Allez, raconte. Et avec tous les détails, s'il te plaît.

On dirait que je n'ai pas le choix. Alors je lui raconte tout : nos retrouvailles fatales, nos rendez-vous secrets, ma culpabilité vis-à-vis de Filippo, ma décision de ne plus jamais revoir Leonardo malgré ses tentatives pour faire encore partie de ma vie.

— Mais c'est fini, tout ça. C'est du passé, point à la ligne, dis-je pour conclure. J'ai été à deux doigts de commettre une grave erreur, de foutre en l'air mon histoire avec Filippo, mais j'ai réussi à tourner la page. Je vais mieux, et, à partir de maintenant, rien ni personne ne pourra détruire notre couple.

Après quelques secondes de silence, pendant lesquelles on dirait qu'elle recompose les morceaux du puzzle dans sa tête, Gaia se tourne soudain vers moi en faisant cliqueter ses boucles d'oreilles en diamant. Les yeux dans les yeux, elle me demande :

— Tu es sûre de vraiment être amoureuse de Filippo ?

— Oui. Et je n'en ai jamais été aussi persuadée.

Je suis presque effrayée par la vitesse à laquelle je dis ça.

Gaia continue à m'observer attentivement, comme si elle cherchait à décider s'il fallait me croire ou non.

— Filippo, il se doute de quelque chose ?

Aïe. La question tant redoutée. Toute ma culpabilité remonte à la surface.

— Je ne crois pas.

— Tu as l'intention de lui en parler d'une façon ou d'une autre ?

— Je... je devrais peut-être...

— Non ! me coupe-t-elle d'un ton sec. Ne fais pas cette connerie. Il ne faut rien lui dire.

— Tu es sûre ?

Je ne doute pas un instant de la sincérité de Gaia, c'est la base de notre relation, mais tout de même.

— Absolument sûre. Si c'est de l'histoire ancienne, ça ne sert à rien de lui en parler maintenant.

— D'accord, mais ça me pèse de continuer à lui cacher tout ça. Je voudrais pouvoir tout lui avouer et repartir sur de nouvelles bases, le cœur léger. Et il n'y aurait plus de mensonges entre nous.

— Elé, ça finirait par une dispute. Vous risqueriez même de casser. Franchement, tu crois quoi ? Qu'il va te pardonner et continuer à t'aimer comme si de rien n'était ?

Elle a raison. Tout dire à Filippo ne servirait qu'à soulager ma conscience. Si je veux que notre histoire continue, il faudra que je porte ma croix toute seule.

— Fais-moi confiance. C'est mieux comme ça. Avec le temps, tu te pardonneras et tu te sentiras de moins en moins coupable, me dit-elle avant de me poser une main sur l'épaule. Mais arrête les conneries, d'accord ? Filippo tient trop à toi.

— Je sais, Gaia. Ta présence ici en est la preuve. Et je t'assure que je tiens à lui moi aussi.

Dimanche soir. Je suis revenue de notre journée de shopping en ville épuisée et avec les pieds en compote, mais j'ai encore un peu d'énergie pour profiter de ces dernières heures avec Gaia. Demain après-midi, elle rentre à Venise.

— Je t'emmène à une soirée homo dans une boîte au Testaccio, m'explique-t-elle tandis que nous nous apprêtons à sortir. C'est un pote à moi qui l'organise.

Je connais l'opinion de Gaia sur le sujet. Pour elle, les soirées homo sont les plus amusantes : la musique déchire, les gens sont super cool, et c'est là où on drague le plus – allez savoir pourquoi !

— Juste, on s'habille comment pour aller à une soirée homo ?

J'ai beau passer en revue toute ma garde-robe, il n'y a rien qui me plaise ou qui me paraisse approprié.

— Mais tu peux mettre ce que tu veux, Elé! me dit-elle en sortant une mini-robe noire à paillettes de sa valise. Un peu sexy, ce serait pas mal.

Tandis que nous nous changeons en faisant des allers-retours entre la chambre et la salle de bains, Filippo glandouille devant la télé, affalé sur le canapé, son iPad à la main, pour changer. Nous l'avons un peu mis à l'écart, mais cela n'a pas trop l'air de l'ennuyer. Il jette de temps en temps un coup d'œil vers nous en secouant la tête. Il a du mal à ne pas éclater de rire devant nos looks improbables. Il doit nous trouver pires que des ados. Cela dit, il n'a pas tout à fait tort.

Après une heure de ravalement de façade intensif, nous voilà enfin prêtes. Le moment est venu de faire notre entrée triomphale, comme des stars, perchées sur nos échasses (ce soir, c'est talons de 12 obligatoire, même pour moi!). Et c'est parti, nous nous mettons à défiler devant Filippo, au milieu du salon.

— Pardon, mais vous me cachez la télé, lâche-t-il d'un ton distrait avant d'éclater de rire.

— Tu ne sais pas ce qui est beau, tu ne nous mérites pas! Adieu, dis-je en entraînant Gaia vers la porte.

— Ah, Bibi, me fait-il.

— Oui?

— Avant que j'oublie… On a reçu l'invitation pour l'inauguration.

— Quelle inauguration ?
— Eh bien, celle du restaurant de Leonardo !

Le feu me monte aux joues. Ça m'était complètement sorti de la tête.

— Ah oui, dis-je en essayant de me remettre du choc.

Je regarde Gaia : elle reste impassible. Je peux toujours compter sur elle pour me couvrir. Mais moi, j'ai encore des progrès à faire.

— C'est samedi soir, ajoute-t-il.

Je m'empresse de lui répondre que cela me va très bien. Même si je doute que l'accompagner là-bas soit la meilleure chose à faire.

Filippo se tourne vers Gaia :

— Dommage que tu t'en ailles déjà, parce que ça t'aurait plu. C'est un endroit qu'on a réaménagé récemment.

— Ce sera pour la prochaine fois, si ça ne vous dérange pas que je squatte chez vous, répond-elle en lui faisant un clin d'œil.

— Bon, allons-y maintenant, ou on va vraiment arriver à pas d'heure, dis-je en poussant Gaia dehors.

— Amusez-vous bien... et soyez sages ! nous crie Filippo.

— D'accord ! faisons-nous en chœur avant de nous engouffrer dans l'ascenseur.

Tandis que nous descendons vers le rez-de-chaussée, Gaia m'interroge du regard. Je lui confirme que le restaurant en question est bien celui dont Leonardo s'est servi comme prétexte pour approcher Filippo.

— Écoute, je n'ai pas envie d'en parler maintenant, dis-je d'un ton plaintif. Ce soir, je ne veux pas penser à lui.

Nous débarquons au Ketumbar vers vingt-deux heures. L'intérieur de la boîte est extraordinaire, avec ses pièces immenses et ses plafonds à voûtes. Un grand comptoir en forme de demi-cercle traverse les différentes salles. L'endroit est situé juste en face de la montagne de débris datant de l'époque romaine – le *Testaceus* – qui donne son nom au quartier. On aperçoit par certaines vitres ces quantités d'éclats de terre cuite et de détritus qui se sont accumulés au fil des siècles.

— Quel spectacle ! dis-je à Gaia en lui lançant un regard approbateur.

— Tu sais que je t'emmène toujours dans les meilleurs spots ! me répond-elle non sans fierté.

Aucun doute là-dessus : la reine de la nuit et des relations publiques triomphe aussi à Rome.

Puisqu'on parle de relations publiques, justement, la voilà déjà qui dit bonjour à une brune du *staff* habillée en gentleman : petite cravate noire, bretelles, chemise blanche et une touche de rouge Valentino sur les lèvres.

Avec un sourire rayonnant, elle nous conduit à notre table.

— Et voilà. Coin VIP, dit-elle à Gaia. Je te l'ai réservé exprès.

— Merci Alessia. Je savais que je pouvais compter sur toi.

Le temps de lui tirer légèrement sur la cravate, Gaia s'est déjà retournée pour saluer chaleureusement un des serveurs. Décidément, elle n'a pas changé d'un iota. Où qu'elle aille, c'est elle qui mène la danse.

En attendant notre premier verre, j'en profite pour observer la faune autour de moi. C'est étrange, tout le monde ou presque est habillé en blanc, sauf nous. Je suis en bleu, Gaia en noir.

— Gaia, euh… comment dire… j'ai l'impression qu'on est un peu hors sujet.

— Merde! s'exclame-t-elle en se tapant la main sur le front. C'était le *dress code* de la soirée ! C'était même écrit sur le carton d'invitation.

Et voilà. Des heures et des heures à se préparer, et tout ça pour quoi ? Pour se planter comme deux buses.

— Pas grave. Ça veut dire qu'on ne passera pas inaperçues, dis-je en haussant les épaules.

— On aura l'air de deux lesbiennes excentriques.

— C'est tout à fait ça, mon amour.

Je lui envoie un baiser de la main. Nous éclatons de rire.

Une fois servies, nous nous jetons sur le buffet. Il y a des *arancini* à tomber par terre et un couscous extra avec des pignons et des raisins secs. Je soignerai ma ligne un autre jour.

Une heure plus tard, la fête bat son plein. Gaia avait raison, comme d'habitude. L'atmosphère recherchée et élégante, les lumières tamisées, la musique pas trop bruyante et savamment choisie. On passe des remix de Dalida aux chansons de Kylie Minogue et de Lady Gaga, sans oublier Cyndi Lauper et David Bowie. Bref, le panthéon des icônes gays.

Du plafond de la salle principale pendent de petits bouts de papier accrochés à des rubans de soie blanche : ce sont des citations de Pasolini, Oscar Wilde, Thomas Mann, Virginia Woolf et sans doute de quelques autres membres illustres du panthéon susnommé.

Pour ce qui me concerne, j'ai mis tous mes soucis de côté. Cette ambiance ultra-festive est contagieuse. Je m'amuse encore plus que ce que je m'étais promis à moi-même. Gaia me présente son ami, l'organisateur de la soirée, un trentenaire au look hipster (lunettes à grosses montures noires et chemise à carreaux). Là-dessus, elle me pousse sur le *dance floor* et m'ordonne de danser. Je m'exécute, bien entendu.

J'en suis déjà à mon quatrième cocktail de la soirée, un gin lemon *extra strong*, pour être précise (j'en raffole !), quand j'aperçois au loin une chevelure familière. Je me trompe peut-être, mais cette silhouette mince qui me tourne le dos me rappelle furieusement quelqu'un. Cette coupe et cette couleur de cheveux, ce collier de perles gigantesques ! Tout d'un coup, l'inconnue se tourne de trois quarts. J'arrive enfin à discerner son profil racé. Pas de doute, c'est bien elle, Gabriella Borraccini !

Je fais signe à Gaia d'approcher.

— Je viens de voir ma prof, lui dis-je tout bas à l'oreille.

— Oh là, j'en connais une qui est déjà bourrée !

— Je te jure !

J'attrape Gaia par la nuque et lui tourne la tête dans la bonne direction.

— Là-bas. Assise à la table tout près de la vitre.

— Tu es sûre ? insiste-t-elle en ouvrant de grands yeux.

— Mais oui !

— Et qu'est-ce qu'elle fait là ?

— J'aimerais bien le savoir, dis-je, l'air abasourdie. On dirait qu'elle attend quelqu'un. Je devrais aller la saluer, tu penses ?

L'instant d'après, une femme blonde tirée à quatre épingles la rejoint avec un verre et l'embrasse légèrement sur la bouche. Je n'en crois pas mes yeux.

— Et celle-là, c'est qui ? me fait Gaia, de plus en plus amusée.

Oh mon Dieu, c'est hallucinant. La bouche grande ouverte et les yeux écarquillés, je lui réponds :

— C'est Paola, ma collègue.

Je la reconnais à peine. Maquillée comme un top model, elle porte une petite robe noire super sexy et des talons aiguilles à tomber à la renverse.

— Ta collègue..., répète Gaia.

— Eh oui.

— ... sort avec ta prof.

— Merci d'avoir recollé les morceaux du puzzle.

— C'est un truc de ouf! dit-elle en éclatant de rire.

J'avoue. Sans compter que Borraccini est l'heureuse épouse d'un entrepreneur de Vénétie et la mère d'une ado de quinze ans.

Tout ça me laisse rêveuse :

— C'est bizarre. Hier matin, j'avais l'impression qu'elles se détestaient.

— Elles ont dû faire la paix, Elé, suggère Gaia sans les quitter des yeux.

Ma foi, autant rester discrète. Si elles s'aiment en secret, il vaut mieux que j'évite de venir leur faire des ronds de jambe. Pas sûre qu'elles apprécieraient.

Je m'apprête à demander à Gaia de nous installer plus loin : trop tard, Paola m'a vue. Nos regards se croisent à travers la salle pourtant bondée. Il me semble lire une sorte d'agacement dans ses yeux, et je me sens presque obligée de m'excuser pour cette rencontre fortuite. Qu'est-ce qui va se passer, à présent ? Est-ce que Paola va faire comme si de rien n'était ? Est-ce qu'elle va fuir, ou simplement détourner le regard ? Eh bien non. « Oui, c'est bien moi, me disent ses yeux. Tu es au courant de notre petit secret, maintenant. »

Message reçu cinq sur cinq. Je lui réponds d'un sourire, l'air de dire : « Il est bien gardé, rassure-toi. »

Puis Paola approche sa chaise de celle de Borraccini, de façon à me tourner le dos. Et notre conversation s'arrête là.

Même si la fête est partie pour durer jusque tard

dans la nuit, nous décidons de nous éclipser avant. Je dois me lever aux aurores demain et il est déjà près de deux heures du matin. Mais dans la rue, une autre surprise nous attend.

Sur le trottoir d'en face, Paola est en pleine engueulade avec Borraccini. Elle la secoue comme un prunier ; l'autre reste les bras croisés. Je suis trop loin pour comprendre ce qu'elles se disent, mais ça chauffe, et pas qu'un peu.

— Aïe… On dirait que la trêve a été de courte durée ! commente Gaia.

Je la tire par la manche. Car je n'ai aucune envie qu'elles nous aperçoivent. J'ai l'impression d'être un de ces paparazzi qui campent à la sortie des boîtes branchées à l'affût du scoop qu'ils vendront aux magazines people. Ce ne sera pas mon cas. D'un regard, j'ai signé un pacte tacite avec Paola – je le respecterai.

Je passe le lendemain matin à lutter contre le sommeil. Mes yeux me brûlent. J'en suis déjà à ma vingt-cinquième goutte de collyre. Quand je pense que Gaia est encore en train de faire la grasse matinée bien au chaud dans mon canapé-lit ! Facile, quand on a son train dans l'après-midi… Je l'imagine, tranquille, prendre tout son temps pour se lever, accomplir ses rituels de beauté et savourer le petit déjeuner que j'ai préparé spécialement pour elle. Avec un peu de chance, elle pourra même poster deux ou trois commentaires enflammés sur le blog de Belotti.

Paola était déjà là quand je suis arrivée à l'église. Comme on pouvait s'y attendre, elle n'a pas fait la moindre allusion à la soirée d'hier. Si elle n'aborde pas le sujet, ce n'est pas moi qui vais m'en charger. Et d'ailleurs, qu'est-ce que je pourrais bien dire ?

J'ai tout de même encore du mal à y croire : je n'aurais jamais imaginé que Borraccini puisse avoir une liaison hors mariage, et avec une ancienne élève par-dessus le marché ! Mais bon, ce sont des choses qui arrivent. Et certaines ne s'expliquent pas. Je suis bien placée pour le savoir, désormais.

Alors que je vernis le bas de la fresque, j'entends tout à coup quelqu'un sangloter tout bas. Derrière moi, Paola est toujours en train de travailler. Bon, j'ai sans doute dû rêver... Et pourtant non, j'entends un nouveau sanglot étouffé. Je m'approche et là, je m'aperçois que c'est bien Paola qui travaille en pleurant.

Difficile de feindre l'indifférence, mais la situation est délicate et je n'en mène pas large.

— Hé, qu'est-ce qu'il y a ?

— Excuse-moi, murmure-t-elle en essuyant ses larmes sur la manche de sa combinaison.

Elle a l'air mal à l'aise, elle aussi. Paola, pour moi, c'est quelqu'un qui ne pleure jamais, et qui a presque oublié comment on fait. C'est bizarre de dire ça comme ça, je sais, mais c'est l'impression qu'elle me donne.

— T'excuser de quoi ? dis-je pour la rassurer.

Paola s'efforce de retenir ses larmes, mais elles continuent d'embuer ses lunettes.

Autant ne pas la brusquer. Avec des personnes aussi réservées, il faut y aller avec des pincettes.

— Écoute, est-ce que tu veux en parler ? Je peux te laisser seule un moment, sinon…

Paola laisse alors pendre ses bras le long du corps, tête baissée. Elle reste quelques secondes sans bouger, comme en plein recueillement. Soudain, elle se débarrasse de ses gants en caoutchouc et se passe une main dans les cheveux. Puis elle pousse un long soupir, comme pour se libérer d'un poids :

— Bon, puisque tu es au courant, maintenant…, fait-elle en me regardant droit dans les yeux. C'est fini, Elena. Hier soir, j'ai rompu avec Gabriella.

Là-dessus, elle laisse couler ses mots comme un fleuve en crue et me raconte tout. Son histoire d'amour dévorante avec Borraccini. Cela faisait des années qu'elles s'aimaient dans le plus grand secret. Mais depuis le terrible épilogue d'hier, tout est fini :

— Pendant des années, j'ai attendu, j'ai accepté de rester dans l'ombre pour la laisser vivre sa double vie. Et puis j'ai fini par lui demander de choisir : c'était son mari ou moi. Je voulais qu'on vive ensemble, qu'on devienne un couple normal, un *vrai* couple. Elle a voulu prendre le temps d'y réfléchir avant de se décider. Et puis l'autre jour elle s'est pointée à Rome, comme ça, sans même me prévenir.

Elle s'arrête pour prendre une grande respiration, puis poursuit :

— Elle a attendu le dernier soir pour me dire qu'elle avait choisi son mari. Au fond de moi, je savais qu'elle me dirait ça, même si elle n'a pas pris sa décision par amour, mais par peur.

— Je suis désolée.

C'est tout ce que j'arrive à dire. Les mots me manquent – les mots justes, surtout. Rien ne semble en mesure d'apaiser sa douleur. Alors je la prends dans mes bras, pour effacer d'un coup cette distance qu'il y avait toujours eu entre nous. Je sens qu'elle en a besoin, là, maintenant. C'est d'ailleurs tout ce que je peux lui offrir. Paola me laisse faire – elle est raide comme un piquet, mais c'est déjà ça. Puis, très vite, elle reprend le dessus. Elle se met à nettoyer consciencieusement ses lunettes comme si sa vie en dépendait. Sa carapace s'est reformée.

— Je ne peux m'en prendre qu'à moi-même. Après tout, c'est moi qui me suis bercée d'illusions pendant toutes ces années. Je vais enfin pouvoir tourner la page et aller de l'avant, dit-elle avec un optimisme forcé.

— En tout cas, je suis là, si tu as besoin de moi.

Tout à coup, je la regarde d'un œil nouveau. Jusqu'à hier soir, Paola était juste une dame de fer revêche et désagréable ; aujourd'hui, j'ai l'impression de voir une enfant fragile et sans défense. Je suis profondément touchée qu'elle m'ait révélé cette part d'elle-même. J'ai comme l'impression d'avoir perdu une collègue mais d'avoir trouvé une amie.

J'ai quitté le boulot un peu plus tôt que d'habitude. À seize heures, j'ai rendez-vous à la gare de Termini pour dire au revoir à Gaia. Elle part pour Naples rejoindre Belotti qui dispute une course dans la région avec toute son équipe. Il n'est évidemment au courant de rien. Je n'ose imaginer sa réaction : Belotti n'est pas du genre à aimer les surprises, surtout quand il est en pleine compétition. Malgré tout, je le sens plutôt bien.

Tandis que j'accompagne mon amie sur le quai, je repense à ces quelques jours que nous venons de passer ensemble. C'était formidable. Gaia va me manquer. C'est la seule à connaître toute la vérité au sujet de Leonardo – et la seule à vraiment pouvoir me comprendre, sans doute.

— Qu'est-ce que je dois faire, d'après toi ? je lui demande avant qu'elle grimpe dans son train. Je dois aller à l'inauguration du restaurant ou pas ?

Moi, je ne crains pas d'y aller. J'ai donné une direction claire à ma vie. Revoir Leonardo ne me fera pas changer d'avis. Pas cette fois. Je suis maintenant assez lucide – enfin, je l'espère – pour m'en sortir la tête haute.

— Tu veux un conseil ? me fait Gaia en levant un sourcil.

— Je te le demande.

— N'y va pas, ça vaudra mieux.

— Pourquoi ? dis-je en secouant la tête.

Je ne m'attendais pas à cette réponse.

— Crois-moi. Tu n'es pas encore prête.

Sur ce, elle me fait un de ses énergiques câlins qui manquent de me broyer les os, puis monte dans le train. Tandis qu'elle me lance un dernier sourire à travers la fenêtre du wagon, je lis dans ses yeux verts comme un avertissement : « Attention, Elena. Ne joue pas avec le feu. »

10

Depuis ce matin, le compte à rebours est lancé. Ce soir a lieu l'inauguration du nouveau restaurant de Leonardo. Je n'ai pas encore pris ma décision. Certes, j'ai promis à Filippo de l'accompagner, mais depuis le départ de Gaia, je suis dévorée par le doute.

Mettons les choses au point : plus l'heure fatidique approche, plus l'idée de voir Leonardo me fait peur. Et si Gaia avait raison ? Et si Leonardo avait le pouvoir de détruire toutes mes certitudes ?

Soyons honnête : même si tout se passe bien avec Filippo – y compris sexuellement, je ne peux pas le nier –, j'ai parfois la sensation de ne pas me sentir assez vivante. Ou du moins, pas aussi vivante qu'avec Leonardo. Mais tout ça est flou, il règne un tel désordre dans ma tête ! J'aimerais tant parler à Gaia. J'essaie de l'appeler depuis ce matin, mais elle ne répond pas. Dieu sait ce qu'elle est en train de fabriquer à Naples avec son cycliste !

Pour l'instant, je m'apprête à franchir la grille de la villa Borghese, à deux pas de la galerie du même nom, pour rejoindre Martino. C'est aujourd'hui qu'il doit me faire son grand cours magistral sur *La Madone des palefreniers* du Caravage !

Il est à l'heure, contrairement à moi, et m'attend sur le perron de l'entrée, en pantalon Avio et chemise blanche à manches courtes. Incroyable, il a même osé mettre un nœud papillon fantaisie ! On peut dire qu'il est vraiment entré dans le rôle. C'est un peu comme si Robert Pattinson était devenu prof d'histoire de l'art. Je m'approche de lui, déjà morte de rire.

— Eh bien, on dirait que tu m'as prise au mot !

Tout sourire, il écarte les bras avant de me faire la bise.

— C'est bien parce que c'est toi. Pour me faire mettre une chemise à manches courtes, il faut se lever de bonne heure !

— Quel honneur ! J'ai le guide le plus élégant de la planète.

— Je sais. D'ailleurs, je me demande si je ne vais pas sortir comme ça tous les jours, dorénavant, fait-il en réajustant son nœud papillon, l'air hautain.

— Avec un pantalon taille basse et des baskets, il n'y a pas mieux !

— Bon, me dit-il en prenant une grande respiration, prête à mourir d'ennui ?

Joignant le geste à la parole, il m'offre son bras, comme un vrai chevalier servant.

— Mais je n'attends que ça, lui dis-je avec un clin d'œil.

Nous gravissons la volée de marches en pierre, bras dessus, bras dessous, faisant triomphalement notre entrée dans la villa. Cet endroit est un temple de l'art. J'ai presque honte d'avoir attendu mes trente ans pour enfin y mettre les pieds. Heureusement que Martino est là pour combler mes lacunes !

C'est dans le salon central, au milieu d'autres trésors de la peinture italienne, qu'est exposée *La Madone des palefreniers*.

La toile est si belle que je suis à deux doigts de m'évanouir : j'ai les jambes qui flageolent, mon cœur commence à battre plus vite, une boule d'émotions me renverse le ventre. J'ignore si ce sont les symptômes du syndrome de Stendhal ; une chose est sûre : ce tableau a remué quelque chose au fond de mon âme. J'ai beau l'avoir étudiée dans mes bouquins d'histoire de l'art, voir cette œuvre, c'est comme un électrochoc. Le sujet n'a pourtant rien de bien original : on y voit la Vierge Marie et l'Enfant Jésus écraser le serpent – symbole du péché originel – aux côtés de sainte Anne.

— Superbe, hein ? me demande Martino.

— C'est extraordinaire.

Je suis soufflée. Ce tableau a peut-être été peint il y a quatre cents ans, mais il a l'air tellement moderne, tellement… vrai.

— Le plus fou, c'est que ce tableau était destiné à un autel de la basilique Saint-Pierre, mais il a été refusé par les commanditaires ! précise Martino.

— Ah bon, et pourquoi ?

— L'œuvre a fait scandale. On l'a jugée hérétique.

Voilà qui me donne envie d'en savoir plus. D'un regard, je l'invite à poursuivre ses explications.

— Regarde Jésus, me dit-il en pointant son doigt vers lui. Il a la taille d'un enfant, mais il est déjà trop grand pour être représenté entièrement nu.

C'est vrai : il a des muscles particulièrement dessinés et le sexe bien en évidence, des détails qui ressortent de l'incroyable jeu de lumières créé par le peintre.

— La Vierge, maintenant, enchaîne Martino. Avec son immense décolleté et sa poitrine abondante, elle ressemble à une femme du peuple...

— C'est vrai qu'elle est d'une beauté sensuelle, dis-je sans détacher mes yeux du tableau. Arrogante, même.

Martino acquiesce.

— On dit que la modèle du Caravage était une certaine Lena, la célèbre prostituée qui avait déjà posé pour *La Madone des pèlerins*.

— Connaissant la vie du bonhomme, ça ne me surprend pas du tout...

Imaginer ce fou génial, toujours entouré par des femmes, me fait sourire.

— En tout cas, Marie et l'Enfant Jésus sont d'un réalisme incroyable. Ils ont l'air cent fois plus vivants et humains que sainte Anne.

Soudain, le visage de Martino s'illumine. Je vois les notes de bas de page de tous les livres qu'il a étudiés défiler sur son front.

— En effet. À en croire certains chercheurs, c'est à cause de l'attitude trop détachée de la sainte que l'œuvre a été refusée. En théorie, sainte Anne est la personnification de la grâce divine, mais pas ici.

— Tu as raison, on dirait une statue. Elle reste dans son coin, les mains jointes, l'air dégoûté, mais elle ne fait rien pour tuer le serpent.

À cet instant, j'ai l'impression que la scène se déroule sous mes yeux.

— Peut-être qu'à travers sainte Anne le Caravage a voulu nous dire quelque chose sur nous-mêmes, sur notre humanité, remarque Martino. Personne n'est jamais aussi prêt, aussi décidé à affronter le mal que ne l'est la Vierge. Au contraire, il a plutôt tendance à nous faire tomber sous son charme…

Je ne peux qu'acquiescer, me reconnaissant entièrement dans les paroles de Martino. C'est ce qui m'est arrivé avec Leonardo. Mon péché originel, c'est lui. Comme le serpent du tableau, il est à la fois dangereux et irrésistiblement séduisant.

— Quoi qu'il en soit, la Vierge Marie est la figure centrale du tableau, affirme Martino.

— Aucun doute là-dessus.

Une main posée sur mon épaule, il me la désigne d'un geste du menton.

— Regarde l'expression de son visage, la détermination qui s'en dégage. C'est elle qui décide, c'est elle qui sait comment faire. Elle prend Jésus sous les bras, elle le soutient, elle le guide, elle le dirige. C'est elle qui pousse son pied sur la tête du serpent pour qu'il l'écrase.

— En fait, Jésus se contente de l'imiter. Il pose son pied sur celui de sa mère, dis-je pour compléter l'explication.

— Plus exactement, il apprend comment faire, précise Martino. C'est comme si Marie lui disait que pour anéantir le mal, il faut commencer par le regarder bien en face. Qu'il faut le reconnaître, en prendre la mesure...

— Pour s'en libérer définitivement.

Quelque chose dans cette conversation résonne au plus profond de moi. Soudain, j'ai l'impression de savoir moi aussi quoi faire – et comment le faire. Je repense à l'inauguration de ce soir. Dans ma tête, tout est clair : je ne dois pas y aller. J'entends la voix de Gaia, ma conscience me parle à travers elle. Le seul moyen de résister à la tentation, c'est de décliner cette invitation. J'ai dansé avec le diable, mais, maintenant, je sais que je dois prendre le large.

Martino, lui, poursuit son explication : il me parle de la lumière, des drapés, du jeu d'ombres, mais je ne l'écoute plus. J'ai la tête ailleurs, je réfléchis déjà à la façon la plus indolore de dire à Filippo que je ne viendrai pas avec lui ce soir.

Après notre visite de la galerie Borghese, nous sortons dans le parc de la villa et trouvons un banc à l'ombre pour nous asseoir. J'ai un peu la tête qui tourne, comme toujours quand je sors d'un musée ou du cinéma. C'est encore pire avec cette chaleur du mois d'août.

— Tu es bien pensive, remarque soudain Martino.

— Ah oui ?

— Je t'assure.

— Je suis juste fatiguée, dis-je dans un soupir. Ça fatigue, l'art, à la longue, tu sais ?

— Je ne sais pas, fait Martino en secouant la tête. Tu n'as pas l'air d'aller fort, Elena. Ça fait un petit bout de temps que je te vois éteinte.

Au secours... Je n'aurais jamais imaginé que ce garçon puisse être aussi sensible. Par quel mystère arrive-t-il aussi bien à radiographier mon âme ?

— Depuis un petit bout de temps, c'est-à-dire ?

Pas terrible, comme réponse, mais il fallait bien trouver un moyen de détourner légèrement la conversation.

Hélas, Martino a sa petite idée :

— Je me souviens très bien de la dernière fois où je t'ai vraiment vue heureuse, réplique-t-il du tac au tac. C'était le jour où tu es sortie de Saint-Louis avec ce mec, là...

Les yeux baissés, je me sens rougir jusqu'à la racine des cheveux. Je me rappelle : Leonardo venait de me kidnapper pour m'emmener au bord de la mer. C'était l'une des plus belles journées que nous ayons passées ensemble.

— C'était qui ? ose finalement me demander Martino. Ce n'était pas ton fiancé, pas vrai ?

— Qu'est-ce qui te fait croire ça ?

— Eh bien... j'imagine que si c'était lui, tu me l'aurais présenté.

— C'est vrai. Ce n'était pas mon fiancé, finis-je par lui avouer.

Au fond, pourquoi mentir à Martino ? On ne peut qu'avoir confiance en des yeux aussi clairs.

— J'ai eu une période difficile. Je me suis retrouvée partagée entre deux hommes. Filippo, mon fiancé, et Leonardo, le type que tu as vu.

Je n'ai pas de mots plus justes pour décrire ce qui s'est passé ces derniers mois.

— Mais tout ça, c'est fini, maintenant. J'ai fait mon choix : je suis avec Filippo.

Martino m'observe attentivement, comme s'il ne me croyait pas complètement. Il faut dire que je n'ai pas l'air spécialement convaincue.

— Tu sais, finit-il par m'avouer, ce jour-là, quand je t'ai vue aux côtés de *Leonardo*, il y avait quelque chose dans tes yeux, une lumière différente, plus vivante.

Martino, par pitié, arrête ! Ce que tu me dis est atrocement vrai, mais je ne veux plus rien entendre. Je ferme les yeux et laisse ses mots rebondir sur moi avant de s'éloigner comme un boomerang. Je t'en prie, Martino, ne te mets pas à jouer les serpents tentateurs toi aussi.

— Oui, tu as sans doute raison, dis-je en essayant de paraître le plus zen possible. Mais j'ai beaucoup souffert à cause de lui. Et je n'ai plus envie de replonger.

— Je comprends. Si c'est ta décision..., fait-il en haussant les épaules, sans plus insister.

L'instant d'après, une pointe de regret voile son regard.

— Tu sais ce qui m'emmerde ?

— Non, quoi ?

— J'aurais tellement voulu faire briller tes yeux comme ça..., me dit-il le regard perdu.

Je souris. Il s'est déclaré sur la pointe des pieds, comme s'il s'était déjà résigné à n'avoir aucune chance avec moi. Oh, Martino ! Tu es si différent de Leonardo. Ce qui m'a tellement plu chez lui, c'est qu'il a été capable de remuer ciel et terre pour satisfaire ses désirs, c'est son obstination, sa passion arrogante.

Je le regarde d'un air attendri :

— Tu fais toujours briller mes yeux, à ta façon, lui dis-je en lui donnant une tape amicale sur l'épaule.

— C'est ça. À ma façon.

De retour au bercail, je m'occupe de mettre au point mon grand bobard. Je m'allonge sur le canapé, un masque de sommeil sur les yeux et me colle mon coussin en graines de lin sur le ventre. Le tour est joué ! Je n'ai plus qu'à attendre le retour de Filippo.

Il doit être dix-neuf heures quand j'entends la porte s'ouvrir et mon nom résonner dans l'air. Filippo a une voix énergique, comme s'il venait de prendre une douche tonifiante.

— Je suis là, dis-je dans un murmure, comme si j'étais à l'article de la mort.

Il s'approche, l'air perplexe.

— Qu'est-ce qui t'arrive ?
— Fil, j'ai un mal de crâne atroce, dis-je en soulevant un peu mon masque. C'est peut-être mes règles, je ne sais pas…
— Merde, Bibi, pas ce soir !

Il se penche vers moi pour m'embrasser sur le front. Je préfère baisser les paupières : impossible de soutenir son regard débordant de tendresse.

— Tu as pris quelque chose ?
— Oui, un Doliprane, mais ça n'a pas servi à grand-chose, fais-je d'une toute petite voix.

Mentalement, je me répète que je mens pour le bien de notre couple. En rouvrant les yeux, je croise les siens. À en juger par sa réaction, je dois être une actrice de talent, car il semble réellement inquiet pour moi. C'est terrible d'être prévenant à ce point.

— Je t'en prie, ne te mets pas en colère, mais ce soir je ne me sens pas vraiment la force de venir avec toi. Tu ne m'en veux pas ?

Assis sur le bord du canapé, Filippo me jette un regard résigné.

— Si tu veux, je reste avec toi.
— Mais non, enfin, dis-je en me redressant. Il faut que tu y ailles.

C'est vrai : Filippo tient tellement à cette soirée. S'il y renonçait, je m'en voudrais toute ma vie.

— Il faudrait que je te laisse ici toute seule ? Pas question.
— Mais arrête. Ne te mets pas dans cet état-là, je n'ai rien de grave, je t'assure.

— Ça m'aurait tellement fait plaisir que tu viennes.

— Je sais, Fil. Moi aussi, ça m'aurait fait plaisir, dis-je en soupirant. Mais là, je ne peux pas, je suis trop mal.

Là-dessus, je me prends la tête entre les mains et j'essaie de faire une tête de zombie.

— Regarde-moi, j'ai l'air d'un monstre. Tu as vu comme je suis pâle ?

— Je te jure que non. C'est bon, allez, tâche de te reposer. Moi, je vais me préparer, me fait-il en m'embrassant tendrement sur le front.

— O.K.

L'instant d'après, je remets mon masque pour couvrir mes yeux brillants.

Désormais convaincue d'avoir pris la bonne décision, je me prépare à passer la soirée seule devant la télé. Je me suis mise en tenue de nuit – short, top en coton à rayures et tongs brésiliennes. Le temps de prendre un pot de glace dans le réfrigérateur et me voilà assise en tailleur sur le canapé, à regarder des rediffusions de *Desperate Housewives* entre deux cuillérées de stracciatella. Pas question de m'envoyer un film complet dans l'état où je suis.

Les scènes ont beau défiler sous mes yeux distraits, je ne fais aucun effort pour en saisir la logique. Eva Longoria est en train d'improviser une petite chorégraphie sensuelle dans sa salle de séjour. Elle s'entortille autour d'un poteau de lap dance – le truc absolument improbable. Soudain, elle se vautre sur le tapis avec un grand bruit sourd. Je ne peux pas m'empêcher d'éclater de rire – j'ai l'air d'une débile, je sais, mais c'est plus fort que moi. Même si je ne comprends rien de ce qui se passe dans cet épisode, j'arrive à trouver ça drôle (il faut dire que je m'identifie complètement au personnage). Ça prouve au moins que je n'ai pas enfermé mon cerveau dans un coffre dont j'aurais jeté la clé...

Vingt-deux heures passées. J'ai presque fait un sort à mon pot de glace et commencé un second épisode de *Desperate* quand, soudain, on sonne à la porte. J'éteins la télé pour être sûre d'avoir bien entendu. Ça recommence. Ce n'est pas la sonnette du hall de l'immeuble, mais celle du palier, qui a une sonorité ancienne, type xylophone. Je n'attends personne, pourtant. J'abandonne ma cuillère dans mon pot de Häagen-Dazs, me lève du canapé et traîne mes tongs jusqu'à la porte avec un mauvais pressentiment. J'approche mon œil du judas. En apercevant qui est derrière la porte, je fais un bond en arrière. Impossible ! C'est *lui*. Je commence par me blottir contre le mur et faire semblant de ne pas être là. Soudain, j'ai honte de moi. Allez, Elena, comporte-toi en femme. Affronte-le.

Je baisse la poignée et entrouvre la porte. Leonardo apparaît sous mes yeux, charismatique et inquiétant, comme d'habitude. Il est terriblement élégant, avec sa chemise blanche ornée de boutons de manchettes en argent, à peine ouverte sur son torse bronzé, son pantalon de couleur sombre, ses chaussures noires vernies.

Une écharpe en soie grise autour du cou, il a les cheveux tirés en arrière, peut-être avec un peu de gel – je ne l'avais jamais vu coiffé comme ça –, la barbe un peu plus courte que d'habitude. Ses yeux diaboliques sont si noirs qu'ils paraissent maquillés.

Les jambes flageolantes, je me plante d'un air assuré sur le pas de la porte, les bras croisés, droite comme un *i*. Je suis maître de mon espace vital, et je ne le laisserai pas y mettre un pied.

— Je peux savoir ce que tu fous là ?

Les pupilles dilatées, il me transperce du regard. Ce regard qui me désarme.

— Laisse-moi entrer et je vais te le dire.

— Non. Pas question que tu entres.

L'idée qu'il puisse profaner cet endroit me fait frémir. Je poursuis :

— Si tu dois me dire quelque chose d'urgent, vas-y. Sinon, tu peux t'en aller.

J'ai soudain la gorge sèche. Je me sens forte, mais pas assez pour m'attaquer à cette montagne qui me fait face et dominer les émotions qui se partagent mon âme. Son parfum enivrant – ce parfum auquel je n'ai jamais su résister – envahit soudain mes narines.

— Allez, Elena, ouvre cette porte.

— Non. On peut très bien parler d'ici.

Appuyé contre le chambranle, Leonardo pose son front sur son bras. Son visage s'approche dangereusement du mien. Il a l'air épuisé. On dirait un guerrier rentré d'une bataille. Un séduisant guerrier fatigué de se battre.

— Tu en as eu du courage, tu sais ? lâche-t-il dans un soupir, l'air résigné.
— Pour ?
— Ne pas venir.

Ses mots résonnent dans ma tête. Je ne sais pas quel ton prendre, ni même comment me tenir : est-ce que je dois garder les bras croisés ou les laisser pendouiller ? Prendre appui sur le pied droit ou sur le pied gauche ? Baisser les yeux, les lever ou regarder ailleurs ?

— Non, je ne suis pas venue.

Voilà ce qui s'appelle enfoncer des portes ouvertes...

— C'était très sympa, comme fête, alors... c'est dommage... Je m'amusais presque, tu sais, mais ça n'a pas duré.

Un sourire amer se dessine sur son visage, révélant ses dents blanches :

— Tout d'un coup, j'ai regardé autour de moi, et je me suis aperçu que je n'en avais rien à foutre de tous ces gens.

On dirait que les mots lui viennent comme à contrecœur, comme si on ne lui laissait pas le choix.

— Il n'y avait qu'une personne que je voulais voir ce soir, et c'était toi.

Ce discours est certes très touchant, mais il arrive un peu tard. Là, maintenant, je me sens blessée, et presque insultée. Qu'est-ce qui lui prend, franchement !

— Et tu es venu jusqu'ici pour me dire ça ?

J'essaie de sourire, mais ça n'est pas une franche

réussite. En réalité, je fais tout mon possible pour rester calme.

— Pas seulement, me répond-il.

La mâchoire serrée, j'avale le peu de salive qui me reste.

— Ah bon, tu as autre chose à me dire ? On peut savoir quoi ?

Je prends soudain conscience que je n'ai aucune envie de rester là à l'écouter, quoi qu'il ait à me dire. Je fais mine de lui claquer la porte au nez : il m'en empêche. L'instant d'après, il ouvre en grand la porte d'une seule main et entre de force. La porte se referme derrière lui dans un bruit sourd.

Le sol tremble sous mes pieds. Impossible d'articuler un mot, ni même de lui jeter un simple regard. Mes oreilles et mes yeux me font mal. Leonardo vampirise mon corps et mon esprit, comme toujours.

Le temps que je recule jusqu'au mur, il a déjà fondu sur moi. Il pose les mains sur la cloison, et me voilà prisonnière de son corps.

— Je suis venu te dire que je te veux, Elena, et que je ne peux pas vivre sans toi.

Sa voix est un poison qui s'insinue dans chaque fibre de mon corps. Ses yeux brûlants me dévorent. Je dois lutter, rassembler mes forces, et tout de suite. Si mon instinct de survie m'abandonne, je vais plonger.

— Dégage, lui dis-je d'un ton hargneux.

— Peut-être que j'ai tout foutu en l'air, peut-être que je suis un connard, mais…

— Mais quoi ? Dégage, je répète, pour lui comme pour moi-même.

— Tu peux parler, mais ce n'est pas ça que tu veux, et tu le sais.

Ça y est, mes forces me trahissent. Ma colère, ma nostalgie, mon incertitude, tous ces sentiments qui se sont bousculés en moi depuis des semaines viennent soudain de se réveiller dans un vacarme assourdissant.

Les poings serrés, je tape dans le mur derrière moi.

— Eh bien si, dis-je en reprenant ma respiration. Pas question que ça continue plus longtemps.

L'image du serpent du tableau du Caravage se matérialise sous mes yeux. J'essaie de repousser Leonardo, mais il ne bouge pas d'un millimètre. Exaspérée, je commence à le frapper, à le gifler. Aucune réaction.

— Notre histoire avait peut-être un sens, malgré tout, dit-il alors.

— Notre *histoire* ? je demande en écarquillant les yeux. Et depuis quand ça en serait une ? Ça ne devait pas juste être une aventure, hein ?

Pour la première fois, Leonardo baisse les yeux devant moi.

— Dis-moi que tu n'éprouves rien pour moi et je m'en vais, murmure-t-il.

— Et si j'éprouvais quelque chose, ça changerait quoi ? je lui hurle. Je veux une vie normale, une relation normale.

— Tu es heureuse avec lui ?

Il me provoque, comme toujours.

— Je t'en prie...

Cette fois, c'est moi qui baisse les yeux. Peut-être que mon amour pour Filippo n'est pas une passion dévorante, *peut-être*, mais je suis heureuse, ça oui. C'est ce que ma tête martèle chaque jour.

— Tu ne réponds pas, insiste-t-il.

— Il me comprend, lui. Et c'est quelqu'un de bien, dis-je avec assurance.

— Tu te rends compte de ce que tu dis ? Tu es avec lui parce que c'est *quelqu'un de bien* ?

— Ça suffit, Leonardo. Maintenant sors d'ici tout de suite. Je ne veux pas avoir à supporter ton petit jeu pervers.

— Mais bordel, tu ne comprends pas que ce n'est pas un jeu pour moi ?

Sa voix rauque couvre la mienne.

— Je ne peux pas me passer de toi, Elena.

Ses mots me font l'effet d'un coup de poignard en plein cœur.

Nos visages sont tout proches l'un de l'autre. Nos regards se confondent pour ne plus faire qu'un. Nous restons immobiles une seconde, puis la distance qui nous sépare commence à diminuer à une vitesse vertigineuse. Avant même que je m'en aperçoive, sa bouche s'est posée sur la mienne.

Les lèvres et les dents serrées, je refuse de me donner à lui. Je ne dois pas céder mais Leonardo, lui, refuse de s'arrêter. Après m'avoir attrapé les deux mains, il les tient serrées au-dessus de ma tête. Entièrement clouée au mur, collée contre son corps, je sens qu'il me désire comme jamais. Il plonge sa main libre dans mes cheveux et les tire violemment en arrière. Je relève la tête, offrant mon cou à sa bouche. Ses dents glissent avidement sur ma peau, avec quelque chose d'animal et de sauvage.

— Arrête, dis-je d'un ton plaintif.

— Je ne peux pas, me susurre-t-il tandis que sa main se referme lentement sur mon cou.

Alors, c'est à toi de t'arrêter, Elena. Tu sais faire la différence entre ce qui est bien et ce qui est mal pour toi. Et ce type ne pourra que te faire du mal.

Hélas, sa bouche est de nouveau sur la mienne. Son souffle se mêle au mien, son cœur bat contre le mien. Je ne peux plus penser à rien.

Tout à coup, sa main glisse lentement le long de ma poitrine et finit par se refermer sur mon sein gauche. Leonardo le serre tellement fort qu'il me fait mal. On dirait qu'il a envie de m'arracher le cœur et de le réduire en charpie.

Tandis que je pousse un gémissement de douleur, il me prend dans ses bras et me soulève du sol. J'essaie de me débattre, mais son désir est trop fort et ma résistance trop faible.

Là-dessus, il me balance sur le canapé, puis me débarrasse violemment de mon top ; je me retrouve seins nus face à lui. Il m'arrache ensuite mon short avec une pointe de cruauté dans ses gestes. Le voilà maintenant qui m'écrase de tout son poids. J'essaie encore de me débattre : inutile. Il s'est déjà mis entre mes jambes, son sexe collé au mien.

Quand il entre en moi, tout s'arrête. L'espace d'un instant qui semble durer une éternité, nous restons dans cette position, l'un dans l'autre, nos deux corps ne faisant plus qu'un.

Je finis par cesser de lutter. Je m'abandonne à moi-même plus encore qu'à lui, car, maintenant, je sais que ce n'est pas Leonardo qui me fait mal, mais son absence.

Maintenant, je sais que cette façon que nous avons eu de lutter, c'était déjà comme faire l'amour.

Il va et vient si lentement que je le sens à peine bouger. Je m'ouvre un peu plus à chacun de ses mouvements tandis que nous nous regardons, muets d'étonnement, ivres de désir, étourdis de plaisir. L'union de notre chair et de notre âme n'a jamais été aussi parfaite. Un orgasme violent, nécessaire, inévitable se libère de nos sexes.

— Leonardo, je te sens.

Je hurle dans sa bouche, il gémit dans la mienne. Nous jouissons à corps perdu l'un de l'autre, jusqu'à notre dernier souffle.

Nous passons les minutes qui suivent entièrement nus, dans le silence; nos jambes, nos bras, nos mains, nos cheveux, notre peau et nos os ne forment plus qu'un grand tout. Et puis ses lèvres prononcent cette phase: «Je t'aime.»

Leonardo a beau les avoir seulement murmurés, ces quelques mots envahissent tout mon être. Ce qu'il vient de me dire change tout, bouleverse l'univers. Même si je n'osais pas me l'avouer à moi-même, je ne désirais qu'une chose: l'entendre me dire ça.

— Moi aussi, je t'aime.

Le souffle court, je me sens enfin libre d'un poids que je ne pouvais plus supporter.

Je suis heureuse et angoissée à la fois. Une larme coule le long de ma joue. Je ne fais rien pour l'arrêter.

— Je suis désolé, me chuchote Leonardo en l'essuyant d'un doigt. J'ai essayé de résister, j'ai tout fait pour éviter ça, mais je n'y suis pas arrivé. Je t'aime, c'est plus fort que moi.

Pendant une seconde, j'ai un terrible pressentiment : la distance qui nous sépare augmente de plus en plus. Leonardo s'éloigne de moi !

Soudain, il m'attrape et me serre dans ses bras comme pour me retenir, et effacer cet éloignement. Ma tête collée contre son torse, il embrasse mes cheveux.

Il n'y a désormais plus que nous deux dans cette pièce : deux corps, deux cœurs qui viennent de renaître et qui vivent le moment présent, au parfum d'éternité. Le passé ne me fait pas peur, le futur non plus.

Nous restons allongés je ne sais combien de temps, laissant les ombres s'insinuer entre nos corps entremêlés. Je ne ressens pas le poids du silence, ni même le besoin de penser. Ma voix intérieure, d'habitude si inquiète et si pressante, s'est même tue.

Les yeux clos, je caresse le dos de Leonardo en imaginant le dessin de son tatouage – cette trace indélébile qui me parle de lui. J'ignore toujours ce qu'il signifie, mais ce n'est pas le moment de poser des questions. Le nez plongé dans mon cou, Leonardo dépose des baisers le long de ma clavicule.

— J'aimerais rester, mais je dois retourner à la soirée, me murmure-t-il en me regardant les yeux dans les yeux. Ils vont finir par se demander où je suis passé.

— Je sais.

Je lui remets doucement une mèche de cheveux derrière l'oreille. J'adorerais qu'il reste allongé sur moi encore un moment, mais je dois le laisser partir. Sans compter que Filippo pourrait rentrer d'un instant à l'autre. Dans mon esprit, son visage n'a déjà plus de contours, de forme, d'odeur. Je le cherche, mais je ne le trouve pas. Il a comme disparu au fond d'un trou noir, avec le souvenir de ces mois de vie commune.

Nue sur le canapé, je regarde Leonardo se rhabiller. Je n'ai pas encore la force de bouger.

— Je t'aime, Elena.

Ses yeux brillants confirment ses paroles. Il me donne alors un dernier baiser.

— Je t'aime, Leonardo.

Je plonge une dernière fois mon visage contre sa poitrine pour profiter encore un peu de la chaleur de son cœur collé contre le mien.

Leonardo est reparti. Et déjà, je me sens étrangère dans cet appartement. Ces murs que j'ai profanés ont respiré son odeur, ont vu ses mains et nos corps nus.

Rien n'est plus comme avant. Nous n'avons pas parlé du futur, nous ne nous sommes pas fait de promesses, mais nous savons tous les deux que nous nous aimons. Après tout ce qui s'est passé, je n'ai qu'une certitude : je ne peux plus rester ici. Je dois m'en aller, tout de suite, avant que la nuit tombe et que le matin arrête mes pas.

11

— Combien de nuits comptez-vous rester ? me demande le réceptionniste.
— Pour le moment, une seule. Après, on verra.
— Très bien.
Clés en poche, je le suis dans le couloir.
— Voilà, c'est la deuxième à droite. Si vous avez besoin de quoi que ce soit, vous me trouverez à la réception.

Il est presque une heure et demie. Je suis seule, dans la chambre numéro 4 du Mari I, un petit hôtel sans prétention du côté de la gare de Termini. C'est le premier endroit pas trop cher que j'aie trouvé sur Internet.

En attendant le taxi qui m'a emmenée jusqu'ici, j'ai ouvert en grand les fenêtres de l'appart pour laisser entrer un peu d'air chaud. Tandis que cette brise d'été chassait mon odeur et celle de Leonardo, j'ai préparé en vitesse une petite valise avec le strict nécessaire. C'est peut-être la première fois de ma vie que je suis partie avec l'essentiel. Quelques minutes plus tard, j'ai refermé la fenêtre.

Dans le séjour, j'ai piqué une feuille blanche de l'imprimante avant d'aller m'asseoir sur le tabouret où j'avais l'habitude de prendre mon petit déjeuner. J'ai attrapé un stylo.

Cher Fil.

J'ai commencé comme ça, sans réfléchir, et puis je me suis arrêtée. Dans mon esprit a commencé à se dérouler le film de notre histoire, depuis notre premier baiser jusqu'à ce que Filippo parte pour la soirée – chaque instant que nous avons passé ensemble. Ça y est, voilà le dernier acte d'une histoire d'amour désormais finie. Au moment de porter le coup de grâce, ma main a tremblé. J'ai soudain imaginé ce qui serait arrivé si j'étais restée là, dans l'appart, à attendre le retour de Filippo. Si je lui avais dit quelque chose, est-ce que ça lui aurait fait moins mal que ne pas me voir en rentrant ? Mais si j'avais trouvé les mots, comment aurais-je pu supporter de rester sous le même toit que lui ? Il fallait que je m'en aille, je n'avais pas le choix. Cela dit, je ne pouvais pas partir sans lui donner un minimum d'explications.

Je lui devais au moins ces quelques mots à la va-vite. Juste pour lui dire qu'il y a un autre homme dans ma vie et que je ne peux pas rester avec lui. J'ai été sèche et concise, et je n'ai pas essayé de me trouver des excuses ou de me justifier. De toute façon, ça n'aurait pas lieu d'être. Si Filippo doit me haïr, il me haïra jusqu'au bout.

J'ai plié la feuille en deux et l'ai mise bien en évidence sur le plan de travail en marbre, juste sous la loupiote de la gazinière. J'ai éteint toutes les autres lumières.

Juste avant de me décider à sortir, mon sac sur l'épaule, j'ai jeté un dernier coup d'œil tout autour de moi. Voilà, c'est dans cet appartement que j'ai passé les cinq derniers mois auprès de Filippo. Tant pis si on m'accuse de faire preuve de lâcheté : il faut parfois plus de courage pour s'enfuir que pour rester.

Affronter Filippo ne me fait pas peur. Tôt ou tard, je devrai le faire. Mais j'ai besoin de temps. J'ai surtout besoin de mettre de la distance entre nous. Je ne peux plus lui imposer ma présence dans cet appartement. C'est une séparation douloureuse, mais autant qu'elle soit claire et nette. Cette fois, pas question de revenir en arrière.

Le temps de me glisser hors de l'immeuble comme une voleuse, j'ai sauté dans le taxi qui m'attendait. Malgré l'heure tardive, les rues étaient encore envahies par les voitures. Cette ville ne dort jamais, surtout les nuits d'été comme celle-ci. À cet instant, pourtant, tout me paraissait infiniment loin...

Et me voilà donc dans cette chambre d'hôtel qui s'efforce d'être accueillante sans y arriver, allongée sur le lit, les bras croisés derrière la nuque, les yeux rivés au plafond. Filippo a déjà dû rentrer ; à l'heure qu'il est, il aura trouvé mon billet. Même si mon cœur se serre rien que d'y penser, je ne suis pas la mieux placée pour me plaindre. De nous deux, c'est Filippo qui va le plus souffrir. Je suis indigne de tout l'amour qu'il m'a donné.

Si cela peut t'aider à aller mieux, déteste-moi, Filippo, je t'en prie. Je te le demande, silencieusement. Surtout, ne pleure pas à cause de moi. Si je ne mérite pas tes larmes, c'est que je me sens coupable et heureuse d'avoir écouté mon cœur plutôt que ma tête, de ne pas avoir eu la force de résister, d'avoir attendu cet instant pour être sincère.

Il n'y a pas assez de lumière dans cette pièce. Avec sa minuscule fenêtre et son plafond si bas qu'on a la sensation d'étouffer, cette chambre ressemble à une cellule de prison. Si ça se trouve, je vais avoir une crise d'angoisse. Je suis seule. Et comme une idiote, je n'ai pas pris mes gouttes calmantes. Tant pis. Il faut que je compte sur mes propres forces, point. J'aimerais bien parler à quelqu'un – Gaia, ou ma mère – mais j'ai éteint mon portable juste après mon départ, de peur de voir le nom de Filippo apparaître sur l'écran. Il a déjà dû essayer de m'appeler une centaine de fois.

Même si, dehors, la nuit est encore douce, je grelotte de froid. Une chance qu'au dernier moment j'aie pensé à glisser dans ma valise mon vieux survêt Adidas décousu – celui que d'habitude je mets le matin pour aller au kiosque à journaux du coin de la rue ou le soir pour rester sur le balcon. Des choses que je ne ferai plus – pas dans cet appartement, du moins.

J'ouvre le minibar et j'attrape une mignonnette de Grand Marnier. J'en avale deux, trois gorgées. Une sensation de chaleur me chatouille aussitôt la gorge. C'est triste à pleurer de boire tout seul, je sais, mais je ferai n'importe quoi pour m'éviter de mourir de solitude et d'angoisse.

Ma petite bouteille à la main, je me mets à la fenêtre pour écouter le bruit de la circulation qui résonne dans l'air étouffant. Savoir qu'il y a tant de vie là-dehors me console. J'aimerais dormir accoudée à cette fenêtre, à l'abri de ces cauchemars qu'on fait dans les lits d'hôtel et attendre l'arrivée du matin. Demain, quand je rallumerai mon portable, il faudra que je sois suffisamment forte pour expliquer, raconter, comprendre... pour dire la vérité, pour dire adieu et suivre une nouvelle route, là où me guide mon cœur. Mais je n'ai pas peur. Je regarde le ciel, entièrement caché par la pollution lumineuse, inaccessible derrière ce rideau brumeux. Je repense à ce qui s'est passé il y a deux heures, quand Leonardo était en moi et que je m'accrochais à lui.

Je suis une survivante, mais une survivante prête pour le bonheur.

Filippo m'attend au bar de l'Île Tibérine : je lui ai demandé qu'on se voie là-bas. Ce matin, au réveil – façon de dire, vu que je n'ai pas fermé l'œil de la nuit –, en rallumant mon téléphone, j'ai trouvé une dizaine d'appels en absence, tous de lui. Je lui ai alors envoyé un SMS pour lui donner rendez-vous à l'Antico Caffè dell'Isola. Psychologiquement, je n'aurais jamais été en mesure de revenir à notre appartement, qui n'est plus le nôtre désormais. Même s'il n'y a pas la mer tout autour, flotter sur cette langue de terre rendra peut-être les choses plus simples et moins douloureuses.

Nous sommes dimanche, le 15 août approche. C'est le moment de l'année où les Romains désertent la ville. Les rues sont plus calmes que d'habitude – le peu de gens qu'on croise sont essentiellement des touristes. J'ai l'impression d'en être une, moi aussi : je flâne avec un point précis dans la tête, mais je ne sais pas exactement quel chemin prendre pour y arriver.

Je souffre déjà à l'idée de ce que je vais devoir dire et de ce que Filippo s'attend à entendre. Je repense soudain au film que nous avons vu ensemble, *Amore mio aiutami*, et à cette scène sur la plage de Sabaudia, quand Monica Vitti révèle à Alberto Sordi qu'elle en aime un autre, et qu'elle ne peut rien y faire. J'espère mieux m'en tirer que l'héroïne du film, même si Filippo a toutes les bonnes raisons de me coller une raclée.

Ah, voilà, je l'aperçois. Il m'attend, assis à une table. Il a l'air tendu. Ses lunettes de soleil vissées sur les yeux, il remue nerveusement une jambe. Quand il me voit arriver, il se renverse sur son siège pour prendre une grande respiration. « Allez, semble-t-il me dire, je suis prêt. Tu n'as plus qu'à me planter ton poignard, juste là, en plein cœur. »

Cela fait une demi-heure que nous parlons, et nous sommes encore vivants. Nous ne nous sommes pas écharpés, nous n'avons pas fondu en sanglots. J'ai pris un café et lui, un verre d'eau.

Nous avons la tête de deux personnes qui ont passé la nuit à gamberger et à souffrir sans dormir une seconde.

Contrairement à ce que j'espérais, Filippo ne me déteste pas. Ou du moins, il ne me le montre pas. Sa douleur ne s'est pas encore transformée en colère, j'imagine que ça prendra un peu de temps. Il n'est pas venu ici avec l'intention de me reconquérir ou de me faire changer d'avis. Filippo me connaît bien, il sait que je ne suis pas du genre à agir sur un coup de tête. Si j'ai fait ce que j'ai fait, c'est parce que j'en suis sûre. Et qu'il n'est pas question pour moi de revenir en arrière.

J'aimerais me convaincre qu'un homme affairé à plier en quatre une serviette en papier ne peut pas être si en colère que ça. Est-ce que je dois voir ça comme une consolation ou comme la preuve cruelle que nous ne sommes pas faits l'un pour l'autre ? À l'heure qu'il est, je n'ai plus de certitudes sur ce qu'a été notre relation. Leonardo a même réussi à me faire oublier mon histoire avec Filippo. De toute façon, celle-ci n'avait rien d'une passion dévorante : c'était juste une harmonie spirituelle, très douce, très agréable, oui, mais qui n'a laissé derrière elle qu'un goût amer d'inachevé.

— Je peux savoir qui c'est, au moins ? finit-il par me demander.

J'aimerais bien lui épargner cette humiliation, mais est-ce qu'au fond ce n'est pas plus blessant de savoir les choses à moitié ? Filippo mérite de connaître toute la vérité, même si cela va lui faire énormément de mal.

— C'est Leonardo.

Ses lunettes noires ont beau me cacher son regard, je le vois se mordre nerveusement la lèvre.

— Juste sous mes yeux, lâche-t-il avant de balancer rageusement la serviette en papier qu'il pliait et repliait depuis un quart d'heure.

— Ne dis pas ça, Filippo.

— Pourquoi pas, si c'est la vérité ? s'exclame-t-il avec un sourire douloureux. Je comprends pas mal de choses, maintenant.

Il s'abîme dans ses réflexions. J'aimerais tellement l'empêcher de tirer toutes ses conclusions et de se faire encore plus de mal.

— Quand il est venu te voir au cabinet, j'avais décidé de ne plus jamais le revoir, lui dis-je en priant pour qu'il m'écoute. J'ai tout essayé pour l'éviter, mais je n'y suis pas arrivée.

— C'est pour ça que tu n'étais pas là à la soirée, hier soir ?

Je lui réponds que oui, même si cela ne me rendra pas moins coupable à ses yeux.

Filippo hoche la tête. Nous restons quelques instants sans rien dire. J'écoute la musique du vent bruire dans les platanes le long du Tibre.

— Vous allez vivre ensemble ? finit-il par me demander.

Mon sang se glace. Cela ne m'avait même pas traversé l'esprit. Présentée sous cet angle, la chose me paraît encore plus absurde. Comment puis-je expliquer à Filippo que je le quitte pour un homme qui ne sera peut-être jamais vraiment à moi ?

— Je n'en sais rien. Je n'ai aucune certitude à

l'heure qu'il est. Tout ce dont je suis sûre, c'est que ça ne pouvait pas continuer comme ça plus longtemps.

— *Tu* ne pouvais pas continuer. Moi, je serais resté avec toi toute ma vie.

Ses mots me ramènent à la cruelle vérité. L'amour qu'il éprouve encore pour moi est l'arme avec laquelle il me fera le plus de mal. Allez, c'est de bonne guerre. Aucun de nous deux ne peut sortir indemne de ce match, c'est écrit dans les règles du jeu.

Les yeux rivés sur la table, Filippo prend une grande inspiration.

— Qu'est-ce qu'on fait maintenant ? Tu vas passer à la maison ? Je veux dire, pour prendre tes affaires et tout le reste...

Nous en sommes déjà aux questions pratiques, les plus pénibles. Blessés, écorchés vifs, nous allons devoir partager nos livres et nos DVD.

— Pas pour le moment. J'ai passé la nuit à l'hôtel et...

M'entendre laisser ma phrase en suspens lui fait comme un électrochoc.

— Et tu comptes rester là-bas ?
— Je vais me débrouiller, Fil.

Je préfère couper court : pas question qu'il continue à se faire du souci pour moi.

Quand nous nous remettons en chemin, nous avançons sans desserrer les dents, puis, une fois de l'autre côté du pont, nous nous disons au revoir. Je n'aurais jamais imaginé être un jour aussi mal à l'aise avec lui. Nous nous reverrons, de toute façon, alors autant dédramatiser un peu. Après quelques mètres, je suis prise d'un doute : est-ce que Filippo me regarde ? Ou bien est-ce qu'il est parti de son côté ? N'ayant pas le courage de m'en assurer, je préfère presser le pas. Un groupe de gamins en tenue de foot passe à côté de moi en courant. Tandis que le vent chaud et léger continue de chatouiller délicatement ma peau, le Tibre exhale cette odeur de mer et de terre reconnaissable entre mille. L'été est la pire saison pour être triste.

12

« Allez, Elena, avance. Tu connais le chemin. »
C'est la voix de Rome qui me parle, déserte et chaude, une musique puissante qui me dit d'avoir du courage, de ne pas m'arrêter au premier carrefour. Je connais le chemin, c'est vrai, je n'ai plus besoin d'un plan pour me repérer maintenant. Je marche lentement, mes yeux cernés cachés par mes lunettes de soleil, l'estomac noué par ce passé que je viens de laisser derrière moi, mais la tête légère, car je marche vers mon destin. Abandonner Filippo, l'homme que je pensais tellement aimer, a été un déchirement. Mais maintenant, mon cœur me porte vers Leonardo, l'homme que je suis sûre de désirer et – même si je suis terrorisée rien que d'y penser – d'aimer.

Nous ne nous sommes pas revus depuis cette fameuse soirée. C'était il y a trois jours à peine, mais j'ai l'impression que c'était il y a un siècle. Il n'a pas donné signe de vie : j'ignore pourquoi, mais ça m'inquiète un peu. Et encore : ce silence fait partie de son équilibre intérieur, que j'ai appris à connaître. De mon côté, je me suis juré de ne pas le contacter avant d'avoir mis les choses au point avec Filippo : c'est fait. J'ai même laissé passer vingt-quatre heures avant de me précipiter chez lui. Ce qui m'arrive est si déstabilisant que j'ai ressenti le besoin de me couper du monde pour reprendre mes esprits et remettre de l'ordre dans ma tête. Je n'y suis évidemment pas arrivée complètement. À l'heure qu'il est, j'ignore si je fais le bon choix, mais j'en ai assez de douter et de m'angoisser pour rien. Le temps de l'incertitude est fini. Tout ce qui pouvait se produire s'est déjà produit. Autant s'intéresser à ce qui va se passer après. Je suis à la fois curieuse et terrorisée de le découvrir. Si je vais voir Leonardo, c'est pour lui parler, pour comprendre si ce qu'il m'a dit il y a trois jours était vrai ou pas, mais aussi pour lui dire la seule chose dont je suis sûre : que je l'aime.

Je continue à marcher le long des rives du Tibre. On dirait un interminable serpent doré qui somnole paisiblement. Il n'y a presque personne dans les rues. On étouffe littéralement. Sous un soleil écrasant, l'asphalte des trottoirs exhale des nuages de chaleur et de vapeur. Le vent qui soufflait hier encore est tombé. L'air est immobile et pesant, mais je résiste. Je suis presque arrivée et marcher m'aura aidée à avoir les idées claires. Je dois me préparer : cette rencontre sera décisive.

Je pense à Gaia, qui n'est encore au courant de rien. Elle a essayé de m'appeler hier soir – je lui avais téléphoné le matin même – mais je n'ai pas décroché. Trop tard, chère amie. Un jour, je prendrai le temps de tout t'expliquer, mais pas aujourd'hui. Alors je lui ai envoyé un SMS, un banal « Tout va bien » suivi d'un non moins banal « Tu as quelque chose de prévu pour le 15 août ? ». D'habitude, le 15 août, nous le passions ensemble avec notre petite bande du Muro. Nous restions dehors jusqu'à pas d'heure pour regarder les feux d'artifices et petit à petit dire au revoir à l'été avant le début de la Mostra. L'année dernière, nous avons lâché des lanternes chinoises dans le ciel – autant de souvenirs magiques de ce qu'était mon petit univers avant l'apparition de Leonardo. Je repense à qui nous étions il y a un an, Gaia et moi. Elle était encore célibataire, mais avait déjà flashé sur Belotti. Moi, j'étais sortie depuis longtemps de mon histoire avec Valerio, mais encore incapable d'en affronter une autre. Je ne sais pas si Gaia sera heureuse de mon récent choix, mais je suis sûre qu'elle me comprendra.

Laissant le Tibre derrière moi, je traverse la rue et arrive juste devant l'immeuble de Leonardo. Je lève les yeux, les portes-fenêtres sont ouvertes : il est chez lui.

Je parcours le hall d'entrée, caressée par un courant d'air frais avant de grimper les marches quatre à quatre.

Troisième étage, deuxième porte à droite. Je transpire un peu, mais il ne s'en offusquera pas. Le temps d'enlever mes lunettes de soleil et de m'arranger nerveusement les cheveux, je prends une grande respiration et je sonne. Agrippée à la lanière de mon sac, j'essaie de garder l'équilibre.

La porte s'ouvre.

Stupeur, ce n'est pas Leonardo mais une femme que je n'ai jamais vue, une espèce d'apparition lunaire. Est-ce que je me suis trompée d'étage ? Impossible, il y a bien écrit FERRANTE sur la petite plaque en dessous de la sonnette. Mais alors, qui est cette femme ?

Ce pourrait être la *Femme fatale* des Velvet Underground : grande, toute en courbes, elle a des yeux noirs pénétrants légèrement en forme d'amande et marqués par les cernes, d'épais sourcils, des joues creuses et des lèvres bien dessinées. Ses longs cheveux bruns, savamment décoiffés, sont relevés en un chignon et retenus par une pince en os. Elle a beau être d'une beauté puissante et sauvage, on s'aperçoit tout de suite qu'il y a quelque chose de désespéré en elle, quelque chose qui la rend tragique. Voilà une femme qui n'est pas arrivée à se sauver d'elle-même.

Elle porte une longue jupe de gitane et un top blanc sans bretelles noué derrière son cou qui fait ressortir son teint mat. Elle tient entre l'index et le majeur de la main droite une cigarette allumée sur laquelle elle tire convulsivement, répandant dans l'air une intense odeur de tabac. À l'annulaire de la main gauche, je remarque une alliance en or. Une chose est sûre : ce n'est pas la femme de ménage, et encore moins quelqu'un qui serait là par hasard.

Des enceintes de la chaîne hi-fi me parviennent les accents d'un chant grégorien du genre *Dies*

Irae qui achève de me rendre curieuse et inquiète, et pas qu'un peu.

La femme hausse les sourcils et m'observe d'un air interrogateur, sans rien dire. Elle attend que je parle la première. La ride qui se forme sur son front la rend encore plus intrigante.

— Bonjour, dis-je en avalant ma salive. Je cherche Leonardo.

Je suis aussi mal que si j'étais entrée toute nue dans une église. Je ne fais évidemment rien de mal, mais j'ai l'impression de me trouver au mauvais endroit au mauvais moment.

— Il n'est pas là.

Sa voix rauque laisse percer un accent sicilien très marqué. Tout à coup, le téléphone sonne.

— Juste une seconde, s'il te plaît, me lance-t-elle avant d'aller répondre, laissant la porte grande ouverte.

Au moment où elle me tourne le dos, j'aperçois quelque chose qui me glace d'effroi. Sur son dos nu est dessiné le même tatouage que celui de Leonardo, ce symbole étrange en forme d'ancre, mais qui n'est peut-être pas une ancre… Je me sens mal, qu'est-ce qui se passe, mon Dieu ?

— Allô ? fait la belle inconnue en décrochant le combiné. Oui, c'est bien Lucrezia.

Un temps.

— Oh, salut Antonio.

L'associé de Leonardo. À l'entendre, on dirait qu'elle le connaît bien.

— Oui, je suis arrivée hier…

Lucrezia. Je regarde à nouveau son dos où est

gravée une vérité limpide, une vérité que je n'avais même pas soupçonnée mais qui maintenant, pour une raison étrange, me semble presque évidente. Lucrezia est la clé du mystère, l'élément qui me manquait depuis que j'ai commencé à tomber amoureuse de Leonardo.

Je la laisse discuter et m'enfuis sans même lui dire au revoir. Tandis que je dévale l'escalier dans un état proche de la transe, toutes les pièces de ce terrible puzzle se mettent en place... Ce n'était pas une ancre ! Ou du moins, pas seulement une ancre. C'était un monogramme : deux L en miroir partageant la même barre verticale, deux initiales, Leonardo et Lucrezia. Leonardo a une femme, qu'il a cachée Dieu sait où jusqu'ici, et dont j'apprends l'existence comme ça, presque par erreur, le jour où je suis venue mettre ma vie entre ses mains.

Dehors, je suis désorientée, prise de panique. La tête me tourne : c'est comme si je sentais la terre se dérober sous mes pieds. Si seulement je pouvais être engloutie au fond d'un trou et disparaître pour toujours ! Je dois m'appuyer un instant contre le lampadaire pour ne pas m'effondrer au beau milieu de la rue.

Le tableau continue à prendre forme sous mes yeux. Tout devient de plus en plus net. L'un après l'autre, les détails ressortent comme au cours d'une restauration. Ce que je vois lentement se dessiner est effrayant.

Je comprends enfin pourquoi il arrivait à Leonardo de disparaître pendant des jours et des jours en Sicile. S'il ne voulait pas non plus que je l'appelle, c'est peut-être parce qu'il cachait Lucrezia là-bas. Voilà pourquoi il avait de temps en temps ce regard aussi étrange, tragique et traversé d'ombres lointaines quand il parlait au téléphone. Voilà pourquoi il se raidissait dès que j'évoquais ce tatouage qui dressait un mur de silence entre nous chaque fois que j'essayais d'en savoir un peu plus sur sa vie privée. Mais surtout, voilà pourquoi, dès le premier jour, il m'a forcée à ne pas tomber amoureuse de lui : c'était parce qu'il appartenait déjà à une autre.

Mais alors, pourquoi ? Pourquoi me dire « Je t'aime » maintenant ? Qu'est-ce qui lui a pris ? Tandis que je m'abîme dans mes réflexions, un bruyant vrombissement me tire soudain de mes pensées. Je me retourne et j'aperçois Leonardo : il gare sa Ducati devant l'immeuble et enlève son casque. Il m'a vue et déjà, il a tout compris. J'essaie de lui échapper en pressant le pas. Fuir. Fuir tout de suite. Où ? Je ne sais pas, n'importe où, pourvu que ce soit loin d'ici.

Dans la précipitation, je bouscule une mère de famille avec son enfant dans les bras. Sans même m'excuser, je fonce tête baissée. Leonardo, lui, est descendu de sa moto : il tente de me rattraper. Ses pas résonnent sur les pavés. Ne te retourne pas, Elena. Pas maintenant.

— Elena ! me crie-t-il.

Il répète mon nom trois fois, quatre fois, peut-être plus.

Je me bouche les oreilles pour échapper à cette voix obsédante, et j'accélère. Je ne veux pas le voir.

Je ne veux pas l'écouter. Non et non. Je refuse de pleurer, même si j'en ai désespérément envie : pas question de lui donner ce plaisir !

Leonardo court toujours après moi.

— Elena, arrête-toi ! me dit-il en m'attrapant par un bras.

— Lâche-moi ! je hurle, avant de me libérer.

Les gens sur le trottoir me regardent. Comme si ce n'était déjà pas assez humiliant comme ça...

Imperturbable, je poursuis ma marche désespérée. Je regarde droit devant moi, les poings serrés, prêts à frapper. Quoi qu'il me dise, mon cœur est à l'abri, je me suis blindée. Je traverse la rue, au risque de me faire renverser par un taxi. Leonardo se met à courir et se jette à nouveau sur moi. Cette fois, il m'attrape un poignet. Plus moyen de lui échapper.

— Elena, je t'en prie, il faut qu'on parle.

Sa phrase sonne comme une prière autant que comme un ordre.

— Tu veux qu'on parle *maintenant* ? dis-je d'une voix sifflante en essayant de me libérer. Maintenant que j'ai découvert ce que tu me cachais ?

J'aimerais avoir deux poignards à la place des yeux, j'aimerais avoir suffisamment de force pour le balancer par-dessus le parapet, droit dans le Tibre.

— Je ne voulais pas que tu l'apprennes comme ça.

— Et tu avais l'intention de me le dire quand ?

J'ai une boule dans la gorge, mais je me suis promis de ne pas pleurer. Je ne pleurerai pas.

Leonardo lève la main comme pour me tranquilliser :

— Je te demande juste de m'écouter.

— Et moi je ne veux plus entendre un mot venant de toi.

Je fais mine de repartir, mais il coupe ma trajectoire. Je me retrouve à un centimètre de son corps, les narines envahies par son odeur.

— S'il te plaît, me dit-il d'une voix où l'on sent autant de désespoir que de sincérité. Tu vas quand même me détester mais laisse-moi au moins t'expliquer.

— M'expliquer quoi ? je lui demande, à bout de forces, en faisant un pas en arrière. Tout me semble parfaitement clair !

— Eh bien tu te trompes, Elena. Parce qu'il y a des choses que tu ne peux pas savoir. Des choses que j'ai toujours gardées pour moi et que je n'ai jamais racontées à personne.

Je reste là à le regarder, hypnotisée. Il a les yeux pointés vers l'horizon, tandis que sa pomme d'Adam se soulève de bas en haut.

Une certitude se fait soudain jour en moi. Si Leonardo a besoin que je l'écoute, là, maintenant, j'ai moi aussi besoin de ses mots. Qui vont de nouveau me briser le cœur.

— Vas-y, finis-je par soupirer, les bras croisés.

Adossé au parapet qui donne sur le fleuve, les yeux baissés, Leonardo a l'air de chercher par quel bout démêler les fils de cette histoire. Il inspire longuement et se lance.

— Il y a très longtemps, j'ai vécu une grande

histoire d'amour avec Lucrezia. Mais les choses ne se sont pas passées comme nous l'espérions.

Tout ça remonte donc à loin. Plantée face à lui, je n'ai plus qu'à rester là à l'écouter, sans bouger. Vas-y, Leonardo, raconte-moi. Je veux tout savoir.

— Nous nous sommes connus au lycée, à Messine. À vingt ans, nous nous sommes mariés. Nous nous aimions, alors pourquoi aurions-nous dû attendre ?

D'une main, il se tape l'omoplate.

— Ce tatouage, nous nous le sommes fait faire après notre mariage : deux L entremêlés, pour toujours.

Il secoue la tête, en souriant de sa propre naïveté.

— Nous étions jeunes, pleins d'illusions, et même arrogants dans notre façon d'être heureux. Mais nous l'avons vraiment été, pendant pas mal d'années. Et puis Lucrezia est tombée enceinte. Au septième mois, elle a perdu l'enfant. Ce choc a déclenché quelque chose en elle, quelque chose qui avait peut-être toujours existé, mais qui était resté caché au fond d'elle. Elle a commencé à alterner des phases de dépression profonde avec des phases d'euphorie. Elle est parfois restée enfermée à la maison pendant des jours, sans se nourrir, à végéter, mais elle finissait par reprendre le dessus. Dans ces moments-là, elle redevenait joyeuse, insouciante. Comme elle avait toujours été d'un caractère un peu instable, je ne me suis pas spécialement inquiété les premiers temps. Je pensais qu'après avoir surmonté la douleur de cette perte elle redeviendrait la Lucrezia d'avant. Malheureusement, les choses ont empiré.

« Elle est devenue quelqu'un d'autre. Ce n'était plus la Lucrezia que j'avais connue : quand je la regardais, j'avais parfois l'impression que son visage était différent. Son cœur, qui n'avait toujours demandé qu'à s'enflammer, s'est éteint et sa tête a lâché prise. J'ai essayé de l'aider, mais elle m'a toujours repoussé. C'est à cette époque qu'elle a commencé à être obsédée par l'idée que je la trompais, que je ne l'aimais pas assez. Elle me haïssait, elle m'accusait d'être responsable de son état. Un jour, durant l'un de ses accès de colère, elle m'a blessé avec un couteau. Je ne savais pas quoi faire. Je ne me préoccupais pas de moi. À force de la voir souffrir, j'ai juste eu envie de la libérer de toute cette douleur. Mais j'étais impuissant face au mal qui s'était emparé d'elle.

« À la fin, elle a essayé de se libérer elle-même. Un jour, elle a profité d'être seule à la maison pour se tailler les veines. Je l'ai retrouvée dans la baignoire de la salle de bains, entre la vie et la mort.

La voix brisée, Leonardo s'arrête un moment pour avaler un peu de salive. Je sens ma colère fondre sous l'effet de ses mots. Sa peine agit malgré moi sur ma haine.

— À l'hôpital, on lui a diagnostiqué un trouble bipolaire. Ses médecins lui ont conseillé une clinique spécialisée. J'aurais aimé la ramener à la maison : c'était ma femme, je l'aimais plus que tout, et je voulais prendre soin d'elle. Hélas, ils m'ont dit que rester avec elle n'aurait fait qu'aggraver les choses. Ça ne l'aurait pas aidée à retrouver sa paix intérieure. Quand nos parents se sont proposés de veiller sur elle, ils m'ont suggéré de partir, pour son bien mais aussi pour le mien. À l'époque, je n'avais plus que la peau sur les os, j'étais au bord de la rupture.

« Devant l'insistance de nos familles mais également du spécialiste qui avait pris en charge Lucrezia, j'ai fini par abdiquer, et j'ai quitté la Sicile. Ce fut un déchirement, mais il n'y avait pas d'autre solution.

« À même pas trente ans, j'étais déjà au bout du rouleau. J'ai commencé à travailler aux quatre coins du monde, comme un dingue, sans jamais perdre contact avec Lucrezia. Et puis j'ai fini par m'établir ici, à Rome, où j'ai ouvert mon premier restaurant.

« Je pensais mourir tellement j'avais souffert, mais non. À ma grande surprise, j'ai commencé à renaître, petit à petit. Si, au début, je me sentais presque coupable, c'est que je n'avais pas encore compris que je ne pourrais plus jamais être heureux. Je pouvais juste éprouver un plaisir purement matériel, physique, le seul antidote à cette douleur qui ne me lâcherait jamais. C'est à cet instant seulement que j'ai commencé à le chercher partout, à la fois lucide et déterminé. Mon instinct avait en quelque sorte décidé de s'imposer. Le sexe, le vin, la nourriture : tout ce qui me procurait un tant soit peu de jouissance m'aidait non pas à guérir, mais à ne pas mourir.

« Je n'ai jamais cessé de veiller sur Lucrezia,

même de loin. Tout le monde m'a conseillé de refaire ma vie, de demander le divorce. Pour moi, c'était hors de question. Je lui étais resté fidèle. Au fond de mon cœur, je savais que je ne tomberais plus jamais amoureux de quelqu'un. Et je n'ai jamais désiré qu'une autre femme tombe amoureuse de moi.

« Après un an de traitement, Lucrezia a commencé à aller mieux. Elle est sortie de la clinique. Je pouvais aller la voir, mais de temps en temps seulement. Elle préférait que je garde mes distances. Même si elle m'aimait, elle ne se sentait pas prête à vivre avec moi. Avec sa thérapie, personne ne pouvait dire si elle finirait par guérir. Il lui arrivait encore d'avoir des crises, mais elles étaient de plus en plus rares. Dès que j'en avais la possibilité, je retournais la voir à Messine. Je me foutais complètement de ce que disait mon entourage : si je ne pouvais pas l'avoir, autant n'avoir personne d'autre.

Soudain, Leonardo marque une pause. Il lève les yeux du fleuve pour me regarder moi. Une lumière sombre brille dans ses yeux. Il veut m'ouvrir son âme, montrer ce qu'il garde au fond de lui-même.

— Et puis tu es arrivée. J'ai compris tout de suite que tu étais différente des autres. Tu avais l'air tellement délicate qu'une caresse aurait pu te briser en mille morceaux, mais tellement forte en même temps : je t'ai souvent vue avoir peur, mais tu ne t'es jamais enfuie. Au début, tu étais juste un jeu, un défi plus amusant que les autres. Je pensais que ça n'allait pas durer, comme chaque fois. En réalité…

« Tu te souviens de la fois où nous sommes allés à Valdobbiadene ?

Je fais oui de la tête, incapable de parler. Comment pourrais-je l'oublier ? Chaque seconde de cette journée est restée gravée dans ma mémoire : la campagne en hiver, la pluie qui commence à tomber à verse, Leonardo et moi qui nous abritons sous ce porche et ces deux personnes âgées qui nous invitent à entrer.

— C'est ce jour-là que j'ai compris. Tu te souviens de Sebastiano ? Il lui avait suffi d'un regard pour comprendre que j'étais en train de tomber amoureux de toi – ce que moi, je refusais de voir. Quand il a sorti ça aussi naturellement, il n'imaginait évidemment pas ce que ça remuait en moi. J'étais allé trop loin, je n'étais plus maître du jeu. C'est pour ça que j'ai décidé qu'il fallait en finir. Tu ne pourras jamais comprendre ce que ça m'a coûté de me séparer de toi, mais c'était la meilleure chose à faire. À ce moment-là.

Les mots de Leonardo ramènent à la surface tous ces souvenirs du passé et les éclairent d'un jour nouveau. S'il m'a quittée, ce n'est pas parce qu'il s'était lassé de moi, mais parce qu'il s'attachait trop à moi. Il souffrait, lui aussi, mais je l'ignorais.

— Mais alors, pourquoi es-tu revenu ? Pourquoi, si tu avais déjà pris ta décision ? je lui demande d'un ton rageur, impuissante.

S'il n'était pas réapparu dans ma vie ce jour

maudit, je serais encore innocente, je me laisserais bercer par l'illusion de pouvoir être heureuse.

— Parce que c'était plus fort que moi. Quand je t'ai vue, je suis resté comme paralysé pendant quelques secondes. Alors j'ai fait une espèce de pari avec le destin. J'ai mis ces graines de grenade dans ton assiette. Si tu comprenais ce qu'elles voulaient dire, si tu venais à moi, je prendrais ça comme un signe. Sinon, je te laisserais partir pour toujours. Tu connais la suite... J'ai tout fait pour me convaincre qu'au fond j'étais encore en train de m'amuser, que j'avais un petit faible pour toi, rien de plus. En réalité, je me cherchais juste une excuse pour me sentir autorisé à te revoir encore, et encore... jusqu'à cette dernière nuit. J'ai enfin compris que ça ne servait à rien de me mentir à moi-même. Et de te mentir à toi.

Le souvenir de notre dernière étreinte nous enveloppe comme une ombre. Nous restons sans rien dire, gênés et coupables, comme deux rescapés d'une catastrophe.

— Ce que je viens de te dire est la stricte vérité, finit par lâcher Leonardo. Je t'aime. Et je voulais que tu le saches, je voulais essayer de vivre cette histoire avec toi, repartir de zéro...

La voix presque brisée, Leonardo se passe nerveusement la main sur la joue et sur la bouche, comme pour retenir des mots qu'il ne peut plus dire, désormais.

— Lucrezia a débarqué à Rome hier soir, sans me prévenir. Elle est arrivée à un tournant dans sa thérapie. Elle voudrait réessayer de vivre avec moi. Tu ne peux pas imaginer à quel point j'ai pu rêver de l'entendre dire ça, même si cela m'a fait l'effet d'une douche froide. Malgré tout, comment pourrais-je la décevoir, après tout ce temps ? Je suis encore son mari, elle a besoin de moi, je suis son seul espoir de retrouver une vie normale.

Je sais. Je comprends. Je peux essayer de le comprendre, évidemment. Mais je ne peux pas m'empêcher de me sentir comme un condamné à mort.

— Alors c'est la fin, dis-je dans un murmure, presque sans ouvrir la bouche.

Je sens une larme couler le long de ma joue. Ça y est, je pleure, alors que je m'étais juré de me retenir. Si je suis incapable de tenir la promesse que je m'étais faite, comment pourrais-je demander à Leonardo de ne pas tenir la sienne ?

Il m'attire à lui et me serre tellement fort qu'il me fait presque mal. Je m'effondre contre lui, mon visage mouillé de larmes collé contre sa chemise en lin.

Et dire que c'est au moment où je sais que je l'aime et qu'il m'aime que je comprends qu'il ne pourra jamais être à moi. *Jamais*. Tout me semblait encore possible l'autre soir, quand nous faisions l'amour. À présent, il ne reste plus que cette vérité absolue qui vient de tout détruire et de nous écraser, cruelle et inéluctable. Le couperet est tombé, et je n'arrive pas à l'accepter. Mes os et mes muscles me font mal. Chaque centimètre de peau me fait mal. Ma poitrine est comme un gouffre où résonne mon cœur, qui risque bien de s'arrêter de battre d'un moment à l'autre.

En me détachant de mon corps, je prends conscience que nous venons de nous serrer l'un contre l'autre pour la dernière fois. Il n'y aura désormais plus aucun contact physique entre nous. Je n'éprouverai plus jamais la sensation si agréable d'être tout contre son torse et enveloppée par son odeur. Dorénavant, je devrai m'habituer à vivre sans lui.

Je le regarde. Comme il a l'air fragile. Même s'il se tient le dos droit, même s'il a les yeux secs et la mâchoire serrée, je sais qu'il souffre. C'est un homme déchiré, mais qui a pris sa décision. Je peux bien lui trouver toutes les excuses du monde, il subsiste une donnée de fait : ce n'est pas moi qu'il a choisie.

— Je suis désolé, Elena.

— Non, ne dis pas ça, dis-je les yeux baissés. Ne dis plus rien.

Tout est arrivé si vite que mes émotions se bousculent et se mélangent. Il y a encore trois jours, c'était moi qui partais et aujourd'hui, c'est moi qu'on quitte. Voilà ce qui s'appelle un châtiment exemplaire. Comparé à ce que je vis maintenant, l'enfer n'est pas grand-chose.

Je me sens soudain vidée de mes forces. La fatigue qui vient de me tomber dessus est si violente que je dois baisser légèrement les paupières. Chancelante, je suis à deux doigts de m'évanouir sous l'effet de la chaleur, de la douleur, du manque d'oxygène et de sommeil. Mais je refuse de m'écrouler. Au prix d'un effort surhumain, j'arrive à rester debout et à tourner le dos à Leonardo. J'ai beau être faible et perdue, je parviens à faire un pas, puis un autre, et encore un autre.

Je sais qu'il ne fera rien pour m'arrêter.

Adieu pour toujours, Leonardo.

Tu as bouleversé ma vie, tu l'as embrasée l'espace d'un bref, d'un magnifique instant. Et puis soudain, la lumière s'est éteinte. Tout est redevenu noir. Encore plus noir qu'avant.

13

Seul le café du Saint'Eustachio a le pouvoir de me tirer du coma où je suis plongée depuis ces derniers jours. Et dire que je dois travailler dans cet état déplorable...

Il est onze heures passées. Je me suis pris une pause en compagnie de Paola. Maintenant que la restauration est bientôt terminée, j'ai réussi à la traîner hors de l'église. Il était temps ! Ce matin, je l'ai vue bâiller au moins quatre fois – une première en près de six mois de travail. Depuis qu'elle a cassé avec Borraccini, j'ai noté quelques petits changements en elle. On commence à apercevoir les racines de ses cheveux, d'habitude impeccables. En plus d'être arrivée deux fois en retard au travail, elle a toujours l'air fatiguée et distraite, comme quelqu'un qui dort peu et mal. Finalement, Paola est un être humain. De ce point de vue, je suis sans doute la mieux placée pour comprendre à quel point elle souffre.

Dans mon petit hôtel du quartier de la gare, je passe des nuits agitées et interminables. Je me réveille avec l'air d'une véritable épave, peinant à garder les yeux ouverts et à tenir debout. Après tout ce qui s'est passé, je me sens atrocement seule là-bas, malgré tous les efforts du réceptionniste pour se montrer gentil et m'aider à me sentir comme chez moi. Un hôtel n'était peut-être pas le meilleur endroit pour se remettre non pas d'une mais de deux ruptures. Je dois absolument trouver une solution, et vite.

Tandis que Paola sirote tranquillement son mokaccino, j'ai déjà avalé d'une traite mon expresso et sorti de mon sac le *Porta Portese*, où tous les Romains passent leurs petites annonces. Pour la énième fois, je me mets à éplucher la rubrique « locations ». Les pages sont toutes cornées, pleines de cercles et de traces de fluo jaune. Cela fait maintenant trois jours que j'étudie ce journal un stylo à la main, comme si je devais l'apprendre par cœur. Trouver la perle rare tient presque de la mission impossible. Hélas, jusqu'ici, je suis loin d'avoir été emballée : tous ces appartements sont soit trop grands, soit trop petits. Les uns coûtent les yeux de la tête, les autres sont trop éloignés du centre. Et je ne parle même pas de ceux qui n'ont pas de fenêtres dans la salle de bains ou qui sont dans un état déplorable...

Je suis malgré tout convaincue d'une chose : je resterai à Rome, même après la fin de la restauration. Revenir à Venise serait suicidaire. Maintenant que vivre avec Filippo n'est plus à l'ordre du jour, je n'ai plus aucune raison de retourner là-bas. Il s'installera à Venise, il ouvrira son cabinet d'architecte et il refera sa vie. Moi, je vais rester là où je suis, à panser mes blessures et à recoller les morceaux. C'est beaucoup plus difficile à vivre que ce que j'imaginais, mais, au moins, je suis en accord avec moi-même. Plus les jours passent, plus je suis convaincue que c'est mieux comme ça.

En tournant la page, je tombe sur une annonce en caractère gras : « Loue petit appartement via Mura dei Francesi avec entrée-séjour, cuisine aménagée, grand espace sommeil et salle d'eau avec cabine de douche. Entièrement refait à neuf, excellentes finitions, parfait comme pied-à-terre. Bail renouvelable. Disponible immédiatement. »

Je l'entoure aussitôt. Ça n'a pas l'air mal.

— Qu'est-ce que tu fais, tu cherches un studio ? me demande Paola en se penchant vers moi.

— Oui, je lui réponds, le nez dans mon journal.

— Comment ça se fait ?

Je finis par lever les yeux vers elle.

— J'ai eu des soucis avec mon copain. On a cassé, alors j'ai décidé de déménager.

Je ne veux pas lui en dire plus pour le moment.

— Je suis désolée. Je ne savais pas.

Vu le regard qu'elle me lance, elle doit avoir compris que ce mot de « soucis » cache un paquet de problèmes. Heureusement, Paola est quelqu'un de discret. Si elle ne raconte pas grand-chose sur elle, elle n'est pas non plus du genre à se mêler de ce qui ne la regarde pas. Il m'est parfois arrivé de prendre sa réserve pour de l'indifférence, pourtant, celle-ci m'est plus précieuse que jamais en ce moment.

Pour éviter de trop plomber l'ambiance, je change de sujet :
— Il m'a l'air pas mal, celui-là. Par contre, cette via Mura dei Francesi ne me dit rien du tout. C'est vers où ?

Je la regarde, en espérant qu'elle me vienne en aide, elle qui connaît Rome comme sa poche.

Au lieu de me répondre, Paola penche la tête sur le côté, comme pour m'étudier. Soudain, elle me demande, de but en blanc :
— Pourquoi est-ce que tu ne dormirais pas chez moi ?

Je n'en crois pas mes oreilles.
— Chez toi ?

Elle hausse les épaules avec un grand sourire avant de me lancer, le plus naturellement du monde :
— Oh, tu sais, ce n'est pas la place qui manque.

Je suis sans voix. Moi, habiter chez Paola ?
— Tu es sûre ? Je ne voudrais pas te déranger…
— Elena, tu ne me déranges pas, me répond-elle d'un air convaincu. Si ça m'ennuyait, je ne te l'aurais pas proposé…
— Bon, alors j'accepte.

J'ai beau être encore un peu désarçonnée, je sens que je peux serrer la main tendue que le destin est en train de m'offrir. Pourvu que ce soit un signe.
— Tu peux venir dès ce soir, me fait Paola. Ou demain, comme tu veux.
— Disons demain.

Je profiterai de ma pause déjeuner pour passer

prendre toutes mes affaires à l'appartement sans risquer de croiser Filippo. D'habitude, il travaille au cabinet de la via Giulia le mercredi, mais si ça se trouve, il sera passé au chantier – c'est-à-dire à un jet de pierre de l'appart. Faire mes bagages en sa présence serait vraiment pénible, je ne m'en sens pas la force. Tant pis, je dormirai encore à l'hôtel ce soir, mais ce sera la dernière fois.

— D'accord, conclut Paola. Comme ça, j'ai le temps de m'organiser et de préparer ta chambre.

— Oh non, ne t'embête pas, merci. Je m'en occuperai moi-même demain.

Je m'empresse aussitôt d'ajouter :

— Évidemment, je te paie un loyer. Je veux que les choses soient claires tout de suite.

— C'est bon, on a tout le temps pour parler de ça... Ne commence pas à te prendre la tête. On n'aura qu'à partager les dépenses. De toute façon, il est à moi, cet appartement. Enfin, c'était celui de mes parents, et puis j'ai subitement eu envie de le réaménager.

Paola me regarde droit dans les yeux, comme une grande sœur :

— Ce sera très bien, Elena, tu verras... Et puis ça ne me fera pas de mal d'avoir un peu de compagnie !

— Deux cœurs brisés sous le même toit. On n'aura qu'à se consoler l'une l'autre..., dis-je avec un léger sourire.

— Sois tranquille. En cas de blues, je sais faire un brownie du feu de Dieu. C'est l'antidépresseur le plus calorique et le plus efficace du monde !

Elle me fait un clin d'œil avant de se tourner vers la pendule du bar :

— Ouh là, tu as vu l'heure qu'il est ? s'exclame-t-elle. Allez, on retourne à l'église, le devoir nous appelle !

Décidément, même si elle a un peu évolué ces derniers jours, Paola restera toujours Paola. Avant de lui emboîter le pas, je laisse le *Porta Portese* grand ouvert sur la table. Je n'en ai plus besoin, maintenant.

Le lendemain, j'ai déjà pris mes quartiers dans ma nouvelle maison. Sans être immense, l'appartement de Paola est somptueux. Deux chambres, une salle de bains avec double lavabo, un grand séjour donnant sur le Campo de' Fiori : voilà ce qui s'appelle être bien installé. Les murs sont colorés, il y a des livres d'art, des pinceaux et des râpes disséminés à droite, à gauche. Bref, c'est l'appartement de quelqu'un qui aime l'art. À part ça, il y a des chats, partout. Des chats de toutes les couleurs, de toutes les dimensions et de toutes les matières. Coussins, presse-papiers, savons, cendriers, tasses, assiettes : tout a la forme d'un chat, même la cafetière...

Quand je lui demande d'où lui vient cette passion, Paola me raconte que sa mère, aujourd'hui très âgée, avait l'habitude de s'occuper des chats errants.

— Rien qu'à Rome, il y en a des milliers,

m'explique-t-elle. Je n'ai jamais vu ça ailleurs. Au largo Argentina, juste à l'emplacement des ruines romaines, ils sont carrément les uns sur les autres, à se battre pour une petite place. Et je peux te dire que ça miaule ! En réalité, ce sont des animaux très intelligents. Tout le monde dit qu'ils sont sauvages et pas affectueux pour un sou mais c'est faux. Il faut savoir comment les prendre, c'est tout.

— Un peu comme les êtres humains, en fait, lui fais-je avec un clin d'œil.

Un sourire se dessine sur son visage.

— Complètement. Bon, il est bientôt l'heure de manger. Tu as faim ?

— Plutôt, oui. Mais j'ai encore mes valises et mes cartons à défaire.

Je transpire à grosses gouttes rien que d'y penser.

— On s'occupera de ça plus tard, qu'est-ce que tu en dis ? Je te donnerai un coup de main, de toute façon.

Elle sort un paquet de spaghetti artisanaux et me l'agite sous le nez.

— On se fait ça avec une sauce à l'amatriciana, ça te dit ?

— Ah oui ! je m'exclame. Figure-toi que je n'y ai pas encore goûté, alors que ça fait des mois que je vis à Rome. C'est la honte, je sais…

— Alors il faut y remédier tout de suite. En plus, c'est une de mes spécialités.

Là-dessus, Paola ouvre le frigo à la recherche de quelque chose.

— Mince ! Je n'ai plus de gorge, fait-elle d'un ton contrarié. J'étais certaine d'en avoir en stock.

— Euh... C'est quoi, de la *gorge* ? je lui demande en écarquillant les yeux.

Mon air perplexe de novice en cuisine la fait éclater de rire.

— De la poitrine, si tu préfères.

— Ah, du lard.

— Non, pas exactement. On pourrait croire que c'est le même morceau, mais non. Et puis, si tu veux faire une véritable amatriciana, il te faut de la gorge.

Ça, Leonardo l'aurait su. L'instant d'après, je regrette cette pensée. Son fantôme envahit soudain la pièce. Je chasse aussitôt cette apparition d'un mouvement de la tête, comme un mauvais rêve.

— Ouf, la boucherie est encore ouverte ! me lance Paola, penchée à la fenêtre du séjour. Je reviens dans une minute.

— Je viens avec toi.

Vite, sortons de cette cuisine hantée par le souvenir de Leonardo. Pourvu qu'il ait disparu à mon retour...

Les spaghetti à l'amatriciana de Paola sont un délice. Même si j'ai la bouche en feu à cause du piment, même si la gorge de porc n'est pas l'idéal pour garder la ligne, ce plat de pâtes a la saveur corsée de l'amitié. Tout le reste n'a aucune importance, maintenant. Je n'ai pas de mots assez forts pour remercier Paola. Nous sommes en pantoufles, top et pantacourt face à une belle bouteille de *cesanese*. On se croirait en vacances au bord de la mer. L'air chaud et parfumé de la cuisine, la voix d'Aretha Franklin en fond sonore, tout donne envie de légèreté, de liberté. La mélancolie a un goût moins amer après un bon verre de vin.

Petit à petit, nous nous laissons aller aux confidences. Pourquoi se faire des cachotteries maintenant ? À tour de rôle l'une parle et l'autre écoute, comme si nous étions deux amies de longue date. Savoir qu'il y a face à moi quelqu'un qui m'écoute sans me juger m'aide à parler à cœur ouvert. Alors je décide de tout dire à Paola. Parler de l'enfer que j'ai vécu ces derniers mois ne me soulage pas vraiment – pas encore, du moins – mais ça me permet de me rapprocher d'elle et de lui donner une clé pour comprendre mes états d'âme.

Après dîner, je défais mes valises et mes cartons dans ma nouvelle chambre. C'est une grande pièce avec un lit double et une armoire. La fenêtre donne sur un petit balcon rempli de plantes en tout genre – une autre passion de Paola. Je jette un œil autour de moi en espérant me sentir chez moi, à l'abri, entre ces murs. Les jours à venir seront durs. Mais ça ne me fait pas peur, je suis blindée, maintenant.

Je ne suis pas arrivée à récupérer toutes mes affaires. Il faut dire que je n'avais pas spécialement envie de mettre l'appart de Filippo sens dessus dessous. Paola est venue avec moi pour me donner un coup de main et – surtout – me soutenir psychologiquement. J'ai tâché de faire au plus vite, presque en apnée. Nous avons rempli deux valises et trois cartons que nous avons rangés tant bien que mal dans sa vieille Fiat Punto et nous avons filé, comme si nous venions de braquer une banque. Je ne m'en serais jamais sortie sans son aide.

— Je te vide un carton ? me demande-t-elle en me voyant à quatre pattes sur le tapis, le nez dans un tas de vêtements, de chaussures, de livres et de CD.

— Ce serait super, merci.

J'indique le carton portant le logo Barilla.

— Dans celui-là, il n'y a que des livres. Si tu pouvais les sortir, histoire qu'ils ne traînent plus dans le passage. Ça me déprime rien que de les regarder...

— O.K. Je les mets sur cette étagère.

— Merci, je lui dis avant de me diriger vers l'armoire, deux cintres à la main.

— Dis, c'est lui le joli petit lot que tu as plaqué ? me demande soudain Paola en levant la tête du carton.

Je me retourne et vois qu'elle tient à la main la photo de Filippo et moi serrés l'un contre l'autre au milieu des collines toscanes. Notre dernier week-end en amoureux. Soyons honnête : si j'ai pris cette photo, c'est uniquement pour le cadre, que mon père a fabriqué lui-même, spécialement pour moi. Ça m'ennuyait de le laisser à Filippo.

— Oui, c'est lui, j'acquiesce en m'approchant d'elle.

— Alors c'est officiel, tu es complètement folle, fait-elle tout sourire en regardant la photo d'un air malicieux.

— Sans doute... Mais ce n'est pas ma faute, quelqu'un m'a fait perdre la tête...

Je regarde une nouvelle fois cette photo. Il faudrait que je la retire de ce cadre et que j'en mette une autre à la place.

Paola semble bien pensive, elle aussi.

— Tu veux que je te dise ? finit-elle par me lancer. Ce qui est vraiment moche, c'est de rester sage et mesuré toute la vie. Avant de rencontrer Gabriella, je n'étais jamais vraiment tombée amoureuse, je n'avais jamais perdu la tête pour quelqu'un. Je morfle pas mal en ce moment, mais je sais que ces dernières années n'auraient pas été aussi belles si elle n'avait pas été là. En un sens, je la remercie.

Je m'arrête un instant pour réfléchir à ce que Paola vient de dire.

— C'est une façon vraiment très zen de voir les choses, Paola, mais je ne pense pas être encore prête. Pour l'instant, je me sens vraiment au fond du trou.

Paola me regarde alors d'un air grave, comme si elle devait décider de lancer une bombe atomique.

— Il faut sortir l'artillerie lourde, je crois ! Brownie ?

— Brownie ! je lui réponds d'un ton solennel.

Aussitôt, nous lâchons nos cartons à moitié vides et prenons la direction de la cuisine, bien décidées à nous faire plaisir. Tant pis pour les kilos en trop !

En attendant que le gâteau finisse de cuire, je m'occupe de la teinture de Paola, qui a finalement décidé de s'occuper de ses racines. Tandis que le produit agit, nous dégustons notre brownie. La bouche barbouillée de chocolat, nous nous félicitons de notre efficacité et de notre sens aigu de l'organisation.

Je me rends compte que c'est la première fois que je souris depuis cinq jours. C'est drôle qu'un truc tout bête m'aide à retrouver un peu de bonne humeur. En fait, ce sont les choses simples qui nous aident à être en paix avec nous-mêmes. Et pour ça, il ne faut pas attendre.

Le jour vient de se lever. C'est la deuxième fois que je me réveille ici, chez Paola. Je dors bien dans ce lit. Le quartier est calme – jusqu'au petit matin, au moins. J'ai fait des rêves bizarres mais pas spécialement angoissants. Au moment de me lever, j'ai cru, l'espace d'un instant, que j'étais chez mes parents, dans ma chambre d'enfant aux murs roses.

Un rayon de soleil filtre à travers les volets et illumine la table de chevet. Je n'ai pas envie de sortir de mon lit ce matin, je suis tellement bien ! Hélas, le devoir m'appelle. Et, visiblement, ce n'est pas le seul car j'entends mon iPhone sonner. Je tends un bras pour l'attraper. C'est Gaia. Ces derniers jours, je l'ai mise au courant de tout – pour Filippo, Leonardo, Lucrezia, et même pour mon emménagement chez Paola. Au total, j'ai passé cinq cents minutes à sangloter, pendue à mon téléphone. Depuis, Gaia m'appelle au moins une fois par jour pour prendre de mes nouvelles.

— Allô ?

— Coucou ! me lance-t-elle d'une voix tellement stridente que je dois éloigner mon oreille de mon iPhone.

— Gaia, tu as vu l'heure ? dis-je en bougonnant, encore dans le coaltar.

— Oh c'est bon, je savais que tu n'allais pas tarder à te réveiller.

— Précisément, *j'allais* me réveiller.

Une fois adossée au mur, je me mets à lisser les draps tout autour de moi.

— Qu'est-ce que tu fais debout aussi tôt, toi ?

— Disons qu'à Naples c'est plutôt mort à cette heure, m'explique-t-elle en éclatant de rire. Non, c'est juste que Samuel a dû mettre le réveil à six heures pour partir s'entraîner. Il s'est levé en faisant un bruit d'enfer. Résultat, plus moyen de dormir.

— C'est beau, de se sacrifier…

— Appelle-moi sainte Gaia.

— Je disais ça pour lui, bécasse, dis-je en souriant.

Je l'entends hurler de rire à l'autre bout du fil.

— Bon, alors, tu viens me voir pour le 15 août ?

je lui demande, pleine d'espoir. Je t'en prie, dis oui, j'ai besoin de te voir !

— Mais évidemment que je vais venir. Tu me vois te laisser seule dans un moment pareil ?

— J'en ai déjà parlé à Paola. Tu pourras dormir avec moi dans mon grand lit.

— Ah bon, tu dors pendant le 15 août, toi ?

C'est vrai que pour se faire remonter le moral, on peut compter sur Gaia !

— Mais alors, tu laisses Belotti tout seul ?

— Pas grave, il a une course le lendemain, me dit-elle sans l'ombre d'une inquiétude. De toute façon, quand monsieur est en compétition, c'est dîner à sept heures tapantes et dodo. Un vrai pépé.

— Eh bien, je peux t'assurer que tu ne vas pas t'ennuyer avec moi. J'ai hâte de te prendre la tête avec mes états d'âme et mes angoisses existentielles, dis-je avec un ton enjoué qui me surprend moi-même.

— Parfait. Moi aussi, j'ai un truc à t'annoncer.

— Oh mon Dieu, je dois commencer à m'inquiéter ? Tu es enceinte, c'est ça ?

— C'est bon, calme-toi... Vu le peu de fois où on s'est envoyés en l'air ces derniers temps, ce serait l'enfant du Saint-Esprit !

Mais alors, qu'est-ce qu'elle va bien pouvoir m'annoncer ? Je meurs d'envie de le savoir.

— Tu ne veux vraiment pas me le dire ?

— Chhh ! Tu le sauras demain. Je te dis juste que c'est *une nouvelle formidable*.

— D'accord. Ciao, mémère.

— Ciao.

Qu'est-ce qu'elle va bien pouvoir m'annoncer ? Je lui fais confiance en tout cas, elle sait que j'ai besoin de retrouver le sourire. Elle ne me décevra pas.

Paola et moi passons la matinée du lendemain à ranger l'appartement. Dans l'après-midi, alors qu'elle est partie voir sa mère à la campagne, je décide de flâner dans Rome en attendant Gaia. Les moments où je suis seule avec moi-même sont les plus difficiles, car mon esprit a vite fait d'aller là où il ne devrait pas. Même si peu de temps s'est écoulé depuis cette folle nuit, je dois tout faire pour l'oublier. Me dire que c'est déjà de l'histoire ancienne, que tout va pour le mieux.

Le soleil de Rome est très doux et me réchauffe le cœur. Malgré tout ce qui s'est passé, je me sens chez moi dans cette ville. Chaque jour, je découvre quelque chose de nouveau – une colonne romaine qui jaillit de l'asphalte comme un champignon ou une statue que je n'avais encore jamais remarquée, et qui vient soudain de faire son apparition au beau milieu d'une place. Je suis heureuse de vivre ici.

Gaia arrive en taxi vers dix-huit heures, pile à l'heure. En attendant le retour de Paola, je fais monter mon amie à l'appartement. Elle est magnifique, comme d'habitude. Depuis qu'elle est avec Belotti, elle l'est même encore plus, je suis forcée de le reconnaître. Elle a même abandonné ses talons de 12 !

Je lui fais faire le tour du propriétaire. Gaia pousse de petits cris en voyant la collection de chats de Paola – elle adore ces petites bêtes, elle aussi, à tel point qu'elle attrape soudain un cale-porte en pierre avec des yeux bleus phosphorescents et se met à lui faire des câlins comme s'il était vivant. D'accord, vu de loin il ressemble à un vrai chartreux, mais c'est peut-être un peu exagéré, non ?

Nous nous asseyons ensuite sur mon lit. C'est le moment de revenir à la charge :

— Alors, cette grande nouvelle que tu devais m'annoncer ? je lui demande, en lui plantant un doigt dans la hanche.

— Ça t'intrigue, hein ?

— Ça m'inquiète, plutôt.

— Il faut que je te le dise maintenant ?

Je la déteste quand elle me fait languir comme ça !

— Je ne sais pas, si tu as envie de me faire mariner encore un petit moment. Au moins, je sais que ça concerne Belotti.

Elle acquiesce, un petit sourire satisfait sur les lèvres.

— Belotti, comme tu l'appelles, m'a demandée en mariage !

— Oh mon Dieu, Gaia, félicitations ! je lui crie en la serrant fort dans mes bras.

Je suis tellement heureuse pour elle… Ça alors, Gaia, mariée… Mais soudain, je suis prise d'un doute – avec elle, il faut s'attendre à tout.

— Tu lui as dit oui, j'espère ?

— Tu oses me poser la question ? Évidemment que je lui ai dit oui ! Je n'ai pas hésité une seconde.

— Et la bague ? je lui demande, en jetant un œil à sa main gauche.

— Pas de bague. Samuel dit que ça porte la poisse d'offrir la bague avant les fiançailles, m'explique Gaia en haussant les épaules. Au fond, il n'a pas tort. Quand je pense à ce que j'ai fait de celle de Brandolini...

— Oui, justement, qu'est-ce que tu en as fait ?

J'imagine le pire, du genre un plongeon au fond du Grand Canal.

— Je n'ai jamais eu le courage de la lui rendre. Alors j'en ai fait cadeau à une de mes cousines.

Bon, c'est moins pire que ce que je pensais.

— Je n'arrive pas à croire que tu épouses un homme que je n'ai jamais vu en vrai !

— On a tout notre temps, Elé. T'inquiète, je te le présenterai.

— Avant le mariage, j'espère. Vous avez déjà une date de prévue ?

— On pense faire ça l'an prochain, au printemps, mais c'est encore un peu tôt pour choisir le jour exact. En tout cas, tu seras demoiselle d'honneur. Te voilà prévenue !

— Ça marche ! Juste, je dois m'habiller en quelle couleur ?

— Hé, ne t'emballe pas ! Il faut choisir ma robe d'abord. Pour une fois que c'est moi qui vais avoir besoin d'une *personal shopper* !

— Viens là, lui dis-je en ouvrant grands les bras.

Gaia laisse sa tête tomber sur mon épaule. Je l'aime comme une sœur. Et son bonheur est aussi un peu le mien.

Paola rentre vers vingt et une heures avec trois cartons à pizza fumants. Le temps de faire les présentations rituelles et nous nous asseyons en tailleur sur le canapé du séjour, au milieu des coussins en forme de chat et les deux lampes de sel où se reflète le bleu du ciel que l'on aperçoit par la fenêtre. Nous mangeons avec les doigts, sans assiette et sans serviette, bercées par la voix de Gianna Nannini, la chanteuse culte de Paola.

Après manger, Paola sort soudain de sa réserve de vin une bouteille de Principe Pallavicini 2006.

— Pour les grandes occasions, il n'y a pas mieux, s'exclame-t-elle. Mais on ne va pas boire ça là. Suivez-moi.

Nous sortons sur le palier. Direction le dernier étage. Ou du moins, ce qui semble être le dernier étage... Tout à coup, Paola ouvre une petite porte et nous conduit à un escalier en colimaçon ultra-raide. Une fois en haut, nous franchissons une autre porte et nous arrivons comme par magie sur le toit de l'immeuble.

Rome s'étend à nos pieds. Juste en dessous de nous, nous apercevons le Campo de' Fiori tandis que là-bas, dans le lointain, à hauteur de nos têtes, se dressent les coupoles des églises et les palais illuminés. J'ai l'impression d'être sur une montgolfière. J'aimerais ouvrir les bras et m'envoler. C'est extraordinaire d'être ici, à cet instant, avec Gaia et Paola. Décidément, les choses sont vraiment plus belles quand on les partage avec les personnes qu'on aime.

Paola débouche la bouteille et remplit nos verres.

— À la vie, dit-elle.
— À l'amour, renchérit Gaia.
— À l'amitié, fais-je à mon tour.

Tandis qu'un concert d'accordéons résonne sur la place, les premiers feux d'artifices commencent à apparaître dans le ciel, l'illuminant d'étincelles dorées.

— Attendez, fait Paola en posant son verre par terre. Je vais chercher un truc.

Gaia et moi la regardons filer vers la porte, l'air perplexe.

Elle revient deux minutes plus tard avec un Polaroid.

— Il faut immortaliser ce moment.

Nous nous adossons toutes les trois à la rambarde. Paola, Gaia et moi. Même si ma vie est partie en miettes, même si j'ai perdu Leonardo, Filippo et l'amour, ce soir, je me sens bien, tout près d'elles. J'ai de nouveau envie d'espérer.

Dehors, il y a de plus en plus de bruit. Moi, j'ai cessé d'être triste.

— Prêtes ? nous demande Gaia en braquant l'appareil vers nous.

Le flash commence à clignoter. Serrées les unes

contre les autres, nous sourions à l'objectif, sans prendre la pose.

Une fusée explose dans le ciel. Le Polaroid imprime l'image. C'est bien nous, trois femmes heureuses, avec l'avenir devant elles.

Maintenant, je sais quelle photo mettre dans ce cadre qui était resté vide.

MERCI

à Celestina, ma mère.
à Carlo, mon père.
à Manuel, mon frère.
à Caterina, Michele, Stefano, mes phares, de jour comme de nuit.
à Silvia, ma guide précieuse, et aux merveilleuses personnes que j'ai eu la chance de rencontrer le dimanche 10 février 2013.
à l'ensemble des éditions Rizzoli, du rez-de-chaussée au dernier étage.
à Laura, Elena et Al, et leur présence importante.
à tous mes amis, inconditionnellement.
à Vittoria et Sante, vous qui êtes toujours dans mon cœur.
à Filippo P. et au silence qu'il remplit.
à Rome.
au destin.

Irene Cao
dans Le Livre de Poche

Sur tes yeux n° 33738

Elena, 29 ans, restauratrice d'art à Venise, se passionne pour son métier et consacre toutes ses journées à la fresque d'un palais de la lagune. Du moins, jusqu'à l'arrivée de Leonardo, un jeune chef cuisinier d'origine sicilienne, venu ouvrir un restaurant dans la Sérénissime. Très vite, Leonardo perce à jour la véritable nature d'Elena : un ange qui cache en lui un démon tourné vers les sens et le plaisir. Un démon que lui seul pourra libérer, mais à une condition : qu'Elena ne tombe jamais amoureuse de lui. Le premier volet d'une trilogie qui a rencontré un immense succès en Italie.

Le Livre de Poche s'engage pour
l'environnement en réduisant
l'empreinte carbone de ses livres.
Celle de cet exemplaire est de :
300 g éq. CO₂
Rendez-vous sur
www.livredepoche-durable.fr

Composition réalisée par Maury-Imprimeur SA

Achevé d'imprimer en mars 2015 en France par
CPI BRODARD ET TAUPIN
La Flèche (Sarthe)
N° d'impression : 3010141
Dépôt légal 1re publication : avril 2015
LIBRAIRIE GÉNÉRALE FRANÇAISE
31, rue de Fleurus – 75278 Paris Cedex 06

37/2223/0